Nicolas Beuglet

Après quinze années passées chez M6, Nicolas Beuglet a choisi de se consacrer à l'écriture de romans. *Le Cri* (2016), *Complot* (2018) et *L'Île du Diable* (2019) composent sa première trilogie autour de l'inspectrice Sarah Geringën. Avec *Le Dernier Message*, mettant en scène une nouvelle héroïne, l'inspectrice écossaise Grace Campbell, il inaugure un autre cycle qui se poursuit avec *Le Passager sans visage*, paru chez XO en 2021. Son nouveau roman, *L'Archipel des oubliés*, paraît en 2022 chez le même éditeur. Il vit à Boulogne-Billancourt avec sa famille.

L'ARCHIPEL DES OUBLIÉS

ÉGALEMENT CHEZ POCKET

Le Cri

Complot

L'Île du Diable

Le Dernier Message

Le Passager sans visage

NICOLAS BEUGLET

L'ARCHIPEL DES OUBLIÉS

XO ÉDITIONS

ISBN : 978-2-266-33284-2
Dépôt légal : septembre 2023

Résumé du tome précédent, *Le Passager sans visage*

Lors d'une enquête sur un meurtre commis sur l'île d'Iona, au large de l'Écosse, l'inspectrice Grace Campbell remonte la piste d'une multinationale tentaculaire baptisée Olympe.

À sa tête, un individu surnommé le Passager, qui veut transformer le monde en suivant un plan en trois actes. Après avoir contribué à faire baisser le QI des populations pour mieux les asservir, le Passager achève la deuxième phase de son programme : faire de la peur généralisée une arme de contrôle des masses. Quelle sera la troisième ? Et, surtout, à quoi devrait ressembler cette nouvelle civilisation imaginée par Olympe ?

Avec l'aide de Gabriel, un ancien tueur à la solde de la multinationale, Grace parvient à s'introduire dans le train qui sert de quartier général au Passager. Au péril de sa vie, elle y vole une clé USB sur laquelle se cache une étrange photo satellite. Et alors que Grace s'apprête à décrypter le mystérieux cliché, une inconnue fait irruption dans son bureau. Cette femme n'est autre que l’inspectrice norvégienne Sarah Geringën, qui, elle aussi, s’est illustrée lors d’affaires complexes et vertigineuses.

maintenant qu'elle est bien l'une des nôtres. Je prends la responsabilité de la suite.

En partant, les deux policiers évitèrent le regard de la Norvégienne impassible qui venait de blesser leur ego et lancèrent une remarque acide à l'officier, venu les chercher en renfort, qui avait lâchement attendu dans le couloir.

Une légère teinte rouge empourprait le visage piqué de taches de rousseur de cette femme glaciale, tandis qu'une mèche échappée de sa chevelure nouée glissait le long de sa joue. Sa respiration sereine soulevait à peine le tee-shirt gris qu'elle portait sous une veste noire cintrée qui soulignait sa taille fine.

Grace ne put s'empêcher d'admirer l'efficacité avec laquelle elle avait neutralisé ses deux adversaires. Bien que certainement plus jeune que l'inspectrice Geringën, la belle Écossaise aurait été incapable d'une telle prouesse. Encore plus aujourd'hui, avec son bras dans le plâtre et les contusions qui la faisaient grimacer à chaque geste. Mais même au-delà de ses blessures passagères, il sembla à Grace que tout l'opposait à cette consœur. Là où la Norvégienne était élancée et froide, la policière écossaise était d'allure plus chaleureuse, un peu plus en rondeurs, y compris dans son attitude tournée vers l'empathie, quand l'autre était apparemment plus agressive.

C'est donc de son regard noisette bienveillant, et après avoir repassé ses fins cheveux châtains derrière ses oreilles, que Grace considéra son énergique interlocutrice.

— Je vous écou…

— C'est bien vous qui êtes intervenue dans le train du Passager ?

La question avait claqué dans l'air, tranchante, comme une rancœur longtemps contenue.

Grace fut prise au dépourvu. Comment cette femme pouvait être au courant de sa dernière enquête ? C'était effectivement elle qui avait réussi à s'introduire dans le train où vivait en permanence le mystérieux « Passager », à la tête de la multinationale Olympe. Elle espérait en finir avec cette société aux nombreuses ramifications, qui avait lancé un plan en trois phases pour modeler l'avenir de la civilisation à sa convenance, au détriment du bonheur des peuples. Mais le Passager lui avait échappé alors que le convoi traversait la Suisse. Grace avait dû fuir en sautant du train dans une rivière. Ce qui lui avait valu son bras cassé et ses multiples contusions. Mais cela ne faisait que deux jours qu'elle était rentrée en Écosse, à Glasgow, et elle n'avait même pas fini de taper son rapport.

— Comment savez-vous que j'ai…

— L'un de mes agents avait infiltré Olympe et faisait partie de l'équipe des serveurs dans le train. Il connaissait le visage de tous les invités. Pas le vôtre. Il m'a envoyé une photo et je vous ai rapidement identifiée. Le temps que je contacte vos supérieurs pour leur demander de stopper votre intervention, vous aviez déjà provoqué la fuite du Passager. Vous avez ruiné deux ans de travail.

Grace joignit les mains devant ses lèvres.

— Vous voulez dire que vous enquêtiez également sur Olympe ?

Sarah Geringën répondit d'un battement de cils.

Dans le bureau flotta un air d'étrangeté. Grace s'était toujours crue désespérément seule à affronter la multinationale.

— Comment en êtes-vous arrivée à…

— Et vous ? la coupa Sarah.

Grace choisit d'arrondir les angles et ignora l'attitude autoritaire de son interlocutrice.

— J'ai découvert les crimes et les sinistres intentions d'Olympe l'année dernière, au cours d'une enquête sur un assassinat commis dans le monastère d'Iona par un tueur de la corporation.

— Gabriel ?

— Exact… Vous le connaissez ?

— Qu'importe. Qu'avez-vous trouvé dans le train ?

Cette fois, Grace ne répondit pas tout de suite. Elle se leva et alla s'asseoir sur le rebord en pierre de la fenêtre située derrière son bureau. Ainsi, elle était pratiquement à la même hauteur que la policière norvégienne restée debout.

— J'ai bien saisi votre urgence, inspectrice Geringën, et c'est pour cette raison que je vous ai accordé ma confiance en renvoyant les agents de sécurité. À votre tour de faire un geste, en m'expliquant pourquoi vous vous intéressez à Olympe.

Sarah frotta sa cicatrice de la pulpe du pouce et renoua ses cheveux afin de rassembler les mèches rebelles. Puis, contre toute attente, elle tira la chaise en face du bureau pour s'y installer.

Jolie preuve d'intelligence collaborative, pensa Grace.

— En 2016, commença Sarah, j'ai enquêté sur un suicide suspect à l'hôpital psychiatrique de Gaustad à Oslo.

Habituée à écouter les inflexions de voix chez les personnes qu'elle interrogeait, Grace pointa une baisse d'intensité dans cette phrase, comme si le larynx de l'inspectrice s'était comprimé sous l'effet de l'angoisse. Sarah se racla la gorge avant de poursuivre d'un ton cette fois affermi.

— Je vous passe les détails, mais cette affaire m'a fait remonter jusqu'à un programme secret conduit par la CIA dans les années 1950-1970. Dans le cadre de ce projet nommé MK-Ultra, M et K étant les initiales de *Mind Kontrol*, des expériences ont été menées sur des cobayes humains consentants ou non, afin d'établir des méthodes de contrôle de l'esprit par des procédés de tortures physiques et psychiques, parfois chimiques.

Grace se rappela avoir déjà entendu parler de cette histoire, mais elle n'avait jamais creusé l'information.

— Ce programme a été officiellement stoppé au milieu des années 1970, après la publication d'un article du *New York Times* qui l'a dévoilé au grand jour et a entraîné une enquête sénatoriale, poursuivit Sarah.

Elle marqua une pause et recula dans son fauteuil.

— J'ai découvert notamment qu'une partie des expérimentations n'avaient jamais cessé, mais les coupables ont été appréhendés ou sont morts durant l'enquête, et mon travail s'est arrêté là.

— Quel lien avec Olympe, alors ? demanda Grace.

— J'y viens. Pendant plusieurs années j'étais concentrée sur d'autres affaires. Et, il y a trois ans, un journaliste que je connais bien a entrepris d'écrire un gros dossier sur le projet MK-Ultra. Au cours de ses vérifications, il s'est rendu compte que tous les lieux qui avaient abrité les expériences de la CIA avaient été récemment rachetés par une seule et même société.

— Olympe..., murmura Grace.

— Effectivement. Ils ont procédé aux acquisitions pendant trois ou quatre ans *via* plusieurs sociétés écrans, mais toutes les transactions financières remontaient bien jusqu'à Olympe.

— Quelle était leur intention ? Poursuivre les expériences ?

— Ce fut aussi ma première supposition. Pour en être certaine, je suis allée visiter moi-même quelques-uns de ces établissements : trois hôpitaux, deux universités et quatre prisons répartis en Norvège, au Canada et aux États-Unis. Je m'attendais à trouver ces endroits barricadés et occupés par des laboratoires ainsi qu'une ribambelle de scientifiques. Mais en réalité, tous étaient laissés à l'abandon. Plusieurs étaient même squattés.

— Pourquoi Olympe aurait acquis ces biens, alors ? reprit Grace.

— Il y a autre chose : les lieux étaient certes désertés, mais les murs et les sols avaient partout été éventrés.

Grace posa une main sur son bras plâtré, réfléchissant à voix haute.

— Olympe a racheté les bâtiments pour pouvoir les fouiller, espérant y dénicher des traces ou des éléments utiles concernant les recherches qui y avaient été menées...

Sarah Geringën se contenta d'un silence pour approuver la conclusion.

— C'est effectivement ce que j'ai pu constater en retrouvant des ouvriers qui avaient été employés à l'époque par Olympe. Tous m'ont confirmé qu'on leur avait demandé de sonder et percer toutes les parois et une partie des fondations pour débusquer des dossiers, des plans, des enregistrements vidéo ou audio qui auraient été dissimulés.

— Et ?

— Après de longues négociations, l'un d'eux m'a avoué que quelque chose avait été trouvé sur le chantier d'une prison où il était embauché. Il n'a jamais su de quoi il s'agissait, mais je pense que ce devait être ce qu'Olympe cherchait puisque, à partir de cette découverte, toutes les investigations ont été arrêtées, dans les trois pays. J'ai vérifié les dates auprès des ouvriers.

Grace ne pouvait s'empêcher de s'interroger : tout cela était-il lié à la phase 3 du Plan de la multinationale ?

— Et vous en savez désormais plus sur ce « quelque chose » qu'Olympe aurait récupéré ?

Sarah posa ses avant-bras sur le bureau de Grace et la fixa avec gravité.

— Ce qu'il faut bien comprendre, c'est que dans un contexte de guerre froide justifiant la défense contre l'ennemi soviétique, le programme MK-Ultra a autorisé une dépénalisation absolue de l'expérimentation scientifique sur l'humain. Les hommes et les femmes qui ont travaillé sur ces projets ont transgressé toutes les barrières morales et éthiques avec la bénédiction juridique et financière de leur hiérarchie. La teneur des horreurs révélées lors du procès n'est qu'une toute petite partie de celles commises au cours de ces sombres années. Des témoins ont clairement avoué que de très nombreux documents détaillant les expériences les plus extrêmes avaient été détruits par la CIA avant l'arrivée des enquêteurs du Sénat… C'est l'un de ces documents qu'Olympe a dû découvrir dans cette prison.

Grace retourna s'asseoir dans son fauteuil, désormais bien en face de Sarah.

— Dites-moi que vous en savez plus que ça…

— Cela m'a pris deux ans, mais j'ai fini par réussir à placer un ingénieur de mon équipe au sein de la division recherche et développement d'Olympe, répliqua Sarah. Et mon intuition était bonne : les données d'un programme inachevé du projet MK-Ultra étaient bien en leur possession.

— Lequel ? s'impatienta Grace.

— Un programme dont le niveau d'accès était très élevé, ce qui chez Olympe signifie que le degré de transgression éthique est au plus haut. Mon informateur était sur le point d'être promu pour enfin accéder au dossier… quand vous êtes intervenue dans le train et que vous avez tout anéanti.

Sa réponse achevée, l'inspectrice norvégienne se releva et retourna s'appuyer contre la porte d'entrée, toisant son homologue écossaise qui s'était rassise.

— Vous savez au moins pourquoi j'étais là ? rétorqua Grace, qui posa ostensiblement son bras plâtré sur le bureau.

Sarah ne dit rien, mais son regard pesant montrait combien elle était attentive.

— Le but était de m'emparer d'une clé USB contenant des informations compromettantes, que le Passager gardait enfermée dans son coffre afin de « tenir » ses associés et ses collaborateurs. L'occasion idéale pour démanteler la multinationale et la conduire en justice. Et libérer les enfants emprisonnés dans ce maudit train, dans le même temps, si cela a de l'importance à vos yeux.

Grace crut que la policière allait lui réserver le même sort qu'aux deux agents de sécurité. Le visage de Sarah Geringën se tendit sous la crispation de sa mâchoire. Le sujet avait l'air d'être particulièrement sensible pour que sa carapace se fissure si ostensiblement.

— S'il n'y avait pas eu le sauvetage des enfants, j'aurais été beaucoup moins calme pour m'adresser à vous... Maintenant, sachez qu'à la suite des événements du train, Olympe a immédiatement fait le ménage dans une large partie de ses équipes. Mes deux informateurs, l'ingénieur et le serveur, ont été licenciés et nos deux années d'infiltration ont été anéanties. Si je suis là, c'est parce que j'espère que vous avez au moins obtenu ce que vous cherchiez. Et que cela pourra m'être utile.

— *Nous* être utile, non ?

— J'ai répondu à vos questions. À votre tour de faire un geste.

Grace considéra un instant cette femme sans concession, avec qui elle avait pourtant envie de partager la pesante responsabilité de son enquête.

— Je n'ai pas trouvé les dossiers compromettants. En revanche, j'ai mis la main sur une clé USB qui m'a dévoilé un élément concernant la troisième et probablement dernière phase du Plan d'Olympe. J'ignore s'il s'agit du programme sur lequel votre informateur était sur le point de mettre la main... ou d'un projet différent.

— Mon indic m'a effectivement parlé d'un plan très important déployé en trois phases pour Olympe, mais le détail lui en était absolument inaccessible.

Grace tourna son écran vers l'inspectrice Geringën.

Sarah s'approcha prestement et scruta l'image qui était affichée : apparemment une photo satellite d'un lieu désertique, où se devinaient quatre dômes entourant un poteau ou un mât noir.

— Qu'est-ce que c'est ?

— Je l'ignore pour le moment. On va faire des recherches pour identifier l'endroit et la nature des constructions. Cela prendra du temps. Mais c'est la seule piste qu'il nous reste pour traquer le Passager et essayer de venir à bout d'Olympe.

— Rien d'autre sur la clé ?

— Elle était abîmée… C'est tout ce que les informaticiens qui l'ont analysée ont déniché.

De son index, Sarah tapota le bureau de Grace, pensive.

— Et vous l'avez récupérée où ?

— Dans le coffre du Passager lui-même.

Sarah Geringën releva lentement la tête vers Grace. Ses yeux la détaillèrent et s'attardèrent notamment sur les blessures visibles, comme si elle cherchait à comprendre le prix qu'elle avait payé pour parvenir à un tel exploit.

— Laissez-moi votre place… s'il vous plaît, finit-elle par articuler.

Grace ne put s'empêcher de hausser un sourcil dubitatif.

— Vous saignez de la bouche, répliqua-t-elle.

Sarah porta un doigt à ses lèvres, surprise.

— Vous avez dû vous écorcher la langue quand vous avez dit « s'il vous plaît », ajouta Grace avec sérieux, en se levant avec un calme frôlant la nonchalance.

Contre toute attente, l'inspectrice norvégienne laissa s'esquisser ce qui pouvait subrepticement ressembler à une expression amusée. Puis elle s'installa derrière le bureau de Grace.

— Que cherchez-vous à faire ? demanda celle-ci.

Sarah Geringën tira un sachet en plastique de la poche intérieure de sa veste. Elle le descella pour en sortir une autre clé USB, qu'elle inséra dans un port de l'ordinateur à côté de celle que Grace avait déjà connectée.

— Juste avant d'être débarqué, mon indic au service recherche et développement est parvenu à récupérer le code permettant de déverrouiller tous les dossiers consacrés au projet MK-Ultra. Et ça, vos équipes ne pouvaient pas l'avoir. Le logiciel qui se trouve sur cette clé USB s'appelle VeraCrypt. Il donne accès aux portes dérobées des fichiers invisibles sur les supports de mémoire informatique. À condition d'avoir la bonne combinaison chiffrée.

Grace se rapprocha de l'ordinateur alors que s'ouvrait la fenêtre bleue du logiciel de décryptage.

– 2 –

— Si le projet est quelque part sur cette clé, les fichiers cachés qui y sont liés apparaîtront forcément, précisa Sarah en tapant une série de chiffres.

— Phase 1, abaissement du QI des masses pour les contrôler, récita Grace à voix haute. Phase 2, manipulation de la peur pour rendre accro à la sécurité… Qu'ont-ils pu inventer de pire encore pour la phase finale ?

Sarah Geringën répondit sans quitter l'écran des yeux.

— Nous avons au moins ce point commun, inspectrice Campbell : nous voulons savoir.

Le disque dur se mit à tourner à grande vitesse dans l'unité centrale tandis que, sur l'écran, une barre bleue de progression se remplissait progressivement.

Grace scruta l'ordinateur, ses deux mains posées sur le bureau. Les battements de son cœur s'accéléraient. À côté d'elle, Sarah Geringën cala son menton sur ses poings fermés.

Dans la pièce, on n'entendait plus que l'agitation lointaine du commissariat qui se mêlait au moulinage métallique de l'ordinateur. La barre de progression était déjà à moitié pleine, et toujours rien. La ventilation du PC se mit en marche. Grace sentit la moiteur de ses paumes et son homologue fit craquer ses articulations.

Un message d'alerte s'afficha soudainement sur l'écran. Grace crut qu'un résultat avait été trouvé, mais elle déchanta : le programme indiquait simplement qu'il venait de trouver la photo satellite déjà découverte par le service informatique du commissariat.

Mais alors qu'elle allait se détourner, profondément déçue, l'inspectrice Geringën leva la main comme pour réclamer un peu de patience.

— La recherche se poursuit, souffla-t-elle, imperturbable.

Et effectivement, la barre de progression continuait de se remplir, même s'il ne restait que 2 % de mémoire à analyser. Et brutalement, un message apparut pour annoncer que la recherche était terminée, déployant une petite fenêtre avec la mention « 2 fichiers trouvés ».

— Oui ! s'exclama Grace en frappant de satisfaction sur la table.

— Contrairement à la photo satellite, le second fichier est très léger en termes d'espace, tempéra Sarah Geringën. S'il contient une ligne de caractères, ce sera déjà un miracle…

L'inspectrice norvégienne cliqua sur l'icône, une fenêtre s'ouvrit et un prénom s'inscrivit sur l'écran.

— « Rosemary », murmura Grace.

— Et cette succession de chiffres et de lettres alignés juste en dessous, ce sont des coordonnées, compléta Sarah, qui entrait déjà les informations dans la mappemonde virtuelle de l'ordinateur.

— Rosemary… Cela vous dit quelque chose ? lui demanda Grace, alors que le programme de localisation était en pleine recherche.

— Non…

Le logiciel dessina soudain une carte de l'Europe et fonça droit vers la Grande-Bretagne, plus précisément dans le sud-est de l'Écosse.

— Les Scottish Borders…, murmura Grace. On peut zoomer un peu plus ?

Sarah fit rouler la molette de la souris, mais l'image s'était figée dans un flou absolu empêchant de distinguer quoi que ce soit.

— C'est pas vrai ! lâcha Grace.

— C'est une zone classée comme secrète, conclut Sarah. Très certainement à la demande d'Olympe.

— Ils n'ont rien à demander à personne. Ce sont eux qui détiennent toute la technologie de géolocalisation. Ils floutent tout ce qu'ils veulent.

— En tout cas, de ce que l'on a pu voir, l'endroit paraît sauvage et peu habité. Il est 11 h 15, en partant maintenant, on y serait à quelle heure ?

— Vers 13 heures, répondit Grace.

Sarah Geringën prit en photo l'écran de l'ordinateur pour garder trace des coordonnées géographiques, retira sa clé et se leva prestement.

— Sans vous, je n'aurais jamais eu accès à ce fichier ; sans moi, vous auriez ignoré son existence. Je pense qu'il est juste que l'on se rende toutes les deux sur place.

— Maintenant ?

— Oui.

Grace ne se voyait absolument pas repartir en mission avant plusieurs jours, voire des semaines. Non seulement elle avait frôlé la mort en affrontant personnellement le Passager, mais au-delà de cette épreuve, elle avait besoin de temps pour digérer les terribles découvertes qu'elle avait faites : la complicité de sa mère dans son enlèvement et les sévices qu'elle avait endurés quand elle n'était encore qu'une petite fille, ainsi que l'épouvantable trafic d'enfants qu'elle avait mis au jour et qui s'était étalé sur des décennies. Elle était également très déstabilisée par son rapport à Gabriel, l'assassin qui avait voulu la tuer et qui lui avait finalement sauvé la vie après l'avoir aidée à infiltrer le train du Passager.

— Tout cela me semble un peu précipité, résuma-t-elle laconiquement.

Son homologue ne parut pas convaincue.

— Le Passager sait que vous avez sa clé USB. Il va forcément agir en conséquence et détruire les preuves physiques que l'on a peut-être une chance de trouver si on y va tout de suite.

— J'ai conscience du risque, mais encore plus de mon état actuel. Et puis, soyons honnêtes, on ne se connaît pas.

Sarah Geringën soutint le regard de l'inspectrice écossaise.

— Si vous faites allusion à mon imprévisibilité, sachez qu'elle ne se manifeste que pour défendre ma propre vie ou celles dont j'ai la responsabilité. Ce qui est le cas quand je travaille en équipe.

Grace se sentait comme un sportif qui vient de terminer un marathon et à qui on annonce qu'il doit maintenant faire le trajet retour.

— Grace, reprit Sarah. Exploitons le travail que vous venez de faire, au prix, je l'imagine, de nombreuses blessures, physiques et morales... Mais grâce à vous, Olympe est affaibli. Profitons de leur désorganisation, qui ne sera que provisoire.

Agaçante ou convaincante. Grace hésitait entre ces deux adjectifs pour qualifier cette femme qui accrut encore la pression.

— Je pars sur-le-champ. Avec ou sans vous, inspectrice Campbell.

— Vous n'arriverez à rien seule... Et vous... et vous... vous m'énervez !

Grace serra les poings. Elle détestait cette prise en otage. Même si au fond, elle savait que les arguments de Sarah étaient les bons. D'ailleurs, elle se demanda si elle n'était pas plus en colère contre elle-même que contre son homologue norvégienne. Ne se cherchait-elle pas des excuses pour retarder une échéance inéluctable ? En sondant son état profond, Grace dut admettre que pour la première fois de sa carrière dans la police, elle éprouvait de la peur. Non pas la peur qui électrise ou galvanise, mais plutôt celle qui avale la confiance et l'envie. Celle qui porte les lourds habits de l'angoisse funeste. Elle en prenait soudainement conscience : Olympe l'avait traumatisée.

Face à elle, Sarah Geringën eut l'air de comprendre ce qui se jouait chez Grace.

— Compte tenu de ce que vous avez accompli, commença-t-elle, s'il y a une personne à qui je peux faire confiance aujourd'hui dans cette affaire, c'est vous et vous seule, inspectrice Campbell. Justement parce que vous connaissez le danger que représente Olympe.

Quant à celle que vous pourriez m'accorder pour vous couvrir, partez du principe que je suis aussi déterminée à vous protéger que je suis… *énervante*. Si ce n'est plus.

Grace poussa un profond soupir, récupéra sa clé USB et avala deux cachets d'antidouleurs avec le thé froid qui restait au fond d'une tasse posée sur son bureau. Puis elle peina à enfiler sa parka, gênée par son bras plâtré et ses côtes qui lui faisaient mal. Elle allait abandonner quand elle sentit son manteau s'ajuster sur son dos avec délicatesse. Elle se retourna et vit Sarah tirer la porte du bureau. *Surprenante femme*, pensa Grace.

Bref moment de répit mental avant que l'appréhension ne reprenne ses droits. Alors qu'elle traversait les couloirs du commissariat sous les regards de ses collègues, Grace ne prêtait déjà plus attention à ce qui se passait autour d'elle. Un mot tournait en boucle sous son crâne, traînant derrière lui une sensation aussi étrange qu'oppressante : *Rosemary*.

– 3 –

Sarah avait pris le volant et suivait les instructions du GPS pour quitter Glasgow en direction des Scottish Borders. Grace avait allumé la radio afin d'écouter les informations. Elle se demandait quelle place on y accordait à l'arrestation du train d'Olympe et surtout comment la nouvelle serait traitée, étant donné qu'une très grande partie des médias appartenait soit directement à la multinationale, soit à de proches collaborateurs du Passager. Après quelques publicités, le flash de 11 h 30 avait commencé : « Un marin est décédé dans le naufrage du chalutier écossais *Whalesafe* au large de la Norvège hier soir, les sept autres membres de l'équipage ont pu être sauvés. Le ministre de l'Intérieur a déclaré vouloir faire une priorité de la lutte contre les violences conjugales et promet la mise en place d'une brigade policière dédiée au secours des victimes. La société Olympe porte plainte contre la police russe après l'arraisonnement du train appartenant à la multinationale, qui se dit victime d'une grave erreur d'appréciation. Rendez-vous à la fin de ce journal pour une enquête de notre service investigation sur les fantasmes et théories complotistes qui entourent la compagnie multimilliardaire. »

Écœurée, mais à peine surprise, Grace avait failli éteindre le poste, mais le journaliste avait poursuivi d'une voix enjouée sur une information étonnante : « Enfin, étrange découverte aux États-Unis dans le désert de l'Utah. Hier, des fonctionnaires qui recensaient en hélicoptère les mouflons dans la région ont aperçu une mystérieuse forme noire sur la terre ocre de la zone. Il s'agit d'un monolithe de métal planté dans le sol. L'objet poli et gravé de cercles concentriques mesurerait quatre mètres de haut sur un mètre de large. Aucune explication n'a pour le moment été fournie sur sa présence, dans un secteur qui se trouve à plus de quatre cents kilomètres de la première ville. Une enquête est en cours pour élucider cette énigme qui agite déjà des millions d'internautes dans le monde entier, certains y voyant la marque d'une intervention extraterrestre. Alors, Nora, je ne vous demande pas la météo sur Mars mais seulement de notre pays. Va-t-il pleuvoir des petits hommes verts sur la planète Terre aujourd'hui ? »

Grace avait coupé le signal, certes intriguée par cette histoire de monolithe, mais par-dessus tout révoltée par la manière dont étaient discréditées les accusations contre Olympe.

— Que pensez-vous de cette découverte dans l'Utah ? finit-elle par demander à Sarah, qui n'avait pas décroché un mot.

— Que j'ai vu des choses suffisamment étranges au cours de mes précédentes enquêtes pour rester plus prudente que ce journaliste. Concernant la façon dont ce flash évoquait Olympe, je pense que l'on a la preuve évidente de la mainmise de la multinationale sur le paysage médiatique.

Fatiguée par cette déception et rongée par une sombre anxiété à l'idée du danger au-devant duquel elle se rendait, Grace avait incliné le dossier de son siège pour somnoler. Bien qu'elle ne connaisse pas grand-chose de cette inspectrice norvégienne, son attitude rigide et taiseuse lui inspirait finalement confiance, et elle put ainsi prendre un repos serein. Bercée par les mouvements de la route, le regard clos, elle se rendit compte combien cela lui faisait du bien de se laisser guider pour une fois.

Quand elle sortit de sa torpeur, elle constata qu'elles avaient abandonné l'autoroute pour suivre les chemins déserts et sinueux de la campagne écossaise. Elle redressa son siège et frotta le coin de ses yeux, pas tout à fait certaine d'avoir quitté sa rêverie, tant le paysage alentour offrait des airs de monde imaginaire. Sous un ciel dilué à l'encre noire, des étendues sans fin de collines se perdaient dans le brouillard à l'horizon. La lumière était si terne que même les herbes folles avaient pris des teintes grisâtres, pareilles aux murets de pierres branlantes qui délimitaient çà et là des parcelles ancestrales. Parfois, à l'image d'une percée divine, un bref rai filtrait à travers les nuages et les vastes prairies miroitaient de quelques taches cristallines, dévoilant une mare ou un étang. L'humanité semblait n'avoir jamais foulé ces territoires, jusqu'à ce que se dessinent, au loin, les ruines d'une tour carrée, érigée sur un promontoire de roches grises et anguleuses mangées par la mousse.

Sa présence rappelait alors les cris de guerre, les déchaînements des armées, et les ruisseaux de sang qui avaient abreuvé cette terre au cours des siècles. De mornes combattants fantômes émergeaient-ils des profondeurs à la faveur de la nuit pour reproduire à l'infini les gestes désespérés de leur dernière bataille ? Entendait-on la rumeur de leur plainte se mêler au mugissement du vent ?

Grace les imaginait aisément, d'autant que quelques mètres plus loin, au détour d'un virage, elle vit surgir, avec un mélange d'émerveillement et de malaise, des arches gothiques décharnées et branlantes. La carcasse d'une antique cathédrale dépassait à peine d'un bosquet, telle la cage thoracique d'un géant qui se serait effondré derrière ces arbres en des temps reculés.

— Je n'ose imaginer ce que l'on va trouver là-bas, dit Grace en sortant de sa contemplation.

Sarah détourna un instant les yeux de la route pour regarder les ruines de l'édifice religieux dévoré par la végétation.

— Peur de quoi ?

— De mourir.

Le roulement des pneus sur l'asphalte résonnait dans l'habitacle. Sarah réfléchissait sans doute à ce qu'elle allait dire, ou peut-être n'avait-elle tout simplement pas envie de parler.

— Vous êtes mariée ? insista Grace.

— Donc, vous voulez savoir si quelqu'un tient à moi dans ce monde ?

Grace appréciait finalement que cette femme aille toujours droit au but.

— On peut dire ça…

— Je partage ma vie avec un homme, oui. C'est le journaliste qui travaille sur le sujet MK-Ultra.

— Vous avez des enfants ?

Étonnamment, l'inspectrice norvégienne sembla réfléchir. *Que cache ce silence ?* s'interrogea Grace.

— Oui, finit par répondre Sarah. Et vous ?

— Non. Ni conjoint ni enfants.

— Alors vous ne devriez pas avoir peur de mourir.

— Oui, mais vous, jusqu'où êtes-vous prête à aller pour arrêter Olympe ? Si vous mourez, votre compagnon et…

— Je ne vous laisserai pas tomber, Grace. J'ai fait le choix de ce métier et de cette enquête en connaissance de cause. Et mon conjoint sait qui je suis. Il sait que je me bats aussi pour que notre enfant puisse vivre dans un monde meilleur que celui qu'Olympe ou d'autres veulent façonner.

Sarah jeta un coup d'œil au GPS, qui indiquait une arrivée dans un peu moins de trente minutes, avant de poursuivre.

— Et vous ? Jusqu'où êtes-vous prête à aller ?

Grace laissa dériver son attention sur le paysage vallonné, questionnant à son tour le moteur de son existence. Maintenant qu'elle avait élucidé le mystère de son enfance, elle se sentait plus libre, mais aussi plus vulnérable. Comme si la vie méritait davantage d'être vécue qu'auparavant.

— Je suis prête à aller jusqu'au bout, parce que si nous échouons, le monde ne m'intéressera plus.

L'inspectrice Geringën hocha discrètement la tête.

— Et pour revenir à votre question de départ… Que craignez-vous de trouver là où nous nous rendons, si vous n'avez plus peur de la mort ?

— Ce dont j'ai peur, commença Grace en se pinçant la lèvre, c'est… de ne plus supporter les intentions d'Olympe. Ce dont j'ai peur, c'est la folie qui pourrait s'éveiller en moi en contemplant l'abîme de malveillance de cette entreprise. J'ai peur de lever le voile sur le troisième et dernier acte de leur projet… tout comme je redoute ce qui se trame derrière le nom de Rosemary.

— La peur de soi, c'est bien la pire de toutes, résuma Sarah.

Grace nota la même inflexion vocale que lorsqu'elle avait fait allusion au suicide suspect d'un patient à l'hôpital psychiatrique d'Oslo.

— Et que vous évoque le prénom Rosemary ? enchaîna Grace, qui n'avait pas l'intention de mettre sa coéquipière mal à l'aise.

Sarah inspira profondément et fit jouer ses doigts autour du volant.

— Le destin tragique de Rosemary Kennedy, la sœur cachée de JFK. Après avoir subi une lobotomie à l'âge de vingt-trois ans, elle est devenue handicapée à vie. Mais elle est morte en 2005, donc je doute qu'il y ait un rapport avec notre enquête.

Sarah freina à l'approche de l'étroite arche d'un pont en pierre franchissant un cours d'eau cabossé de rochers.

Grace surveilla le GPS. La zone floutée se trouvait à encore une vingtaine de minutes de route. Elle fixa son regard sur l'horizon, mais ne vit rien d'autre que les vagues de collines vertes onduler sous le ciel de cendres. Jusqu'à ce qu'elles croisent un panneau indiquant la direction du mur d'Hadrien, un peu plus au sud. Mur que l'empereur romain avait fait construire sur plus d'une centaine de kilomètres à la frontière entre l'Écosse et l'Angleterre. Sans sombrer dans le manichéisme, Grace ne put s'empêcher de comparer les velléités impérialistes des Romains à l'ambition mégalomaniaque d'Olympe. Nul doute que le Passager se voyait en empereur de la nouvelle civilisation mondiale : soumise à sa volonté de contrôle, comme jadis Rome avait voulu imposer son pouvoir à toutes les terres connues.

Pour calmer la haine réactivée à l'égard d'Olympe, elle sortit son pistolet de son holster et s'assura qu'il était bien chargé d'un mouvement de poignet agile et entraîné de son bras valide. Elle vit Sarah l'observer du coin de l'œil.

— Où avez-vous appris à vous battre ? demanda Grace en rangeant son arme.

— J'ai servi plusieurs années dans les forces spéciales norvégiennes.

Grace comprit un peu mieux d'où venait l'autorité implacable qui émanait de cette femme.

— Ne comptez pas sur moi pour faire preuve de la même aptitude, précisa-t-elle. Surtout avec ce plâtre. En revanche, je sais tirer.

— Si vous avez survécu à Olympe et réussi à provoquer un tel bazar dans le train, c'est qu'on peut compter sur vous.

La route se tortilla pour épouser les méandres d'une rivière qui courait vers une vallée encaissée où, à leur grand étonnement, les deux inspectrices aperçurent un hameau d'une poignée de maisons à colombages et à la toiture grise. Elles dépassèrent les habitations et durent s'écarter de la route principale pour suivre une bande mal goudronnée, d'où saillaient parfois des pavés qui faisaient trembler le véhicule. Le bas-côté n'était plus entretenu et la végétation, toujours agitée par le vent comme une poupée folle, grignotait sur le chemin.

— Quand nous serons sorties de la forêt, nous entrerons dans la zone interdite, annonça Grace en sentant un nœud d'anxiété dans son ventre.

Sarah ralentit et fouilla dans la poche intérieure de sa parka pour en tirer son pistolet, qu'elle posa sur la plage avant de la voiture. Grace s'empara également de son arme, mais la garda sur ses cuisses, alors que les premiers arbres venaient de les happer sous leur sombre couverture.

Qu'allaient-elles trouver au sortir de cette épaisse forêt parsemée de roches moussues ? Un château, une usine, une base militaire, ou plus simplement des champs, un village, une grotte ? Rosemary…

Grace resserra ses doigts sur son revolver. Elle sentait que Sarah était aux aguets.

— Arrêtons-nous et poursuivons à pied, dit Grace. En voiture, on n'a aucune chance d'approcher discrètement. Et il reste un peu moins de deux kilomètres avant d'arriver au point précis des coordonnées.

Sarah ne discuta pas et se gara sur le bas-côté. Elles prirent garde à ne pas claquer la portière de la voiture en sortant à l'air libre. Le vent secouait rageusement les branches au-dessus de leurs têtes et se faufilait, telle une glaciale main invisible, entre les troncs pour faire voler leurs cheveux. Leur parka remontée jusqu'au cou, leur arme pointée vers le sol, sur le qui-vive, les deux femmes progressaient côte à côte, à l'abri des arbres. Grace avait toujours mal aux côtes et un peu au genou, mais les antidouleurs qu'elle avait pris avant de partir faisaient effet et lui permettaient de se déplacer presque normalement.

Guettant leur localisation sur le GPS de leur téléphone, elles avancèrent sans parler pendant un peu plus d'un kilomètre, les yeux larmoyants, les oreilles saturées par le souffle brutal des bourrasques qui prenaient d'assaut la forêt.

— Dans dix mètres, nous atteindrons la frontière de la zone floutée, lança Grace en s'arrêtant. C'est bizarre : aucune barrière, aucun barbelé. Pas même un changement d'environnement.

Sarah s'agenouilla et, d'une main prudente, tâtonna dans les feuilles mortes, qui s'envolaient. Grace scruta les arbres, à la recherche d'une caméra, d'un fil caché, sans rien voir d'autre que les branches qui se tordaient de douleur sous les claques venteuses. Elle jeta trois pierres à une dizaine de mètres en avant. Apparemment sans déclencher quoi que ce soit.

— On s'écarte à cinq mètres l'une de l'autre et on progresse ensuite en parallèle, dit Sarah. Et on attend avant de sortir à découvert…

Grace accepta l'ordre à contrecœur. Non seulement elle se sentait diminuée avec son bras dans le plâtre et ses douleurs, mais en plus, Sarah lui donnait l'impression de vouloir mener l'enquête à sa place.

Elle ravala sa frustration et tâcha de prouver à sa coéquipière qu'elle était à la hauteur.

Les deux femmes cheminèrent donc en déroulant leurs pas au rythme des entrechocs et des grincements de branches.

Grace remarqua vite combien Sarah se mouvait avec souplesse et vélocité. Une agilité militaire qui lui rappela alors Naïs. L'espace de quelques secondes, elle décrocha de la réalité, saisie par l'émotion. Elle venait d'éprouver ce qu'elle désirait vraiment en cet instant : se sentir auprès de Naïs, rassurée, protégée et aimée.

Soudain, une succession de bruits se rapprocha au-dessus d'elle. Brutalement tirée de sa rêverie, elle eut tout juste le temps de voir une branche chuter, et évita le morceau de bois, qui se brisa à ses pieds.

Sarah Geringën, qui avait déjà atteint la lisière, calée de profil derrière un tronc épais, tourna la tête vers Grace. Comme promis, la Norvégienne ne se contentait pas d'avancer le plus efficacement possible, elle veillait sur sa coéquipière. Grace lui fit signe qu'elle allait bien, et resserra sa prise en main autour de la crosse de son arme.

Plus prudente que jamais, elle entama trois pas rapides qui lui permirent de rejoindre la protection d'un des derniers troncs d'arbres, à deux mètres de Sarah.

Quand sa respiration se fut un peu calmée, elle essuya les larmes d'irritation qui floutaient sa vision et osa un regard à découvert.

De hautes herbes humiliées par le vent se contorsionnaient dans une danse chaotique. Un ciel aveugle, opaque de nuages charbonneux défilant sans compassion pour le drame qui se jouait sur ces terres tourmentées. Et, comme une improbable apparition dans ce lieu reculé, au pied d'une colline se dressait une bâtisse de pierres grises. Tout en hauteur, sur trois étages, percée de peu de fenêtres, elle avait des allures de tourelle médiévale. À l'arrière, on devinait un mur qui devait délimiter un petit terrain. Aucun signe de vie apparent, aucune voiture n'était garée devant cette maison solitaire, perdue dans les profondeurs des landes.

– 4 –

L'inspectrice Geringën fit comprendre à Grace qu'elle passait devant, puis marcha en direction de la maison. Grace attendit une poignée de secondes avant de la suivre. Au premier pas hors de l'abri de la forêt, elle fut déséquilibrée par une rafale qui semblait l'avoir guettée comme une proie. Emportée par le poids de son bras plâtré, elle évita la chute de justesse. Les cheveux plaqués sur le côté du visage, reprenant ses esprits, elle aperçut Sarah, penchée en avant, se frayer un chemin entre les herbes vers la demeure. Malmenée, Grace diminua à son tour sa prise au vent et fendit la végétation, son arme fermement gainée dans sa main. Les pointes herbeuses fouettaient ses jambes, tandis que des courants d'air parvenaient à glisser leur langue glacée sur la peau de ses reins en se faufilant sous sa parka. Frissonnante, elle leva les yeux. Seule, terne, la maison de pierre semblait les attendre comme une sentinelle ayant perdu tout espoir de revoir un jour des êtres vivants. Étrange vision que cette tourelle grise cernée par ces prairies au vert vif, et écrasée par des nuages dont la panse noirâtre menaçait de crever dans un déluge. Tentant d'ignorer l'écho du prénom Rosemary qui affluait dans ses pensées, Grace accéléra sa progression et finit par rejoindre Sarah, qui s'était postée à moins de cinq mètres de la bâtisse.

C'est là qu'il lui parut entendre pour la première fois comme un chant cristallin affleurer par intermittence entre les sifflements du vent. Sarah lui fit comprendre qu'elle percevait aussi une anomalie sonore. Grace se concentra, les yeux fermés : ces sons ressemblaient finalement plus à ceux d'une clochette très aiguë.

Mais en dehors de ces tintements, aucun signe de vie. Grace se redressa et lutta pour avancer sans tomber en direction de la maison. Sarah lui emboîta le pas et se retrouva vite à ses côtés. La capuche de sa parka claquait sur son dos et Grace remarqua qu'elle avait aussi les yeux rougis. Ses taches de rousseur avaient même pâli sous l'effet du froid.

— Qui peut vivre ici ? demanda Grace.

— Des gens qui n'ont pas peur de grand-chose… ou personne.

Tous les volets étaient fermés, et si l'on se fiait aux herbes folles qui léchaient la façade, on pouvait aisément douter de la présence d'âme humaine en ces lieux.

Pas une silhouette, pas un mouvement autre que le ressac de la végétation débordante. Sur la lointaine île d'Iona et même au fin fond du Groenland, Grace avait moins éprouvé cette impression d'isolement, de solitude. D'accablement. Car il émanait une atmosphère profondément mélancolique de cet endroit. Comme un sentiment inconsolable.

Avec précaution, les deux femmes contournèrent chacune un pan de la maison. L'arrière du terrain, qui devait abriter un jardin, était entouré d'un mur trop haut pour que l'on puisse voir par-dessus. Et de ce côté, les volets étaient également clos.

Grace et Sarah se retrouvèrent devant la bâtisse et posèrent le pied sur la première marche de l'escalier menant à un porche en bois. Sous leurs semelles, les lattes étaient rongées par la mousse et même vermoulues à certains endroits. Seule preuve que l'humanité avait un jour occupé cette demeure, un carillon de tubes accroché aux poutres de l'auvent tanguait au gré des courants d'air en entraînant sa mélodie argentée.

Grace alluma sa lampe torche et inspecta la porte d'entrée à la recherche d'un signe attestant la présence d'Olympe. Mais elle n'éclaira que du bois craquelé, quelques gouttes d'humidité et une grosse cloche en fonte suspendue au mur.

— Il est temps de savoir pourquoi le Passager conservait précieusement dans son coffre la localisation de ce lieu reculé, déclara Grace en s'approchant de Sarah pour qu'elle l'entende sans avoir à crier. Je sonne, tu me couvres ?

Sarah opina, acceptant visiblement cette nouvelle complicité, et se plaqua sur le côté de la porte, son arme pointée vers le bas.

Grace se retourna pour s'assurer que personne n'arrivait dans leur dos, mais elle ne distingua que la barrière bruissante que formait la forêt.

Elle inspira à fond et frappa à trois reprises le battant de la cloche contre la robe métallique. Le son émis lui évoqua une alarme de phare prévenant un bateau égaré dans le brouillard. Le vent s'empara des notes et les emporta au loin dans une traînée lugubre.

Pas de réponse. Grace glissa ses cheveux derrière son oreille et colla sa joue au battant de la porte. Elle fit comprendre à Sarah qu'elle n'entendait rien dans la maison. Étaient-elles venues jusqu'ici pour trouver porte close ? Des hommes armés allaient-ils surgir au dernier moment pour les abattre d'une rafale ? Grace savait qu'il fallait toujours craindre le pire avec Olympe. L'attente attisa son angoisse et elle posa une main sur la poignée de la porte, essayant de l'ouvrir, en vain.

L'inspectrice Geringën pointa le canon de son pistolet vers la serrure et interrogea Grace du regard, qui, d'un geste, la freina. Puis elle refit sonner la cloche. L'appel métallique résonna de nouveau.

Grace se pencha vers le battant. Elle ne perçut que le bourdonnement du sang dans son oreille. Elle allait reculer pour permettre à Sarah de faire feu, quand une mâchoire invisible lui mordit le cœur : elle venait d'entendre un bruit. Suivi de trois verrous qui claquèrent. Et telle une bouche à l'agonie, la porte s'entrouvrit lentement.

– 5 –

D'abord, Grace ne vit rien. Il faisait trop sombre dans la maison. Puis une silhouette sortit de l'obscurité. Une femme longiligne, enveloppée d'une robe noire à boutons dont le col terminé d'une dentelle blanche couvrait le cou, sembla se matérialiser du néant. Ses cheveux courts, d'un brun foncé, contrastaient de façon maladive avec la couleur diaphane de sa peau, sous laquelle on devinait les méandres verts de ses veines. Malgré sa tenue stricte, elle conservait un côté adolescent, presque enfantin. Peut-être à cause de son grand regard étonné, de ses pommettes hautes ou de ses lèvres joliment pulpeuses. Elle posa d'abord ses yeux sur le bras plâtré de la policière, puis sur son arme. La belle Écossaise n'était pas tranquille, ses doigts se crispaient sur la crosse.

— Bonjour, madame, je suis inspectrice de police à Glasgow et j'aurais aimé, avec ma collègue ici présente, vous poser quelques questions, dit Grace.

Sarah montra son visage, mais demeura à distance.

L'autre les détaillait des pieds à la tête, sans un mot. Elle avait une main derrière la porte, ce qui ne faisait que décupler la nervosité de Grace.

Et ce carillon qui égrenait ses notes confuses sous les assauts du vent.

— Pardonnez la présence de nos armes, il s'agit de la procédure habituelle lorsque nous intervenons chez des inconnus. On ne sait jamais sur qui on peut tomber, expliqua Grace, qui se résolut à ranger son pistolet dans son holster.

Elle espérait entendre les frottements de la parka de Sarah dans son dos, lui indiquant qu'elle suivait son exemple, mais la Norvégienne avait dû juger qu'il était encore trop tôt pour baisser la garde.

— J'ai peur des armes à feu, finit par murmurer la jeune femme.

Sa voix était douce. Et Grace comprit qu'elle ne les regardait pas tellement avec méfiance, mais avec les yeux de celle qui n'a pas vu de semblables depuis longtemps.

— Qu'êtes-vous venues chercher jusqu'ici ?

— Nous avons reçu des signalements de campeurs qui auraient aperçu des véhicules décharger de la marchandise, la nuit, près de votre maison, déclara Grace. Les numéros d'immatriculation relevés appartiennent à des trafiquants de drogue. Nous avons besoin de vous interroger à ce sujet.

— Un trafic de drogue ? Cela n'a aucun sens, s'étonna la jeune femme, l'air désemparée. Ils ont dû confondre avec les livreurs de nourriture ou de produits ménagers.

— Peut-être que cela pourrait concerner quelqu'un d'autre du foyer…

— Je vis seule.

— Nous pouvons entrer ? demanda Grace en exagérant un peu les grelottements qui agitaient son corps.

— Suis-je obligée d'accepter ?

— Non, mais un refus ne pourra qu'attiser nos suspicions et, quand nous reviendrons, ce sera avec toute une équipe qui prendra bien moins de précautions pour fouiller les lieux.

La femme ouvrit grand la porte. Grace fut la première à franchir le seuil et pénétra dans une entrée spacieuse, où un lustre vert Art déco diffusait une lumière livide. Au sol, un tapis brodé de couleurs maussades recouvrait un parquet gondolé conduisant à un escalier qui montait en arc de cercle, et contre lequel était adossé un secrétaire en acajou.

Sarah referma la porte derrière elle, son arme toujours en main.

— Vous gardez les volets clos en pleine journée ? Il n'est que 15 heures…

La propriétaire des lieux posa un instant ses yeux sur le pistolet, puis alla ouvrir les volets des deux fenêtres de l'entrée. Le vent s'engouffra une dernière fois en sifflant, avant qu'un silence étouffé n'enveloppe le hall et que la jeune femme n'observe ses deux visiteuses sans un mot.

Grace lui retourna son regard, la tête un peu inclinée sur le côté, cherchant à cerner cette femme. Qui était-elle ? Quel lien entretenait-elle avec Olympe ? Était-elle vraiment seule ici ? Ou d'autres personnes se tenaient-elles à l'affût derrière l'une des portes qui donnaient sur le hall, prêtes à fondre sur elles ? Une caméra était-elle en train de les filmer ? Et puis, sous ses airs innocents, la maîtresse de maison avait une façon de les scruter en silence qui angoissait Grace de plus en plus. Dissimulait-elle quelque chose ou était-elle tout simplement intimidée par l'intrusion de deux policières chez elle ?

— Je suis l'inspectrice Campbell, finit par dire Grace, et voici l'inspectrice Geringën.

— Lydie Ferguson.

Grace eut un temps de surprise.

— Excusez-moi, je pensais que vous vous appeliez Rosemary.

L'autre femme leva des sourcils circonspects et répondit d'une discrète négation de la tête.

— Aucune Rosemary n'habite ou n'a habité ici ? insista Sarah.

— Non… mais pourquoi continuez-vous à pointer votre arme ? Il y a un danger ?

— Je ne sais pas. À vous de nous le dire, répliqua sèchement Sarah.

La jeune Ferguson fronça les sourcils, comme blessée par le ton vindicatif de l'inspectrice.

— Je ne comprends pas ce que vous me demandez. Comme je vous l'ai dit, je vis seule, depuis la mort de mon mari et de mon fils dans un accident de voiture. Il y a cinq ans…

— Navrée, madame Ferguson, répondit Grace, déstabilisée par l'abrupte révélation, mais n'en restant pas moins sur ses gardes. Est-ce que vous permettez que l'on jette un coup d'œil à votre maison ?

— Vous savez, je ne l'entretiens plus très bien…

— Je vis seule aussi, ajouta Grace avec un sourire amène, je sais ce que c'est.

En terminant sa phrase, elle aperçut Sarah, qui semblait se contenir pour ne pas ouvrir toutes les portes du rez-de-chaussée à la volée.

Lydie Ferguson se tourna vers la policière norvégienne, comme si elle se méfiait d'elle.

— Que cherchez-vous au juste ?

— Cessons ces bavardages et montrez-nous la maison, ordonna Sarah, qui marchait en inspectant le hall.

Grace vit le visage de la propriétaire des lieux s'assombrir, sa coéquipière avait été trop brusque. Leurs méthodes de travail étaient définitivement à l'opposé l'une de l'autre, et elle commençait à regretter d'avoir accepté de collaborer avec cette policière autoritaire.

— Pour votre sécurité, il est nécessaire que nous puissions éliminer toute menace à votre encontre que vous pourriez ignorer.

La jeune femme joignit ses pouces devant sa jolie bouche, comme une enfant indécise. Puis elle sembla puiser de la confiance dans le regard de Grace.

— Suivez-moi, mais ne vous étonnez pas que des pièces entières soient recouvertes de tissu, je n'occupe plus que certaines parties de la maison.

Deux portes donnaient sur l'entrée. Lydie Ferguson ouvrit celle de gauche et alluma la lumière d'un lustre en cristal pour révéler ce qui avait jadis dû être un salon. Aujourd'hui, une pièce poussiéreuse dont les meubles étaient drapés d'étoffes blanches. Sarah et Grace y pénétrèrent malgré tout, regardant sous les toiles de tissu, inspectant les meubles. Sans rien y trouver de douteux en dehors de l'odeur de renfermé.

La porte de l'autre côté du hall s'ouvrait sur un couloir qui menait à une petite cuisine, dans laquelle flottait un fumet de soupe. Le mobilier était plutôt bien entretenu et un couvert solitaire était mis sur une table en Formica. Grace remarqua qu'il n'y avait qu'une seule chaise, mais installée du côté opposé à l'assiette.

Les deux inspectrices ouvrirent quelques tiroirs et placards, passèrent la main sous la table et ressortirent. Quand Grace voulut refermer la porte derrière elle, elle rata la poignée. Elle se retourna, étonnée, et constata que celle-ci était un peu plus basse que d'ordinaire. D'ailleurs, en y regardant de plus près, on voyait que la serrure avait été déplacée.

— Vous voulez voir les étages aussi, je suppose ? s'enquit la jeune veuve.

— Oui, s'il vous plaît, dit Grace.

Sarah passa dans son dos pour lui chuchoter quelques mots à l'oreille.

— Tu t'y prends mieux que moi avec cette sainte nitouche. Je te laisse parler.

Grace hocha la tête, soulagée de constater que malgré sa dureté d'approche, sa coéquipière savait faire preuve de discernement.

— Pourquoi avoir emménagé dans un endroit si retiré ? demanda-t-elle en suivant la jeune femme, qui montait déjà l'escalier recouvert d'un tapis rouge. Ça ne doit pas être très pratique ni toujours très rassurant.

— Quand nous nous sommes mariés, avec Thomas, nous n'avions pas beaucoup d'argent. Moi, je n'avais qu'un petit boulot de vendeuse, que je n'ai plus aujourd'hui d'ailleurs, et Thomas avait dû éponger de lourdes dettes de sa femme lorsqu'elle est décédée.

Alors, lorsqu'on est tombés sur cette grande maison que l'on pouvait s'offrir avec nos petits moyens, on a décidé de tenter l'aventure. Et on ne l'a pas regretté.

— Et à qui appartenaient les lieux avant vous ?

— Je ne sais pas. C'est mon mari qui s'est occupé de toutes les transactions à l'époque. Je ne m'en suis pas souciée, j'étais trop heureuse de commencer ma vie ici avec lui et Jonah, son fils, que j'ai fini par adopter.

— Vous avez les papiers administratifs notariaux ?

— Oh certainement, je vous les montrerai si vous voulez.

Tout en écoutant la réponse, Grace se fit la réflexion que le tapis qui cascadait sur les marches était particulièrement usé pour une maison occupée par une seule personne. À moins qu'il ne se soit trouvé là depuis des années.

— Combien de temps avez-vous vécu ici avec votre mari et votre fils avant… ?

— Sept mois. On s'est mariés le 7 juin 2015 et l'accident a eu lieu en janvier 2016.

Grace laissa s'écouler un moment de silence pour respecter le chagrin de cette jeune veuve et ne pas paraître trop pressée. Elle passa une main sur la rampe en bois et en apprécia la douceur cirée.

— Bel escalier et beau tapis, en tout cas.

— Oui, on l'a acheté pour rendre l'endroit plus chaleureux et… un peu plus chic, répondit Lydie Ferguson avec une charmante moue.

Grace se retourna vers Sarah, qui lui fit signe qu'elle avait compris le problème.

Les trois femmes arrivèrent sur le premier palier, qui distribuait trois pièces. Lydie Ferguson les ouvrit une à une, en enclenchant chaque fois la lumière. La première était une froide salle de bains au carrelage mural bleu pâle ; la deuxième, ce qui avait dû être un bureau et une bibliothèque.

— Vous permettez, dit Grace en montrant qu'elle voulait entrer.

— C'était le sanctuaire de Thomas. Il y passait beaucoup de temps, simplement à lire.

Grace foula le parquet habillé d'un tapis et huma l'odeur des livres anciens, qui lui était familière. Au mur, des peintures fanées de paysages ou d'animaux accentuaient l'atmosphère surannée des lieux. Elle regarda le dos des ouvrages. De nombreux romans côtoyaient des biographies de personnalités royales, scientifiques ou littéraires. Rien d'anormal, et surtout rien qui puisse permettre de relier Olympe à cette maison.

— Quelle profession exerçait votre mari ?

— Il travaillait dans une petite société d'aménagement urbain, à une quarantaine de kilomètres d'ici. Et voilà ma chambre, annonça la jeune veuve quand Grace ressortit du bureau.

La pièce était meublée d'un lit au cadre en bois ouvragé, recouvert d'un édredon brodé, et d'une solide armoire rustique. À l'image du reste de la maison, cette chambre semblait être restée figée au XIXe siècle. Grace s'attarda près de l'unique table de nuit supportant un réveil et un cadre photo où l'on reconnaissait Lydie Ferguson tout sourire. À ses côtés, celui qui devait être Thomas l'embrassait sur la joue en riant, pendant qu'un petit garçon serrait la taille de ses deux parents et jetait à l'objectif un œil gai et malicieux. *Une famille heureuse... dont la joie contraste étrangement avec l'austérité des lieux*, songea Grace.

Sur le seuil de la pièce, Lydie surveillait l'inspectrice en se mordillant les lèvres.

— Je ne sais jamais si cette photo me fait plus de bien que de mal, dit-elle en baissant les yeux.

Grace hocha la tête avec compassion.

— Il reste encore un étage à la maison..., dit Grace, en notant que sur ce palier aussi les poignées des portes avaient été descendues.

— Oui, un débarras et la chambre de Jonah.

La jeune femme parut hésiter.

— C'est très troublant pour moi d'aller là-haut. Je ne m'y suis pas rendue depuis la mort de Jonah et Thomas.

Grace observa pourtant que le tapis était tout aussi élimé que sur les marches précédentes. Combien de personnes vivaient vraiment ici ?

— Je vais y aller seule, si vous préférez, dit Grace, qui ne se sentait pas rassurée par cette femme étrange.

— Non, non, je vous accompagne. Il fallait bien que j'y retourne un jour.

— Vous n'avez jamais reçu la visite de personnes qui auraient demandé, je ne sais pas, à inspecter le terrain pour des raisons administratives ou autre chose ? poursuivit Grace.

— Jamais. Vous êtes les premières.

— Et aucune présence étrangère ou suspecte aux alentours ?

Grace trouva la veuve pensive, comme si elle fouillait intensément sa mémoire.

— À part des promeneurs égarés une ou deux fois, non, rien. Mais vous me faites un peu peur. Suis-je en danger ?

— Je ne pense pas, la rassura Grace. Terminons l'inspection des lieux pour en être complètement certaines. On y va ?

— Je vous attends là, déclara Sarah.

Grace fut intérieurement reconnaissante à sa coéquipière d'avoir éprouvé le même besoin de prudence et de couvrir leurs arrières.

Lydie Ferguson passa devant, gravissant les marches de façon beaucoup plus lente que quelques instants auparavant. Malgré les médicaments, Grace éprouvait un léger lancement dans les côtes, mais la méfiance qu'elle nourrissait à l'égard de la jeune veuve l'empêchait de penser à sa douleur. Elle glissa discrètement sa main vers la crosse de son arme calée sur son flanc.

Parvenues au palier, la veuve s'écarta.

— Je vous laisse regarder par vous-même. Je ne suis pas prête…

Grace ouvrit prudemment la première porte, qui donnait sur une modeste chambre d'enfant. Là aussi, le mobilier était sommaire et rustique : un lit de taille moyenne à l'armature en bois foncé, un petit bureau et une malle en osier percée débordante de jouets. Au sol, un tapis de jeu accueillait des personnages sans doute restés exactement là où le garçonnet les avait disposés la dernière fois qu'il avait joué. C'est à peine si on ne l'entendait pas encore imiter les voix en déplaçant ses héros avec l'air investi des enfants plongés dans leur univers.

Grace fit quelques pas dans la pièce et ouvrit la fenêtre puis le volet, offrant une vue sur l'arrière de la maison. Elle découvrit un jardin encadré par le haut mur qu'elle avait contourné avec Sarah. De la mauvaise herbe avait poussé partout, sauf sur un étroit rectangle qui devait faire office de potager, si l'on en croyait les allées de terre et les tuteurs enfoncés dans le sol. Au fond du terrain, quelques outils traînaient sous un frêle abri en bois.

Elle referma volet et fenêtre et retourna sur le palier. Plus bas, elle aperçut Sarah surveiller les alentours avec attention. Lydie Ferguson, elle, observait finalement la chambre, les yeux rougis, les lèvres pincées.

Une main devant la bouche, la mâchoire tremblante, elle détourna la tête.

— Je suis désolée… je le vois là… et…

Elle étouffa un déchirant sanglot et Grace lui posa spontanément une main sur l'épaule. Même si elle ne pouvait encore accorder sa confiance à cette femme, elle ne pouvait non plus lutter contre sa bonté naturelle. À l'étage inférieur, elle vit pourtant Sarah lui faire un signe négatif de la tête.

— J'ai bientôt fini, nous allons vous laisser tranquille, dit Grace avec douceur.

La veuve lui fit remarquer d'un geste sa reconnaissance.

Dans le débarras, tout était effectivement masqué par des draps. En les soulevant, on y trouvait une commode de couleur pastel, deux petites chaises pour enfant, un bureau d'écolier en bois, un lit surmonté d'une couette aux motifs d'animaux, des peluches et quelques babioles dans les tons acidulés. Probablement le mobilier des premières années de Jonah.

Au moment de quitter la pièce, Grace observa le plafond et repéra une trappe.

— Il y a un grenier ?

— Oui, mais nous n'y avons jamais rien entreposé.

L'inspectrice écossaise sortit sur le palier et consulta son homologue du regard, qui monta aussitôt l'escalier. Sarah sauta pour attraper l'anneau d'ouverture et déploya une échelle en bois.

Puis elle alluma la lampe torche qu'elle gardait toujours sur elle et grimpa avec prudence, tandis que Grace restait sur le qui-vive dans le débarras. Arrivée en haut, la Norvégienne balaya l'espace de son faisceau lumineux à plusieurs reprises.

— C'est vide. Seulement la charpente, des toiles d'araignée et des tuiles.

Sarah sauta pour redescendre et referma la trappe.

— Une cave ? ajouta-t-elle.

— Oui. Vide aussi, mais je suppose que vous voulez également la voir…

Les trois femmes regagnèrent le rez-de-chaussée au rythme du grincement des lattes de parquet. Lydie Ferguson avait accéléré sa cadence, sans doute impatiente d'en finir avec cette visite. Sans commentaire, elle ouvrit la porte de la cave et enclencha l'interrupteur. Une ampoule à la lumière verdâtre éclaira tristement l'escalier qui s'enfonçait sous terre.

Sarah ne laissa pas à Grace le temps d'hésiter.

— C'est pour moi, dit-elle.

Elle finit par disparaître au bas des marches et remonta une poignée de minutes plus tard en secouant la tête.

— Rien…

Grace était à la fois soulagée et déçue. Pourquoi diable la localisation de cette maison se trouvait-elle sur la clé USB du Passager ? Quel lien pouvait-il y avoir avec la phase 3 du projet d'Olympe, dont elle n'avait d'ailleurs rien appris en fouillant cette bâtisse ? Qui était Rosemary ? Questions d'autant plus pressantes que Lydie Ferguson semblait sincère dans ses réponses. C'était incompréhensible. Elles avaient forcément raté quelque chose.

À en juger par le visage fermé de sa collègue, Grace en conclut qu'elle partageait la même frustration.

— Merci de votre patience, madame Ferguson, finit par dire Sarah. D'ailleurs, Ferguson, est-ce le nom de votre mari ?

— Oui, il s'appelait Thomas Ferguson. Mon nom de jeune fille est Donnell.

La veuve avait déclaré cela avec cet air d'adolescente cueillie trop tôt par la vie.

— Bien, nous avons terminé, dit Grace. Toutes nos excuses pour le dérangement.

Très droite dans son austère robe noire, Lydie Ferguson répondit d'un simple signe de tête.

Grace ouvrit la porte d'entrée et les deux inspectrices sortirent, aussitôt bousculées par une bourrasque.

Lydie Ferguson leur adressa un sourire timide et sa silhouette disparut dans l'embrasure de la porte qui se refermait. On entendit les trois verrous claquer, puis des bruits de pas.

Sarah et Grace s'éloignèrent, les yeux plissés et le col de leur parka relevé pour se protéger du vent, qui faisait voler leurs cheveux. Derrière elles, Lydie rabattait déjà les volets du rez-de-chaussée.

— Ça n'a pas de sens, prononça Sarah quand elle fut certaine que sa voix était inaudible de l'intérieur de la maison.

— Peut-être que le lien avec Olympe passait par son mari et que tout s'est arrêté à son décès.

— Mais pourquoi le lieu figurait-il encore dans les dossiers secrets du Passager ?

Grace repensa au tapis usé de l'escalier, aux poignées de portes rabaissées, et à l'unique chaise dans la cuisine, à l'opposé du couvert. Peut-être des détails sans importance, mais qui s'ajoutaient à l'étrangeté de la vie solitaire et taciturne de cette jeune veuve.

Presque arrivée à mi-chemin de la prairie qui séparait la bâtisse de la forêt, Grace se retourna pour contempler la demeure. Elle avait l'impression de ne pas avoir posé assez de questions, d'avoir été trop complaisante. Et à la fois, cette personne si triste dégageait une telle fragilité qu'elle n'avait pas eu le courage de la brusquer. Elle s'en voulait à présent. Cette maison était leur seule piste. Elle aurait finalement dû laisser Sarah bousculer cette femme.

— Il faut voir ce qu'on trouve sur Lydie et Thomas Ferguson dans les registres administratifs et ensuite, on reviendra, dit la Norvégienne.

— Cette fois, je te laisserai parler.

— Allons-y.

Grace hésitait. Elle ne pouvait s'empêcher d'imaginer la jeune femme en train de téléphoner à cet instant même à un contact d'Olympe pour leur raconter ce qu'il venait de se passer.

Galvanisée par son anxiété et la poussée d'adrénaline qui anesthésia provisoirement ses douleurs, elle se mit alors à courir en direction de la maison. Elle entendit sa collègue la suivre de près. Malgré leur différence de méthode et de caractère, Grace sentit combien Sarah et elle se comprenaient parfaitement, souvent même sans avoir besoin de se parler.

Arrivée devant le porche, Grace, sur le point de poser le pied sur la première marche, se ravisa aussitôt. Elle contourna la vieille bâtisse et se posta sous la fenêtre latérale, dont le volet avait été refermé. Sarah demeura au coin de la maison pour surveiller leurs arrières.

Grace avait conscience que sa démarche était vaine, presque ridicule. Mais elle voulait être certaine de ne rien rater. Elle se pencha très lentement, jusqu'à trouver un mince angle de vue entre deux lattes du volet. Elle distingua le hall, dont le lustre avait été éteint. La lumière du dehors qui parvenait à pénétrer dans la maison était très faible et laissait la pièce en partie plongée dans les ténèbres. Mais du peu qu'elle entrevoyait, il n'y avait personne.

Ses pupilles se dilatèrent progressivement pour s'habituer à l'obscurité. Toujours rien. Cet espionnage ne mènerait à rien.

Elle allait renoncer, quand un son diffus l'interpella. Malgré la litanie du vent, elle eut l'impression d'entendre un grincement provenir de l'intérieur de la maison. Comme un volet mal huilé agité d'un mouvement de va-et-vient. Pourtant, l'autre persienne de l'entrée était également fermée. D'où émanait alors ce bruit ? Elle voulut plaquer son oreille contre le volet, mais n'eut pas le temps de tourner la tête, saisie par un haut-le-cœur.

Deux points luisants venaient d'émerger de l'obscurité et glissaient lentement vers elle. Ils flottaient dans le vide en direction de la fenêtre.

Grace comprit ce qu'elle voyait. Il s'agissait de deux yeux sur lesquels se réfléchissait le peu de lumière provenant du dehors. Les deux yeux de Lydie Ferguson, qui, le visage impassible, s'avançait dans le hall, assise sur un fauteuil roulant. Dans un réflexe de stupeur, Grace recula brutalement, la respiration courte, espérant que la veuve ne l'avait pas vue. Elle regarda de nouveau et vit la jeune femme progresser et s'arrêter au pied de l'escalier.

Ce qu'elle fit ensuite bouleversa tant Grace qu'elle étouffa un cri dans la paume de sa main. La veuve attendit sans bouger sur sa chaise roulante quelques secondes. Puis, dans un mouvement d'une lourdeur terrifiante, elle se laissa tomber à plat ventre sur les marches avant de se mettre à les gravir en rampant.

– 6 –

En voyant la réaction de sa coéquipière, Sarah se précipita pour regarder à son tour entre les lames du volet.

Dans la tête de Grace, les déductions se succédaient. Elle comprenait l'usure prononcée du tapis de l'escalier, les poignées abaissées pour être actionnées en fauteuil roulant. Même le couvert de la cuisine sans chaise trouvait son explication.

— C'est de la folie…, chuchota Sarah en reculant, plus déstabilisée que Grace ne l'aurait cru de la part de cette femme d'apparence si dure. Pourquoi fait-elle ça ?

— Je n'en sais rien, mais si elle nous a aussi bien caché son état mental, elle a pu nous faire avaler n'importe quoi sur tout le reste.

— Cette fois, je vais la…

Sarah allait foncer vers la porte d'entrée, mais Grace lui posa une main sur le bras.

— Attends… On ne peut pas pénétrer chez elle par effraction. Et si on sonne de nouveau, elle ne répondra pas. Au mieux, elle se présentera debout et sans fauteuil, comme si de rien n'était.

— On *doit* rentrer chez elle et la confondre !

— Si par hasard Olympe est vraiment propriétaire des lieux, et qu'on arrive à les coincer, tu sais bien qu'ils exploiteront la moindre faille de procédure pour annuler le procès.

— Parce que tu as respecté les procédures dans le train du Passager ?

— J'étais suffisamment près du but pour prendre ce risque. Actuellement, nous ne savons rien de cette maison, ni de cette Lydie Ferguson. On a tout à perdre à agir dans la précipitation.

Sarah détourna le regard, agacée.

— Cherchons des informations sur cet endroit, maintenant qu'on l'a identifié, reprit Grace. Vérifions ce que Lydie Ferguson nous a raconté, son histoire de mariage, la mort de son mari et de son fils adoptif, avant de revenir et de l'interroger à nouveau. Et à ce moment-là, on la confond. On aura des éléments pour la faire arrêter et obtenir un mandat de perquisition, afin de trouver des preuves sur le projet de phase 3 et peut-être découvrir enfin ce qui signifie ce nom de code, Rosemary.

Sarah se contenta d'un soupir pour répondre. Elle s'éloigna sans rien dire en direction de la forêt.

Après avoir pris des photos de la maison, les deux femmes retraversèrent le bois en sens inverse. Grace claqua sa portière, soulagée de retrouver dans la voiture un abri contre les fureurs glaciales du vent, mais gênée par le silence de sa coéquipière déjà assise derrière le volant. Elle aurait voulu éviter cette tension de non-dits, mais elle avait compris que la Norvégienne était plutôt du genre taiseux et que l'assaillir de paroles ne ferait que la braquer davantage. Elle resta donc factuelle.

— Ne perdons pas de temps en rentrant à Glasgow. Il y a un commissariat à Hawick, à une trentaine de minutes d'ici. Non seulement ils auront peut-être des informations sur cette maison isolée, mais en plus ils nous laisseront consulter leurs banques de données et leurs archives.

Sarah programma le GPS avec la nouvelle destination, puis démarra sans répondre. Elle fit demi-tour avec une dextérité à laquelle Grace n'était pas habituée, et s'élança sur la route en sollicitant toute la puissance du moteur.

Lorsqu'elles quittèrent les bras de la forêt, elles retrouvèrent le ciel gris et son oppressante emprise sur les landes fouettées par le vent.

— Je sais que tu as raison, confessa soudainement Sarah après avoir roulé quelques kilomètres. Mais…

— Chaque seconde qui passe est une seconde que l'on donne à Olympe, termina Grace. Je sais ce que tu ressens. Quand on a vu ce dont ils étaient capables, on ne vit plus que dans une urgence obsédante de les arrêter.

Sarah approuva d'une inclinaison du cou tout juste perceptible et jeta un coup d'œil dans le rétroviseur avant de tourner pour suivre la route menant à Hawick.

— Je me demande si Olympe est responsable du comportement… désaxé de cette Lydie Ferguson. Ou fait-on complètement fausse route ? Cette femme est peut-être simplement dérangée et Olympe n'a rien à voir avec cet endroit sordide.

— Quoi qu'il en soit, on devra se confronter à la folie, répliqua abruptement sa collègue.

Grace nota de nouveau la voix étranglée de la Norvégienne. Elle repensa à l'expression d'épouvante de Sarah lorsqu'elle avait vu Lydie Ferguson ramper sur les marches. L'attitude de sa coéquipière l'avait clairement perturbée. Elle imaginait pourtant cette ancienne membre des forces spéciales inébranlable en toute circonstance.

— La folie est la seule chose qui me terrifie, poursuivit Sarah. Soit lorsqu'elle sert à justifier l'internement de quelqu'un alors qu'il est simplement triste, soit lorsqu'elle est bien réelle et que la regarder en face nous confronte à l'inconcevable.

Ces paroles étaient trop précises pour ne pas être issues d'un traumatisme. Qu'est-ce que cette femme avait vécu ? Grace était sur le point de le lui demander au moment où le GPS annonça qu'elles arrivaient à destination dans moins de cinq kilomètres. Quand le silence se fit de nouveau dans l'habitacle, Sarah semblait si absorbée dans ses pensées que Grace n'osa la perturber. Elle se concentra plutôt sur ce qu'elle allait dire à ses collègues de Hawick, dont on distinguait déjà les habitations en pierre grise et le clocher d'une église. Sarah se gara pile devant le commissariat, qui se résumait à un bloc de béton percé de quelques ouvertures.

Grace se présenta à la réception et expliqua sa demande au jeune officier de l'accueil. Quelques minutes plus tard, les deux inspectrices étaient dans le bureau du commissaire Douglas. Un homme corpulent d'une soixantaine d'années, les cheveux blancs coupés court, l'œil droit à moitié fermé et le visage enfoncé dans un double menton.

— Ferguson…, réfléchit-il à voix haute. Oui, oui… je vois. Une bien triste affaire. Le père et le fils sont morts tous les deux dans un accident de voiture le jour de l'anniversaire du petit. C'était, attendez voir… il y a cinq ou six ans, non ?

— Cinq ans, à ce qu'on nous a dit, répondit Grace.

— Ouais, ça m'a marqué. C'est arrivé pas très loin de chez moi, dans le virage juste avant le pont en pierre de Bonchester. C'était pas beau à voir…

— On peut jeter un coup d'œil sur le rapport de l'époque ?

— Oui, bien sûr… Mais, vous ne m'avez toujours pas dit pourquoi vous vous intéressez à cette Lydie Ferguson, s'enquit le commissaire en tirant sur le bas de son uniforme, qui avait tendance à remonter.

Grace descendit à son tour le bas de son pull, pour se laisser le temps de bien formuler sa réponse.

— D'après nos renseignements, la maison des Ferguson a été ou est encore aujourd'hui utilisée comme labo de transformation d'héroïne.

Grace savait qu'elle prenait un risque mesuré en proférant ce mensonge, puisque l'Écosse était le pays d'Europe avec le plus haut taux de décès par overdose. Mais elle signifiait aussi au commissaire son incapacité à déceler une infraction de cette envergure sur son propre territoire.

Le policier eut l'air d'abord surpris, avant de faire une moue qui voulait dire que c'était tout à fait probable.

— Saloperie de dope… Mais vous croyez que la veuve Ferguson a pu monter cela toute seule ? Ça me paraît difficile.

— On doit justement le vérifier. Si on pouvait avoir accès à vos archives, on pourrait retracer la plupart de ses contacts, ne seraient-ce que familiaux.

— OK, allez-y. Prenez le deuxième bureau en sortant à droite du mien. Il est libre, il y a deux ordinateurs. Je vous note le mot de passe pour vous connecter. Et surtout, tenez-moi au courant de vos trouvailles, inspectrice Campbell. Je vous rends service, alors si vous avez des infos, je veux en être. Pas envie de passer pour celui qui n'a rien vu se faire sous son nez...

— Comptez sur moi, commissaire. Merci.

— Et donc vous, vous venez de Norvège pour la même enquête, ajouta le policier en s'adressant à Sarah d'un air dubitatif.

— L'année dernière, la Norvège a connu le plus grand nombre de morts par overdose depuis vingt ans. Une partie des opiacés consommés vient d'Écosse...

Le commissaire grimaça en se grattant l'arrière du crâne, comme s'il se sentait un peu coupable.

— Sollicitez-moi si vous avez besoin d'aide, conclut-il.

Grace et Sarah se rendirent dans l'autre pièce et s'assirent chacune derrière un ordinateur.

— Je cherche des éléments sur la famille Ferguson. Toi, tu t'occupes de la mort du mari et du gamin, trancha Sarah.

— À vos ordres, inspectrice...

Sarah allait dire quelque chose, mais elle renonça au dernier moment et se mit à pianoter sur son clavier.

Grace trouva rapidement le rapport sur l'accident. Le véhicule avait été découvert par un autre automobiliste, tous phares allumés et moteur encore tiède, le 7 janvier 2016 vers 22 h 30, à l'endroit indiqué par le commissaire. La voiture avait, semble-t-il, perdu le contrôle de sa trajectoire et foncé droit dans la pente avant le pont pour faire deux ou trois tonneaux, avant de se stabiliser sur le toit. Quand les secours sont arrivés, ils ont constaté le décès du conducteur et du passager par hémorragie interne. D'après le procès-verbal, le choc de l'accident avait profondément blessé les victimes au niveau de la tête et du thorax. Grace ne notait rien d'anormal.

Elle entreprit ensuite de consulter le rapport du légiste, mais sa concentration était parasitée par l'image de la chambre et des jouets que ce petit garçon avait probablement quittés quelques secondes avant de partir en voiture avec son père. *Le jour de son anniversaire*, songea-t-elle. Elle repensa à la photo de la famille sur la table de chevet de Lydie Ferguson. Cliché lumineux, riche d'une promesse que le destin n'avait pas tenue.

Plus troublée qu'elle ne l'aurait voulu, Grace sentit ses yeux se voiler. Et c'est là qu'elle prit conscience d'à quel point elle était épuisée, physiquement mais surtout nerveusement. Soudain, cette enquête lui parut insurmontable. Le sort tragique et injuste de ce petit garçon la renvoyait aux souffrances de sa propre enfance, dont elle venait à peine de découvrir les sordides détails. Toute l'atmosphère funèbre qui flottait autour de cette nouvelle affaire la ramenait à ces années d'angoisse et de peur dont elle espérait tant se libérer.

Elle s'efforça de rester attentive au rapport médico-légal, mais tout lui semblait à la fois banal et incompréhensible. Les lignes d'écriture et de chiffres devenaient floues, les termes qu'elle connaissait par cœur, abscons. Elle ferma les yeux et ce fut encore pire. Dans les ténèbres de son esprit, un regard luisant fondit sur elle, avant de se muer en cadavre rampant sur les marches d'un escalier.

Grace se leva d'un bond.

Sarah comprit aussitôt que quelque chose n'allait pas.

— Ça va ?

— Oui, oui, je crois que je suis un peu éprouvée par ma dernière enquête, qui a fait remonter beaucoup d'événements liés à ma propre histoire. J'ai besoin de prendre l'air… et peut-être de manger un morceau.

Grace quitta la pièce, sentant sur ses épaules le regard inquiet de sa coéquipière. Elle trouva la salle de repos, d'où s'échappait une forte odeur de café, dont elle se servit une tasse avant de s'acheter un paquet de biscuits au distributeur automatique. Quelques minutes plus tard, Sarah la rejoignait. Elle s'assit sur le sofa taché à côté de Grace et lui tendit une petite pomme qu'elle avait dégainée de la poche de sa parka.

Grace lui opposa ses pâtisseries grasses avec un sourire navré.

— On vient au moins d'élucider un mystère, ironisa-t-elle. L'origine de la différence entre ton tour de taille et le mien.

— Tu as besoin de reprendre des forces, mange les deux.

— Qu'est-ce que tu as trouvé sur Lydie Ferguson ?

— Rien qui contredise ce qu'elle nous a raconté. Il y a bien l'acte de mariage entre Thomas Ferguson et Lydie Donnell le 5 mars 2016 à la mairie de Hawick. Thomas Ferguson était veuf à l'époque, son ancienne femme étant décédée un an plus tôt d'une infection mal soignée. Le père et le fils ont été incinérés, comme le stipulait le testament de Thomas Ferguson. Leur lieu d'inhumation n'est pas précisé. Le prénom Rosemary n'apparaît nulle part. Bref, rien. Et toi ?

Même si elle n'avait pas fini d'étudier le dossier, Grace ne voulut pas perdre la face devant Sarah.

— Il faut que je m'y penche de nouveau, mais *a priori* rien d'anormal non plus.

Sarah se leva.

— Alors il ne reste qu'une solution. Et tu la connais.

Face à l'absence d'éléments pour confondre Lydie Ferguson, Grace se voyait contrainte de prendre le risque d'entrer par effraction chez la jeune veuve. Le problème, c'est qu'elle ne s'en sentait pas la force. En tout cas, pas tout de suite.

— Il est presque 18 heures, dit Sarah en avisant l'horloge de la salle de repos. On va prendre une chambre d'hôtel. On va manger, tu vas dormir tant que tu veux. Ce soir, tu iras mieux, j'en suis certaine. Je te réveillerai à 1 heure du matin au plus tard, pour que l'on soit prêtes à pénétrer chez Lydie Ferguson à 2 heures.

— Si Olympe est bien connecté à cet endroit, tu peux être sûre que, ce coup-ci, ils vont nous attendre. Et en pleine nuit, dans une maison que l'on a vue une seule fois, on sera des cibles faciles.

— On est des cibles pour Olympe, partout, tous les jours, à toute heure. Tu le sais. Chez Lydie Ferguson, au moins, on sera préparées et armées. Je préfère aller au-devant du danger en conscience, plutôt qu'être prise au dépourvu.

— Alors il nous faut des renforts.

— Combien de temps avant de les obtenir ?

Pour une situation qui ne représentait aucunement une menace imminente, sans preuve d'un danger avéré, Grace était à peu près certaine d'essuyer un refus auprès de sa hiérarchie. Son supérieur Elliot Baxter avait beau la tenir désormais pour sa meilleure inspectrice, il ne pouvait pas non plus passer outre le règlement élémentaire.

— On ferait mieux de s'adresser au commissaire Douglas.

Mais celui-ci leur répondit qu'il avait deux agents en arrêt maladie, que les autres étaient sur une surveillance de planque de drogues et qu'il devait obligatoirement garder deux officiers au poste en cas d'urgence.

Les deux femmes capitulèrent.

En quittant le bureau du commissaire, Grace reconnut dans le regard glacé de l'inspectrice norvégienne un jusqu'au-boutisme qui lui rappela sa propre détermination. Mais dans ce qu'elle avait de plus inquiétant.

— On y va toutes les deux. Et cette fois, on ne repart pas tant qu'on n'a pas trouvé la nature de la phase 3 du Plan d'Olympe.

son imagination pouvait rendre inquiétant n'importe quel son en réalité très banal.

Elles retinrent leur respiration, aux aguets. Elles patientèrent trois longues minutes sans entendre de nouveau ce qui les avait interpellées. Pendant ce temps, leurs yeux s'adaptèrent un peu à la pénombre et Grace finit par discerner des formes plus ou moins identifiables, comme la porte de la salle de bains, celle du bureau du mari de Lydie et enfin celle de la chambre de la jeune femme.

Grace eut d'abord un mouvement de recul. Sarah lui posa une main sur l'épaule et passa devant elle pour rejoindre le palier. Une boule d'anxiété lui empoigna le ventre ; sa main armée devenait moite.

Lydie s'était-elle de nouveau laissée tomber sur le sol pour ramper jusqu'en bas ? Ou était-elle allée se coucher ?

— Quel était ce bruit ? chuchota Grace à l'oreille de sa coéquipière.

Sarah haussa les épaules, mais une inquiétude pointait dans son regard.

Toujours à pas de velours, les deux inspectrices se postèrent chacune d'un côté de l'entrée de la chambre de la veuve. Grace respira profondément sans faire de bruit, puis entrouvrit la porte, le sang palpitant à ses oreilles, crispée.

Pas de réaction.

Elle hasarda un coup d'œil dans la pièce. Une obscurité grise baignait les lieux, mais elle était incapable de dire s'il y avait quelqu'un dans le lit. Elle se faufila en retenant son souffle, son pistolet braqué droit devant elle. Faute de suffisamment de lumière, ses yeux ne parvenaient pas à voir nettement, comme une caméra perdant le point en permanence. Mais quand elle ne fut plus qu'à un mètre, elle en eut la certitude : le lit était vide.

Rangeant son arme et rallumant sa torche, elle regarda sous le sommier : rien. Elle fouilla l'armoire, pour ne trouver que des vêtements, pas même un double-fond ou une autre astuce de dissimulation. La table de nuit, quant à elle, abritait des somnifères, des mouchoirs, une bible et trois portraits de Lydie avec son mari et le petit Jonah. Grace inspecta le dos des photos, feuilleta la bible, ouvrit la boîte de médicaments, mais rien ne semblait suspect.

Elle ressortait de la chambre quand se fit entendre à nouveau le geignement étouffé. Grace frissonna de peur. Cette fois, on aurait clairement dit une lamentation. Et elle avait l'air de provenir de plus bas. Sarah avait dû avoir la même impression, car elle redescendait déjà l'escalier.

Les deux femmes regagnèrent discrètement le rez-de-chaussée et, sans hésiter longtemps, elles se dirigèrent vers l'entrée de la cave. Le bruit ne pouvait naître que de là. Grace compta jusqu'à trois et ouvrit la porte. Sarah braqua sa lampe torche et son arme dans l'escalier, sans rien éclairer d'autre que des murs gris et des toiles d'araignée.

Elle entama la descente, Grace la suivit prudemment à reculons, s'assurant que personne ne cherchait à les prendre à revers. Elles arrivèrent sur un sol en terre battue où flottait une odeur d'humidité. Les rayons de leurs lampes se croisaient sur des étagères vides, de vieux chiffons, des cartons éventrés et remplis de linge, et une petite porte voûtée qui devait conduire sur le jardin intérieur.

— C'est dans le même état que lorsque je suis venue hier, murmura Sarah.

Grace guettait le moindre frémissement qui pouvait les orienter. À la fois impatiente et fébrile à l'idée de réentendre cette plainte glaçante. Mais seul le mugissement du vent de la nuit couvrait le silence des lieux.

Jusqu'à ce qu'elle perçoive un choc. Sec et brutal. Elle coupa sa lumière. Silence. Puis, de nouveau, la même onde sourde. Sarah s'était arrêtée de fouiller, torche éteinte, cherchant elle aussi l'origine du bruit.

— Ça vient de dehors, chuchota-t-elle en plaquant son oreille sur la petite porte arquée qui menait à l'arrière de la maison.

— C'est violent…, répliqua Grace à voix étouffée quand elles entendirent une fois de plus ce qui ressemblait à une lourde frappe.

Sarah tourna la poignée et la porte du jardin s'ouvrit. Le vent s'engouffra en soulevant des volutes de terre poussiéreuse. Bousculées par les souffles glacés, Grace et Sarah montèrent trois marches et émergèrent sur le terrain à l'arrière de la maison, arme en main.

La lueur blafarde de la lune rendant l'obscurité un peu moins dense, on distinguait le mur d'enceinte mangé par le lierre, qui n'empêchait pas la folle danse des hautes herbes au gré des rafales.

Et au fond du jardin, sous la pâleur laiteuse, les deux inspectrices discernèrent une ombre humaine, vêtue d'un drap blanc, brandir une pioche au-dessus de sa tête avant de l'abattre sur le sol. À côté de ce fantôme ténébreux, on devinait les contours d'un fauteuil roulant.

Le temps que Grace et Sarah prennent conscience du tableau qui venait de les saisir, la silhouette dardait son regard vers elles.

– 8 –

Sarah fut la première à réagir.

— Police ! Ne bougez plus ! cria-t-elle, alors que sa voix était emportée par le vent.

La silhouette s'était statufiée. Les deux femmes avancèrent de concert vers le fond du jardin, leurs lampes braquées devant elles. À mi-chemin, leurs torches révélèrent les traits de la veuve Ferguson vêtue d'un drap blanc, qui les observait, apeurée. Sa pioche à la main, elle était haletante, la peau en sueur, les cheveux affolés. Sarah la contourna pour arriver dans son dos, alors que Grace se rapprocha d'elle par-devant.

— Nous sommes les inspectrices que vous avez vues cet après-midi ! Posez votre outil, Lydie !

La jeune femme pencha la tête comme pour regarder quelque chose à ses pieds, puis lâcha le manche de la pioche avant de tomber à genoux.

Grace éclaira le sol et découvrit un large trou à côté de Lydie, qui, en chemise de nuit, les mains écrasées sur le visage, se trouvait percutée de sanglots.

Sarah était arrivée derrière la veuve, son arme pointée vers sa nuque. Rassurée, Grace avança un peu plus et scruta le fond du trou. Le halo de sa lampe se réfléchit sur une surface laquée. Celle de deux cercueils. Un grand et un plus petit. La terre qui les recouvrait en partie masquait toute inscription.

— Qu'est-ce que vous faites, Lydie ? demanda Grace en s'accroupissant devant elle.

La jeune femme ne cessait de pleurer, sa figure était maculée de boue.

— Et ce fauteuil roulant… pourquoi faire semblant ?

Des hoquets déchirants se mêlèrent aux cris du vent.

— Il faut arrêter cette souffrance, tenta Grace, qui ne pouvait s'empêcher d'éprouver la terrible détresse de cette femme. Parlez-nous, dites-nous tout. C'est impossible de continuer à vivre ainsi, soulagez votre âme, Lydie.

Sarah écarta du pied une pelle crottée de terre, sans abaisser ni son arme ni sa lampe, qui éclairait la veuve de dos.

Cette dernière tremblait de froid, mais aussi probablement de peine. Grace retira sa parka et la posa sur ses épaules.

— Rentrons, vous allez tomber malade.

Lydie rejeta brutalement le manteau de Grace.

— Non ! vociféra-t-elle. Je dois souffrir…

Elle bascula à plat ventre pour ramper jusqu'à son fauteuil sur la terre rêche et froide.

Sarah s'interposa entre elle et la chaise.

— Debout !

Derrière le rideau de ses cheveux, la jeune femme leva un regard noir vers l'inspectrice.

— Frappez-moi si vous le voulez ! cracha-t-elle.

Sarah lui saisit le bras pour la forcer à se remettre sur ses jambes. Mais Lydie Ferguson se laissa pendre comme un corps mort.

Grace fit signe à Sarah de temporiser et approcha le fauteuil roulant derrière la veuve.

— Asseyez-vous, maintenant, dit-elle en aidant la suspecte à s'installer.

Sarah bouillonnait d'agacement, mais elle n'entrava pas la démarche de sa coéquipière.

— Pourquoi ? demanda Grace. Pourquoi vous infliger ce mal ?

— Parce que c'est moi qui aurais dû mourir, pas eux, pas eux… Cet horrible accident, le jour de l'anniversaire de Jonah. Pourquoi je n'étais pas dans la voiture ? Hein ! Pourquoi ? Moi, je ne mérite pas de vivre. Eux, ils étaient si purs, si gentils… tous les deux, mes amours, perdus à jamais.

— Thomas et Jonah reposent ici ? demanda Sarah pour être certaine d'avoir bien compris.

La veuve scruta le trou, sa chemise de nuit claquant au vent.

— Parfois… la nuit, j'ai peur qu'ils ne soient plus là, qu'ils m'aient quittée, alors je creuse pour vérifier qu'ils sont toujours bien près de moi. Mais je ne peux même pas les prendre dans mes bras, ils ne sont plus que des cendres…

— Vous avez fait placer les urnes dans des cercueils ? s'enquit Grace, étonnée par cette pratique funéraire.

— Oui, je ne voulais pas que Thomas et Jonah soient incinérés. Je ne voulais pas qu'ils soient réduits à de la poussière et qu'ils m'échappent. Mais je ne pouvais pas m'opposer à la dernière volonté de mon mari. Alors j'ai trouvé ce compromis en demandant que l'on mette leurs cendres dans des cercueils, que j'ai fait inhumer chez moi. Leur présence pourrait ainsi me sembler plus concrète.

— Lydie, reprit Grace, qui ramassa son manteau pour le réenfiler, pourquoi cette chaise roulante alors que vous marchez très bien ? C'est aussi pour vous punir ?

— La douleur du cœur est si forte que, sans douleur physique, je ne tiendrais pas, balbutia la jeune femme entre deux hoquets de larmes.

Puis ses sanglots s'évanouirent et elle redressa son visage subitement déformé par la colère.

— Je ne mérite ni de vivre ni de mourir, juste de souffrir !

Grace eut un sursaut de peur. Lydie poussa soudainement les roues de son fauteuil, manquant de la renverser. Éructant d'effort et de rage, la veuve brinquebalait sur son siège comme un mannequin secoué au gré des aspérités du jardin.

Sarah la rattrapa, s'empara des poignées de la chaise et lui fit faire demi-tour pour la ramener près de la fosse fraîchement creusée.

— Laissez-moi ! hurla la veuve.

Impassible, Sarah sortit sa paire de menottes, dont elle enroula la première mâchoire au poignet de la jeune femme et l'autre à une roue du fauteuil.

Grace regardait faire sa coéquipière, partagée entre la nécessité de la laisser agir et celle d'intervenir. Le comportement de la veuve Ferguson la désarçonnait. Elle s'infligeait une telle souffrance pour se punir d'être vivante. Son châtiment était si excessif, ne jouait-elle pas en effet la comédie, même quand elle donnait l'impression de leur dire la vérité ?

— Calmez-vous, madame Ferguson, ordonna Sarah, alors que Lydie tirait sur les menottes en poussant des râles de colère. Nous allons vous ramener chez vous.

Grace s'efforça de mettre de côté ses hésitations sur le traitement qu'elles devaient réserver à Lydie, et regarda au fond du trou, une question en tête. *Comment savoir si ce sont bien les restes de Thomas et Jonah ?* Sans se l'avouer clairement, elle espérait qu'en nettoyant les planches des cercueils, un autre nom se dessinerait : *Rosemary*.

— Je vais voir de plus près, dit-elle à Sarah.

Sans être ravie d'en arriver là, Grace s'assit et se laissa glisser avec précaution dans la cavité pour poser délicatement les pieds sur le bois, qui craqua mais tint bon. Elle s'accroupit. L'agression du vent cessa aussitôt, lui donnant l'étrange impression d'avoir été elle-même ensevelie.

Elle écarta non sans mal les mottes de terre avec son bras valide, et finit par entrevoir une plaque en métal. Impatiente, elle dégagea la boue à toute vitesse. Des inscriptions apparurent : les dates de naissance et de mort de Thomas Ferguson. Et, sans surprise, l'autre cercueil était bien celui du petit Jonah.

Grace eut envie de pousser plus avant la vérification de l'identité des deux morts. Les noms sur les urnes funéraires différeraient peut-être de ceux gravés sur les cercueils ? Cela paraissait fort improbable, mais elle ne voulait rien négliger. Et si l'idée de profaner une sépulture la dérangeait profondément, elle ne pourrait pas repartir d'ici sans être certaine d'être allée au bout de son investigation. Elle leva le nez vers Sarah, qui la regardait du bord de la fosse.

— Descends à ma place, chuchota-t-elle. Il faut ouvrir les cercueils pour être sûres de ce qu'il y a à l'intérieur. Je n'y parviendrai pas avec ça, ajouta-t-elle en montrant son bras plâtré.

Sarah aida Grace à remonter et la relaya au fond de la cavité. La Norvégienne s'empara de la pioche et s'escrima un bon moment avant de faire glisser la partie plate de la tête de l'outil entre les planches du cercueil de Thomas Ferguson.

Grace surveillait de temps en temps la veuve prisonnière de son fauteuil, qui gardait le visage baissé sans donner l'air de prêter attention à ce que faisaient les deux inspectrices. Grace se concentra à nouveau sur sa collègue quand elle entendit le bois des planches grincer, que Sarah avait réussi à disjoindre après de nombreuses tentatives. Ne restait plus qu'à soulever le couvercle.

La Norvégienne sortit du trou, puis, à plat ventre, fit basculer la chape supérieure du cercueil en s'aidant de la pioche. Et, dans un sursaut de frayeur, elle lâcha l'outil et rampa en arrière, alors que Grace écarquillait des yeux incrédules.

– 9 –

Là où Grace et Sarah s'attendaient à trouver une urne ou quelques cendres éparses gisait un squelette.

Réprimant un frisson, Grace s'agenouilla près du trou pour éclairer l'intérieur du cercueil. Tous les os étaient là, du crâne jusqu'aux pieds, intacts.

D'après le rapport administratif qu'avait consulté Sarah, Thomas Ferguson avait demandé à être incinéré en cas de décès. Pourquoi n'avait-on pas respecté sa volonté ? Et quel intérêt pouvait-il y avoir à remplacer une crémation par un enterrement classique ?

Alors qu'un roulement de tonnerre courait sur les plaines, Grace se rappela le désespoir de Lydie, qui ne pouvait plus tenir ses deux amours dans ses bras. Était-elle allée jusqu'à détourner le souhait de son mari pour serrer contre elle son cadavre et celui de son fils ? Était-ce pour cette raison qu'elle avait fait ensevelir les cercueils dans son jardin ?

L'idée n'était pas absurde, compte tenu des étrangetés comportementales de la veuve, mais Grace n'était pas convaincue. D'une part, le cercueil semblait ne jamais avoir été descellé et, d'autre part, Lydie avait eu l'air profondément sincère lorsque, inconsolable, elle avait dit : « Je ne peux même pas les prendre dans mes bras, ils ne sont plus que des cendres… »

Grace prit plusieurs clichés de l'excavation, ainsi que du crâne légèrement déformé par une excroissance osseuse sur le front.

Derrière elle, la veuve Ferguson ne pouvait pas voir l'intérieur de la fosse et n'était donc pas au courant de la découverte du squelette. Grace mourait d'envie de la confronter à cette réalité pour lui demander des explications, mais avant cela, elle voulait vérifier le contenu du deuxième cercueil.

Sarah avait évidemment abouti à la même conclusion et, sans dire un mot sur ce qu'elle venait de trouver, elle redescendit dans le trou et commença à dégager le cercueil de Jonah.

Elle achevait sa tâche quand un éclair zébra l'obscurité de son intensité électrique. La déflagration qui suivit tonna comme un coup de semonce et d'épaisses gouttes de pluie commencèrent à s'écraser sur le sol. Avec empressement, Sarah souleva le couvercle de la petite caisse. Sur un coussin grenat reposait bien l'urne aux nom et prénom de Jonah Ferguson. Aucune trace de squelette ni même d'ossements.

Pourquoi le fils a-t-il été incinéré et non le père ? s'interrogea Grace. *Ça n'a pas de sens.*

Mais les deux femmes n'eurent pas le temps d'avancer dans leur réflexion. Un rideau de pluie déferla dans un grésillement de graviers jetés du ciel. Sarah referma les cercueils aussi vite que possible, sortit du trou, et entreprit de le reboucher malgré le déluge qui s'abattait sur la plaine.

— Les clés des menottes ! demanda Grace.

Sarah chercha dans sa poche et les tendit à sa coéquipière.

Grace libéra le poignet de Lydie.

— Levez-vous et venez vous mettre à l'abri !

La veuve porta un long regard dans le vide alors que l'averse s'intensifiait.

À bout de patience, Grace allait la tirer par le bras, quand la simulatrice se redressa pour marcher sans se presser vers la cave. L'inspectrice écossaise la suivit en se retenant de ne pas la pousser pour la faire accélérer.

Enfin à l'abri, Grace guetta l'arrivée de Sarah, qui déboula en courant et referma la porte derrière elle alors qu'un nouvel éclair blanchissait brièvement l'obscurité.

L'eau ruisselait le long des parkas des deux femmes pour former de larges flaques à leurs pieds. Et, déjà, des lignes liquides traçaient des rigoles glacées du cou de Grace jusqu'à la chaleur de ses reins. L'inspectrice écossaise retira son manteau et considéra la veuve trempée, le fin tissu de sa chemise de nuit collée à sa peau.

— Madame Ferguson, on va avoir besoin de vous poser d'autres questions.

— Je ne veux pas rester là, je veux ma chambre…

— OK, on vous suit, dit Grace en coupant Sarah, qui s'apprêtait à insister.

Arrivée au rez-de-chaussée, la veuve gravit les marches qui menaient au premier étage. Elle passa par la salle de bains pour prendre une serviette avec laquelle elle essuya ses cheveux et son visage. Puis, sans pudeur, elle se déshabilla en faisant dos à Grace et Sarah, et enfila un peignoir. Elle entra ensuite dans sa chambre et alla s'asseoir sur son lit, non loin de la fenêtre donnant sur le jardin. Après avoir allumé une lampe de chevet à la frêle lueur, elle tourna le dos aux deux inspectrices et sembla se parler à elle-même. Grace perçut le mot « peur » dans les lointains propos de la jeune femme, avant d'accrocher sa parka trempée à la poignée de la porte. Elle contourna le lit pour se placer face à la suspecte.

— Lydie, commença-t-elle, pourquoi n'avez-vous pas respecté la volonté de votre mari d'être incinéré ?

La jeune femme releva la tête, les yeux cernés, les cheveux décoiffés, les sourcils froncés d'une incompréhension tirant vers la colère. Dehors, la pluie martelait les volets.

— Quoi ? Qu'est-ce que vous racontez ?

— Votre mari n'a pas été incinéré, et vous le savez. Pourquoi ? lança Sarah, campée au milieu de la chambre.

Le regard de la veuve évolua de l'incrédulité à la haine.

— Alors, c'est ça, vous êtes des monstres venus me tourmenter ? Vous êtes là pour me faire du mal ? Cessez vos mensonges ! Allez-vous-en !

Grace lui présenta les photographies du squelette de Thomas.

— Votre mari n'est pas en cendres, Lydie.

La veuve écarquilla des yeux gonflés par une terreur qui ne pouvait être feinte. Elle ouvrit une bouche épouvantée, alors que l'air ne parvenait visiblement plus à franchir le seuil de sa gorge. Livide, elle paniqua.

— Lydie… respirez…

La jeune femme aspira bruyamment, puis glissa du bord du lit pour s'effondrer par terre, où elle se mit à trembler.

Sarah accourut, tandis que Grace s'était déjà agenouillée pour lui prendre les mains, qu'elle trouva glacées.

— Ça va aller, dit Grace. C'est juste un malaise…

La veuve fut secouée de spasmes pendant environ une minute, alors que l'orage se déchaînait sur la bâtisse solitaire.

Puis, lentement, la respiration de Lydie se calma et elle reprit conscience. Les deux inspectrices la portèrent pour l'allonger sur le lit.

— Pourquoi y a-t-il son squelette s'il… s'il a été incinéré ? demanda la jeune femme dans un filet de voix.

— Vous n'étiez donc pas au courant ? répliqua Grace.

Lydie semblait dans l'incompréhension la plus totale.

— Mais au courant de quoi ? Je vous en supplie, dites-moi la vérité. Dites-moi ce qui est arrivé à mes deux amours. Et Jonah ? C'est pareil, il y a aussi son…

— Non. Lui a été incinéré.

Lydie détourna la tête, les yeux luisants.

— Qui m'a menti et… pourquoi ? balbutia-t-elle, la mâchoire tremblante.

Cette fois, Grace en était certaine. Lydie ne savait rien à propos de l'absence de crémation de son mari. Et à en croire son expression embarrassée, Sarah paraissait désormais de son avis.

Mais si Lydie Ferguson n'était pas mêlée à cette supercherie, qui et pourquoi ? Grace n'eut pas besoin de parler avec sa coéquipière pour savoir qu'elle aussi pensait qu'elles tenaient sans doute là le lien avec Olympe.

— Madame Ferguson, reprit l'inspectrice norvégienne. Avez-vous vu le corps de votre mari après l'accident ?

La veuve se redressa pour s'adosser à la tête de lit.

— Oui… j'ai dû confirmer l'identité de Thomas et Jonah. Je ne souhaite cette épreuve à personne.

— Et ensuite, qui s'est occupé des formalités funéraires ?

— Les pompes funèbres de Hawick.

— Il y a peut-être eu une erreur de leur part.

— J'ai assisté à la crémation, répliqua la jeune femme.

— Mais, alors, qui est dans ce cercueil au fond du jardin ?

— C'est Thomas, j'en suis certaine…

— Pourquoi ?

— La bosse sur le crâne que l'on voit sur vos photos. Thomas avait une malformation qu'il tentait de camoufler, mais elle était bien là.

Elle se pencha vers sa table de nuit et tendit à Grace le portrait de famille que la policière avait vu en inspectant la chambre un peu plus tôt.

— Regardez, là, il a les cheveux légèrement relevés par le vent et on distingue sa bosse sur le front.

Grace et Sarah scrutèrent la photo et constatèrent en effet la présence d'une excroissance osseuse.

Sarah indiqua d'un geste de la main qu'elle voulait parler en privé à sa collègue. Les deux femmes sortirent de la chambre, en laissant la porte ouverte pour surveiller Lydie.

— On n'est donc plus en face d'une erreur, mais bien d'une falsification, commença l'inspectrice norvégienne.

Pour quelle raison une ou des personnes ont préféré inhumer le corps plutôt que de procéder à la crémation souhaitée par le défunt lui-même ? C'est incompréhensible.

Sarah jeta un rapide coup d'œil à la veuve toujours assise sur le lit.

— C'est à se demander à partir de quand débute le mensonge autour de la mort de Thomas Ferguson et même de celle de son fils. Tu es sûre que tu n'as rien remarqué d'anormal dans le rapport d'accident du légiste ?

— Je vais être franche, j'étais trop fatiguée pour être efficace tout à l'heure.

Elle partit chercher le rapport médico-légal qu'elle avait imprimé dans la poche de sa parka pendue à la poignée de la porte.

— Passe-moi le dossier, je vais regarder, dit Sarah.

Grace lui confia le document gondolé par la pluie et retourna voir Lydie, décidée à profiter de ce moment pour en savoir plus sur l'inexplicable lamentation qui les avaient glacées plus tôt en entrant dans la maison. Elle avait même pensé qu'il s'agissait de Lydie, pleurant son mari et son fils dans le jardin, mais la plainte venait de l'intérieur de la maison, elle en était certaine.

— Lydie, une question un peu différente… Vous n'avez jamais entendu comme une plainte qui proviendrait de la cave ?

La veuve sembla tirée d'une demi-conscience. Elle avait retrouvé son expression un peu enfantine et Grace détecta de la détresse dans son regard.

— Vous… vous l'avez entendue aussi ?

— Pourquoi ? Ce n'est pas la première fois ?

— Non… depuis des années, elle revient régulièrement le soir. Ça a commencé la nuit où Thomas et Jonah sont morts.

Grace refusa de céder à l'interprétation surnaturelle qui naquit dans son esprit, sans pourtant ignorer non plus la troublante coïncidence.

Lydie lui enveloppa les mains. Sa peau était si froide.

— Ce n'est pas tout…, reprit-elle.

— Dites-moi.

— Il y a… parfois… cette forme… qui passe dans le jardin… la nuit. Je l'ai vue. Je vous jure que c'est vrai. Vous me croyez folle, mais si vous avez entendu la complainte, alors vous savez que je ne mens pas quand j'affirme qu'il y a quelqu'un ou quelque chose qui vient parfois… et qui disparaît.

Grace tâchait de garder la tête froide.

— Cette… forme se manifeste au même moment que la complainte ?

— Non, pas forcément. Non… mais je sens bien qu'il y a une présence quelque part. Une présence qui ne veut pas que je la trouve.

— Vous en avez peur ?

La jeune femme acquiesça.

Et Grace sursauta quand elle sentit une main sur son épaule. C'était seulement Sarah, qui voulait lui parler. Elle avait l'attitude de celle qui s'apprête à dire quelque chose d'important. Elles sortirent de la chambre tout en continuant à garder un œil sur la veuve.

— Il y a un truc qui cloche dans le rapport d'accident, commença Sarah en parlant si bas que Grace l'entendait à peine. Lorsque le témoin a trouvé la voiture, le moteur était encore chaud. Autrement dit, l'accident s'est produit peu de temps avant. Or, dans le détail du relevé métabolique des victimes, la température du corps de Thomas et de Jonah était très basse. Ce qui aurait pu s'expliquer s'il avait fait très froid ce jour-là, mais j'ai consulté les données météo du soir du drame, quand on était au commissariat. Il faisait quatorze degrés. C'est trop élevé pour que les corps aient refroidi autant entre le moment de l'accident et l'arrivée des secours.

Grace n'en revenait pas. Ce que Sarah venait d'expliquer ne pouvait aboutir qu'à une seule conclusion : Thomas et Jonah étaient déjà morts lorsque l'accident avait eu lieu.

– 10 –

Grace coula un regard discret vers la veuve assise sur son lit. Recroquevillée, abattue, cette dernière avait l'air désemparée. Tout dans son attitude la désignait comme une victime. Mais l'était-elle vraiment ? Cette femme devenait de plus en plus difficile à cerner. D'autant qu'en dehors de ses accès de folie, elle faisait preuve d'une lucidité aiguisée.

— Thomas avait-il des ennemis, madame Ferguson ? demanda Sarah en entrant de nouveau dans la chambre.

— Comment ?

— Savez-vous si des gens en voulaient, pour une raison ou une autre, à votre mari ?

— Mon Dieu, non. Thomas était un homme adorable, honnête et travailleur. Comment aurait-on pu lui vouloir du mal… Pourquoi cette question ?

— Et vous, Lydie, reprit Grace, y a-t-il des gens qui pourraient souhaiter vous nuire ?

— Oui, la forme qui vient la nuit. Elle me fait peur.

— Oui j'ai bien entendu ce que vous racontiez à ma collègue, mais à part ça, s'impatienta Sarah, qui n'avait pas l'air de croire à cette histoire d'apparition nocturne. Un membre de la famille ? D'anciennes connaissances ?

La veuve fit non de la tête, le regard fixé dans le vide, ses doigts devant la bouche.

Grace l'observait avec attention : la jeune femme réfléchissait-elle à ce qu'elle pouvait déduire des questions qu'on lui posait ou leur cachait-elle quelque chose ?

— Thomas et Jonah ne sont pas morts dans l'accident, déclara brutalement Sarah. Ils étaient décédés bien avant. Ce n'était qu'une mise en scène…

D'abord, Lydie Ferguson ne réagit pas à la nouvelle. Puis sa tête pivota comme celle d'une poupée rigide. Ses grands yeux enfantins dévisagèrent l'inspectrice norvégienne. Sa bouche s'entrouvrit au ralenti, avant qu'une voix blanche et étranglée ne franchisse ses lèvres tremblantes.

— On a tué… mes deux amours ?

— Lydie, reprit Grace. Vous êtes sûre que le nom de Rosemary ne vous dit vraiment rien ? Réfléchissez bien, cela nous permettrait de comprendre ce qui est arrivé à Thomas et Jonah, et de retrouver ceux qui leur ont certainement fait du mal.

La veuve regardait dans le vide, voûtée, les épaules tombantes. Dans un soupir las, elle finit par répondre par la négative d'un mouvement de tête, avant de se coucher en position fœtale sur son lit, secouée par les pleurs.

Grace se frotta le front, avec la désagréable impression de ne pas suivre la bonne piste tout en tourmentant inutilement une âme en souffrance. À son attitude distante, sa coéquipière norvégienne faisait preuve de moins d'empathie.

— J'ai peur. J'ai tellement peur..., murmura Lydie entre deux sanglots. Il va m'arriver la même chose qu'à mes deux amours, c'est ça que vous essayez de me dire ?

— Non, pas du tout. Je pense malheureusement que ce serait déjà fait depuis longtemps.

— Et, après tout, peu importe, vous ne cessez de dire que vous méritez de souffrir ! lui fit remarquer Sarah avec froideur. La mort ne devrait plus vous faire peur.

Grace avait presque envie que la jeune veuve soit finalement coupable de quelque chose pour mériter un tel traitement. Mais elle se garda de contredire sa coéquipière et attendit la réponse à cette brutale question, qui, elle devait l'avouer, attisait sa curiosité.

Lydie Ferguson ne sembla pas s'émouvoir de la contradiction que venait de pointer Sarah. Sans même cligner des yeux, elle répondit d'une voix sans âme.

— Je ne veux pas être surprise. Je veux choisir ma souffrance et le moment où je me l'inflige. Être à la merci de quelqu'un d'autre me terrorise.

— Si vous voulez éviter un tel risque, laissez-nous vous aider, enchaîna Grace.

Lydie grelottait désormais sur son lit.

— J'ai peur... j'ai peur. Je veux aller dans ma chambre.

— Quoi ? s'étonna Grace. Mais vous *êtes* dans votre chambre.

— Non, l'autre. Celle où je n'ai plus peur.

Grace consulta Sarah du regard.

— Où est-ce ? demanda la Norvégienne.

— Là-haut.

— La chambre de Jonah ?

— Non, le débarras.

Grace se rappelait cette pièce où s'entassaient des meubles pour enfant cachés sous des draps.

— On vous suit, dit-elle.

La veuve s'avança d'un pas lent jusqu'à l'escalier, qu'elle gravit dans une attitude épuisée. Une fois devant la porte du débarras, Lydie entra et retira l'étoffe qui recouvrait le lit. Elle s'y allongea en chien de fusil et serra contre sa poitrine un renard en peluche rangé contre le mur.

— Pourriez-vous ouvrir le volet, s'il vous plaît, et retirer les draps des autres meubles ? Et vous fermerez bien la porte, souffla la jeune femme.

Sur le palier, Sarah soupira d'agacement. Grace savait que sa coéquipière était en train de se dire qu'elles n'avaient pas à jouer les nounous. Mais la policière écossaise, elle, pensait au contraire qu'il était nécessaire de profiter de cette situation incongrue.

— Si elle se sent en pleine confiance ici, elle se livrera peut-être plus facilement, chuchota-t-elle.

Sarah paraissait dubitative, mais elle se résigna à entrer dans la pièce pour ouvrir le volet et dévoiler le mobilier. Une dizaine de minutes plus tard, les trois femmes étaient dans une chaleureuse chambre d'enfant éclairée par deux petites lampes champignons aux lueurs tendres tirant sur le rouge. Au pied d'une grande maison de poupées installée sur une petite table, de moelleux coussins multicolores bordés de peluches souriantes invitaient à s'asseoir. De là, on avait accès à une étagère remplie de livres de contes et d'histoires enfantines. Au sol, un épais tapis de couleur rose pâle ajoutait une note ouatée à cette pièce où, Grace devait l'admettre, on se sentait bien.

— Vous venez souvent ici ? interrogea Sarah d'une voix bien plus calme et avenante que d'ordinaire.

— Oui… c'est mon refuge. J'ai l'impression qu'en retrouvant mes poupées, mes jouets et mon lit de petite fille, j'ai le droit de ne plus souffrir pendant quelques heures. Je sais que je me mens, que c'est illusoire, mais chacun s'arrange comme il peut avec la réalité.

Pendant que sa coéquipière menait une conversation aux allures innocentes, Grace s'attardait sur les objets de la chambre, espérant peut-être trouver un lien avec le prénom Rosemary ou même Olympe. Sans y croire, elle ouvrit la maison de poupées, tout en écoutant attentivement l'échange entre Sarah et la jeune femme.

— Vous veniez déjà ici à l'époque de Thomas et Jonah ?

Lydie sourit, rêveuse.

— Oui, Jonah trouvait cela drôle de voir mes anciens jouets. Officiellement, c'était pour s'en moquer, mais plusieurs fois, je l'ai vu venir ici en cachette. Cela me faisait plaisir de le savoir en train de jouer avec mes affaires de petite fille.

La veuve haussa les épaules d'un air amusé.

— Et dire qu'enfant, je détestais prêter mes affaires. D'ailleurs, je faisais exprès de ne pas avoir d'amies, pour ne jamais avoir à partager quoi que ce soit.

— Pas de frère ou sœur ? demanda Grace, histoire d'entretenir une relation cordiale tout en cherchant d'éventuelles autres personnes à interroger.

— Non, je suis fille unique.

— C'est une chambre très agréable, ajouta Sarah. Je comprends que vous ayez envie d'y revenir de temps en temps. Votre vie n'est pas facile, et même si je ne devrais pas vous le dire en tant qu'inspectrice, j'admire votre force d'âme. Surtout après tout ce que l'on vous a annoncé. Et, croyez-moi, je suis peut-être un peu dure par réflexe professionnel, mais je suis profondément désolée de ce qui vous est arrivé…

Grace constatait que sa coéquipière était capable de parfois laisser de côté sa froideur habituelle.

— Merci de me dire tout cela, susurra Lydie.

— Je peux vous assurer qu'avec ma collègue, nous allons tout faire pour vous aider. En attendant, avez-vous besoin de quelque chose ?

Grace, qui s'était installée sur les coussins et feuilletait distraitement les livres de la petite bibliothèque, leva la tête, à l'écoute.

— Pouvez-vous rester avec moi, juste pour cette nuit ? J'aurai moins peur. Je sais que je vous demande beaucoup, mais…

— Bien sûr, répondit Sarah sans hésiter.

L'inspectrice norvégienne avait changé sa stratégie et semblait vouloir gagner la confiance de la jeune veuve.

— Grace, tu es d'accord ? s'enquit Sarah.

— Euh… oui. Nous veillerons à tour de rôle.

En voyant le visage de Lydie s'apaiser immédiatement et ses yeux se fermer, Grace sut qu'à défaut de progresser dans leur enquête, elles avaient au moins soulagé une personne en détresse. Et c'était l'une des raisons pour lesquelles elle avait choisi ce métier.

— Je commence la garde, dit Sarah. Repose-toi, Grace.

Grace n'avait aucune envie de dormir et sa collègue le savait. La mort inexpliquée de Thomas et Jonah les empêcherait de trouver le sommeil jusqu'à ce qu'elles aient levé le voile sur ce mystère. Et pour y parvenir, elles allaient devoir retourner au commissariat, retrouver les policiers et le médecin légiste chargés de l'enquête sur l'accident il y a cinq ans.

Mais pour le moment, Grace était là pour plusieurs heures encore et comptait bien exploiter ce temps pour tout inspecter de fond en comble. D'autant que la respiration profonde et régulière de Lydie indiquait qu'elle s'était assoupie.

— Je descends nous faire un thé, murmura Sarah.

Ce qui en langage codé voulait dire : « Je repars fouiller la maison. »

Grace approuva d'un signe de tête entendu et s'assura une dernière fois que la veuve dormait bien, en la secouant délicatement par l'épaule. La jeune femme n'ouvrit pas les yeux et continua à respirer calmement.

Grace commença son inspection en démontant la maison de poupées, sans rien trouver, puis elle dévissa les lampes de chevet, souleva le tapis, regarda sous le lit, et palpa les peluches.

Elle remarqua que chacune d'elles était affublée d'une toute petite étiquette cousue et enroulée.

Minutieusement, Grace déplia la première et fronça les sourcils d'étonnement. Une main enfantine y avait écrit quelque chose au feutre. Elle en déroula une deuxième et se précipita pour lire une troisième, puis une quatrième étiquette. Elle ouvrit tous les livres et fit le même constat glaçant à la première page de chacun d'entre eux.

Soudain, la chambre si chaleureuse lui parut inquiétante. Elle regarda Lydie endormie sur son lit. Ses mots sur la petite fille qu'elle avait été et qui ne voulait pas prêter ses affaires avaient été très clairs, sans ambiguïté.

Or, sur chaque étiquette et sur chaque ouvrage que Grace tenait entre ses mains, ce n'était pas « Lydie » qui était inscrit, ni même « Donnell », son nom de jeune fille, mais une tout autre identité : « Emily Abercamp ».

Quand Grace releva la tête, la veuve la fixait, les yeux grands ouverts.

– 11 –

Grace se leva comme si de rien n'était. Les deux femmes s'évaluèrent en silence.

— C'est vraiment gentil de rester, chuchota finalement Lydie.

— Je vous en prie. Dormez tranquille, je suis là. Et puis avec la quantité de doudous qui nous entourent, on ne risque rien, poursuivit Grace, qui tentait discrètement d'écarter une idée sur l'origine de ces étiquettes au nom d'Emily Abercamp.

Lydie sourit.

— Qui vous les offrait, d'ailleurs ? ajouta Grace.

— Oh, mes parents. Chaque fois qu'on allait dans un grand magasin, je leur faisais acheter une nouvelle peluche ou un nouveau livre.

Ces objets n'étaient donc pas d'occasion. L'étiquette Emily Abercamp ne pouvait pas appartenir à une autre enfant.

Grace s'approcha de la porte, aux aguets. La possibilité que cette femme soit une dissimulatrice de haute volée, employée par Olympe, redevenait une hypothèse sérieuse. Et par conséquent inquiétante.

Elle brûlait d'impatience de contacter son commissariat de Glasgow afin de savoir qui se cachait derrière l'identité d'Emily Abercamp.

Le temps que Sarah revienne de son inspection, elle fit bonne figure face à celle qu'elle appelait encore Lydie. Après une grosse demi-heure, la jeune femme ferma les yeux et sembla se rendormir. Mais Grace n'excluait pas de la voir se lever brusquement pour se ruer sur elle en hurlant.

Un léger coup frappé à la porte la tira de sa crainte. Sa consœur, les traits fatigués, l'air déçu de n'avoir rien trouvé d'intéressant, se glissa dans la chambre. Grace lui chuchota à l'oreille la teneur de sa découverte et sa volonté de téléphoner à Glasgow. La policière norvégienne déposa un regard glaçant sur la silhouette assoupie de la veuve.

— Fonce ! lâcha-t-elle. Je la surveille.

Sur le palier, Grace constata amèrement qu'elle n'avait pas de réseau. La maison était trop isolée. Elle descendit au rez-de-chaussée et sortit dans la nuit encore profonde. Le vent s'était un peu calmé et le carillon de l'entrée tanguait plus qu'il ne cognait. Elle s'engagea dans les hautes herbes en direction de la forêt. À mi-chemin, son téléphone capta enfin un signal. Elle se retourna pour être face à la maison, ombre massive dotée d'un œil solitaire et rougeoyant au dernier étage.

— Commissariat de Glasgow, j'écoute, dit une voix.

Bien qu'il soit près de 4 heures du matin, Grace fut rapidement mise en relation avec une collègue officier qui lui assura qu'elle la rappellerait dans le quart d'heure qui suivrait.

— Non, je reste en ligne, répliqua Grace.

— Comme tu veux. Je me connecte… Voilà, et donc, tu m'as dit : Emily Abercamp…

Grace entendit des bruits de clavier, puis une respiration et un petit claquement de langue.

— J'ai trouvé une occurrence. Le nom et le prénom ont été reconnus.

Grace se raidit.

— Et que dit la fiche ?

— Emily Abercamp est née le 23 juillet 1989. Et… décédée en 2015. Le 3 février exactement. Elle s'est suicidée en absorbant une forte dose de médicaments.

Grace encaissa la nouvelle.

— Grace ? Tu es toujours là ?

— Oui, oui, tu as une photo ?

— Oui, je te l'envoie tout de suite sur ton portable.

Grace décolla son oreille du téléphone et ouvrit le message qui venait de s'y afficher. Faute d'un réseau de qualité, l'appareil moulina. Seule au cœur de la prairie sauvage, le visage blanchi par la lumière clinique de l'écran, Grace fixait celui-ci avec une telle attente qu'elle ne sentait même plus le vent tournoyer autour d'elle.

Et, soudain, le cliché apparut. Sans hésitation possible, on reconnaissait trait pour trait le visage de Lydie Ferguson.

Grace regarda vers la fenêtre de la chambre, comme si elle s'attendait à y voir surgir la veuve.

— Tu as reçu la photo ?

— Euh… oui, répondit Grace, chamboulée. Quel est son lieu de décès ?

L'officier de police tapa sur son clavier.

— L'hôpital psychiatrique de Saint-Jean, près d'Édimbourg.

— Pardon ?

— Attends, je n'ai pas vu cela tout de suite parce que les faits ont été commis alors qu'elle était mineure : elle a un casier judiciaire pour le moins chargé et on comprend mieux pourquoi elle a été internée.

— Qu'est-ce qu'elle a fait ?

— Emily Abercamp a été reconnue coupable du meurtre de ses parents alors qu'elle avait seize ans. Je lis en même temps que je te parle. Elle les a tués à coups de couteau au cours d'un repas. Elle aurait agi ainsi parce qu'ils lui provoquaient un stress trop important. Les médecins qui l'ont suivie ont déclaré, je cite : « La patiente Emily Abercamp souffre d'un trouble profond de la personnalité, qui peut l'amener à commettre des actes de violence à l'égard de ses proches. Elle suit un traitement qui semble diminuer ses accès de colère délétères. Mais compte tenu de la fragilité du cadre thérapeutique et de la dangerosité que la patiente peut représenter pour la société, nous préconisons, en l'état actuel des connaissances, un internement à vie. »

Grace avançait déjà en direction de la maison.

— As-tu d'autres éléments ?

— Non. Je t'envoie…

La conversation fut coupée. L'inspectrice s'immobilisa le temps de s'assurer qu'elle avait assez de réseau pour recevoir le compte rendu sur son téléphone. Le fichier téléchargé, elle acheva à toute allure la distance qui la séparait de la maison. Elle ouvrit la porte d'entrée à la volée et fonça vers le dernier étage pour débouler dans la chambre, à bout de souffle et percluse d'une violente douleur au niveau des côtes.

La jeune femme était assise au milieu de la pièce sur une petite chaise.

— Où est Sarah ? demanda Grace avec effroi.

— Je suis là.

L'inspectrice se tenait accroupie dans un coin de la chambre, son arme en main.

— Elle prétend avoir quelque chose à nous dire, mais elle attendait que tu sois là.

— Lis cela, balbutia Grace, tendant son téléphone à sa coéquipière.

Et pendant que Sarah prenait connaissance de la véritable identité de Lydie Ferguson, Grace sortit son arme et indiqua à la jeune femme qu'elle était prête à l'écouter.

— Visiblement, vous avez compris qui j'étais, déclara cette dernière de son air enfantin. Alors, à votre tour, vous allez peut-être pouvoir m'aider à comprendre ce qu'il se trame dans cette maison.

– 12 –

La jeune veuve resserra ses genoux l'un contre l'autre, en calant ses mains entre ses cuisses. Grace avait du mal à imaginer cette fragile créature assassiner quelqu'un.

Dans un coin de la pièce, Sarah se leva et redonna son téléphone à sa coéquipière.

— Soyons excessivement méfiantes, préconisa-t-elle à voix basse.

— On vous écoute, dit Grace.

Au loin, on entendit à nouveau rouler le grondement du tonnerre. Un autre orage approchait. Celle qui s'appelait Emily gardait la tête penchée vers le tapis, à la manière d'une jeune madone sculptée dans un marbre diaphane. La peau pâle de son visage laissait même apparaître les veines bleutées du contour de ses yeux.

— Vous savez maintenant qu'à l'âge de seize ans, j'ai tué mes parents, dit-elle d'une voix frêle. Je n'ai rien prémédité et, un jour, cela m'a traversé l'esprit comme une évidence. Je n'y ai pris aucun plaisir, je n'ai pas vraiment compris pourquoi je commettais cet acte, mais je l'ai fait. On m'a internée à l'hôpital de Saint-Jean.

On m'a donné un traitement qui a calmé mes pulsions meurtrières. Mais après dix ans sans aucune rechute, les médecins ne voulaient toujours pas me laisser sortir. Ils ne cessaient d'affirmer qu'il fallait attendre. Encore et encore, pour être sûrs que je n'allais pas recommencer. J'étais condamnée à passer le reste de mon existence enfermée. Jusqu'au jour où le docteur Carlson m'a prise sous son aile.

Emily bascula la tête sur le côté, un sourire nostalgique se dessinant sur ses lèvres.

— Il m'a persuadée que tous les autres médecins m'empêchaient de sortir parce qu'ils ne me comprenaient pas, mais lui avait pleinement confiance en moi et constatait bien que j'étais guérie. Il m'a parlé de nouvelle vie, de liberté, de maison, de mari, d'enfants, même. Vous imaginez ?

Elle frotta la paume de ses mains sur ses jambes.

— Mais il m'a expliqué que si je voulais parvenir à cela, j'allais devoir faire tout ce qu'il me demanderait. Et que ce serait pour mon bien.

Grace et Sarah sentirent l'ombre d'Olympe resserrer ses griffes sur la destinée de la jeune femme.

— J'étais prête à faire n'importe quoi pour quitter cet hôpital, et forcément, j'ai répondu à toutes les exigences du docteur Carlson. Il m'a précisé que dans mon cas, comme il y avait eu homicide, plusieurs de ses collègues devaient s'accorder pour me faire sortir. Or, aucun ne voulait prendre ce risque. La seule solution était donc de me faire mourir et renaître. Autrement dit, il fallait simuler ma mort afin que je puisse recommencer une nouvelle vie sous une autre identité.

Emily joua avec la pointe de ses chaussures.

— Et tout s'est passé selon ses plans. J'ai mis en scène une pendaison après qu'il m'eut injecté un produit qui ralentissait tant le rythme cardiaque que l'on ne pouvait plus sentir le pouls. Il m'a prise en charge à la suite des infirmiers qui m'ont découverte. Il m'a déclarée morte et m'a fait sortir dans un sac mortuaire. Puis il a organisé un faux enterrement. Pendant ce temps-là, j'arrivais à Hawick, une petite ville des Borders, sous l'identité de Lydie Donnell. Avec de nouveaux papiers, un petit appartement, un travail de vendeuse en boulangerie et un nouveau look.

La jeune femme tira sur les pointes de ses cheveux comme s'ils n'étaient pas les siens. Dehors, le vent se déchaîna de plus belle. Grace frissonna.

— Le docteur Carlson venait me rendre visite très souvent. Nous prenions le thé tous les deux. Il vérifiait que mon traitement fonctionnait toujours, ajustait les doses en fonction de mon ressenti, puis il me racontait des anecdotes sur l'incompétence de ses collègues, et, moi, je lui parlais des clients les plus originaux de la boulangerie. Il était mon confident, mon médecin, mon sauveur, mon guide.

— Que vous a-t-il demandé en échange de tout cela ? intervint Sarah.

— De me marier avec un jeune homme qu'il avait repéré parmi mes clients et qui serait un très bon parti pour moi. Non seulement il avait du charme, mais en plus, il était en quête d'un nouvel amour après le décès de sa femme. Et ce qui ne gâchait rien, il avait un petit garçon adorable, que j'aurais tôt fait d'adopter. J'ai aussitôt dit oui. Mais je ne savais pas comment faire, je ne connaissais rien à la vie, aux hommes. Le docteur

Carlson m'a alors donné, en quelque sorte, des astuces de séduction et m'a même aidée à renouveler ma garde-robe pour être plus… attirante, comme il disait.

Grace était une fois de plus écœurée par les pratiques d'Olympe puisqu'il ne faisait plus de doute, à présent, dans son esprit, que ce Carlson agissait pour leur compte. Elle qui avait tant souffert dans son enfance, elle ne pouvait s'empêcher d'éprouver une empathie sororale pour cette femme qui, pourtant, était une tueuse.

— Malgré les incitations de Carlson, j'étais sincère, reprit Emily. Je suis vraiment tombée amoureuse de Thomas et en adoration pour Jonah. Même si je pense que je projetais sur cette relation la promesse de ma renaissance et l'assurance d'un bonheur dont j'aurais dû être privée. Bref, moins de trois mois après notre rencontre et grâce à quelques suggestions de ma part, nous avons décidé de nous marier et d'acheter cette maison dégotée par un agent immobilier que connaissait bien Carlson.

— Le but de ce docteur était donc de vous amener ici avec Thomas et Jonah.

— Oui, mais il me présentait cela comme une façon de prendre soin de moi. L'agent immobilier était censé lui devoir un service et avait donc consenti à proposer un prix incroyable pour une maison de cette envergure. Parce qu'il voulait que je sois bien installée et qu'on forme un couple épanoui avec Thomas. Et c'est ce qu'il s'est passé.

— Vous preniez toujours un traitement, n'est-ce pas ? demanda Grace. Je veux dire, même une fois mariée ?

— Oui. Toujours le même. Et vous faites bien d'en parler, parce que le jour de l'anniversaire de Jonah, mes pilules ont disparu. Plus une seule ne se trouvait dans la maison. Je n'ai donc pas pu prendre mon traitement. J'ai tout de suite appelé le docteur Carlson. Il m'a demandé comment je me sentais. Je lui ai dit que j'étais nerveuse avec parfois des moments de confusion. Il a voulu savoir si quelque chose de spécial était organisé dans la journée. Quelque chose qui pourrait aggraver ma nervosité. J'ai parlé de l'anniversaire de Jonah que Thomas ne voulait absolument pas rater et qui me rendait anxieuse. Il m'a fait préciser l'heure à laquelle aurait lieu la fête. Jonah devait souffler ses bougies au dessert, à 14 heures, et Carlson m'a promis que quelqu'un viendrait me déposer les médicaments entre 13 et 14 heures, au plus tard. Il a ajouté qu'il fallait absolument que je me contrôle jusque-là.

Emily arrêta son récit sur ce dernier mot, et quand elle reprit, sa voix avait changé. Elle était devenue plus neutre, presque clinique.

— Depuis la veille, Thomas se tracassait pour l'anniversaire, qu'il voulait à tout prix réussir. Il avait acheté un cadeau surprise dont il ne voulait pas me parler et qu'il brûlait d'impatience d'offrir à son fils. Il ne pensait qu'à ça. Et… Jonah était si excité qu'il ne cessait de crier et courir partout.

Emily serra sa tête entre ses mains, sa lèvre inférieure se mit à trembler. Un éclair jeta sa luminosité électrique dans la chambre.

— J'ai maîtrisé mes pulsions toute la matinée parce que j'avais la certitude que les médicaments allaient arriver. J'ai passé l'heure du repas à faire semblant d'être contente alors que j'étais dans un état de nervosité insoutenable. À 13 h 55, personne n'était encore arrivé. Et Thomas, tout sourire, qui me donnait des petits coups de pied sous la table pour me faire comprendre que c'était bientôt le moment. L'horloge a sonné 14 heures et toujours aucun signe du coursier de Carlson. Quelque chose s'est brisé en moi. Ou plutôt s'est libéré. Je suis allé chercher le gâteau d'anniversaire dans la cuisine, je l'ai posé sur la table. Jonah a soufflé ses bougies. Thomas faisait semblant de se brûler en les retirant et cela faisait rire Jonah. Excité, Thomas a dit qu'il allait chercher le cadeau. Il s'est levé. J'ai pris le couteau avec lequel on devait couper le gâteau, je me suis approchée de lui par-derrière et je lui ai tranché la gorge. Jonah était tétanisé et il n'a pas bougé quand j'ai tranché la sienne.

Grace eut un haut-le-cœur et sentit sa poitrine vibrer sous la déflagration du tonnerre qui semblait avoir éclaté juste au-dessus de la maison. Le rapport du légiste ne l'avait pas préparée à cette violence. Nulle part il n'avait été fait mention d'une mort par égorgement, preuve s'il en était que le médecin avait menti. Mais celui-ci avait fait une erreur en indiquant la véritable température des corps.

— Je ne sais pas combien de temps je suis restée sans réagir, reprit Emily après un silence. J'étais simplement soulagée de ne plus entendre leur voix, de ne plus sentir leur présence. J'avais enfin du calme…

Grace avait dans la tête l'absurde scène du petit Jonah heureux, riant avec son père quelques secondes auparavant, et dont la gorge était soudain sectionnée par la main même de celle à qui il avait accordé toute sa confiance. Cette nouvelle horreur venait s'ajouter à tout ce dont Grace avait été témoin ces derniers mois, et elle commençait à avoir peur de ne plus pouvoir supporter tant de violence.

D'un regard, elle chercha un soutien auprès de Sarah. La Norvégienne fixait Emily comme si elle espérait trouver une explication acceptable pour justifier une telle cruauté. Elle dut sentir l'appel tacite de sa coéquipière, car elle tourna la tête vers elle avec l'air de lui dire « ça va aller ».

Emily se leva pour se diriger en silence vers la fenêtre de la chambre. Sarah réagit la première et la suivit, craignant certainement qu'elle ne fasse une bêtise. Grace lui emboîta le pas.

— J'ai fini par rappeler Carlson pour lui avouer ce qu'il s'était passé, reprit la jeune femme. En très peu de temps, il est arrivé, accompagné d'autres hommes. Ils ont pris les corps, nettoyé la maison, et le docteur m'a assuré qu'il s'occupait de tout, que personne ne saurait rien de ce crime, que je ne retournerais pas à l'hôpital, et n'irais pas en prison. À condition que je ne sorte plus jamais d'ici et que je ne parle à personne pour ma propre sécurité. Grâce à l'assurance-vie de Thomas, j'aurais assez d'argent. Et Carlson s'est arrangé pour qu'on me livre régulièrement mon traitement médical et de quoi manger sur le seuil de ma porte. Il a pris tous les papiers administratifs dont s'occupait Thomas. C'est pour cette raison que je n'ai même plus les documents notariaux concernant la vente de la maison sur lesquels vous m'avez questionnée hier.

Adossée à l'angle de la fenêtre, Emily regardait le tapis, d'un air absent.

— Depuis ce jour, je n'ai plus jamais eu de nouvelles de Carlson et je passe ma vie seule, à ressasser mon crime…

— Et c'est à partir de là que vous vous êtes infligé le supplice du fauteuil roulant ?

— Oui, il avait été laissé là, à la cave, par les anciens propriétaires. Un jour, je l'ai essayé et j'ai su qu'il serait mon expiateur de faute. Et si je reste ici, dans cette maison, loin de tout le monde, ce n'est pas tant pour suivre les ordres de Carlson, mais parce que je sais que mon isolement m'empêchera de refaire du mal à quelqu'un…

— Emily, vous saviez que Thomas n'avait pas été incinéré, n'est-ce pas ? Vous avez joué la comédie tout à l'heure ? intervint Sarah.

— Non, je vous jure que je l'ignorais, déclara la jeune femme avec une spontanéité non feinte. J'étais persuadée que l'on avait respecté son souhait. Je ne comprends pas pourquoi on l'a finalement enterré sans m'en informer. Carlson ne m'a jamais rien dit à ce propos. Je ne vous mens pas.

Grace la croyait et, à ses yeux, les conclusions étaient évidentes. Carlson avait subtilisé le traitement d'Emily pour provoquer une crise meurtrière. Mais pourquoi avait-il précisément choisi l'anniversaire de Jonah ? Compte tenu de la minutieuse organisation mise en place pendant plusieurs années, cela ne pouvait être un hasard.

— Emily, l'anniversaire de Jonah avait-il une signification particulière pour Thomas ou vous-même, en dehors, bien sûr, de la célébration du jour de sa naissance ?

— Non… pourquoi ?

Grace songea combien le docteur Carlson avait été habile pour qu'Emily ne doute jamais de sa bienveillance à son égard.

— Et vous êtes certaine qu'au cours de vos différents entretiens, Carlson n'a jamais prononcé le mot Rosemary ? lança Sarah.

Emily se pinça les lèvres, les rendant presque aussi blanches que sa peau. Silencieusement, elle s'approcha de la fenêtre, leur tournant le dos.

— Je vous ai caché autre chose : lorsque Carlson et des hommes sont venus chercher les corps… je l'ai entendu dire à l'un d'eux que… que… le programme Rosemary était en bonne voie… Mais, pour moi, cela n'avait aucun sens et n'en a toujours pas aujourd'hui.

Grace et Sarah se regardèrent, avant qu'un nouvel éclair ne les éblouisse.

— Vous allez nous décrire ce médecin et nous dire tout ce que vous savez sur lui, reprit l'inspectrice norvégienne. Vous pouvez même le…

Mais Sarah ne put achever sa phrase.

Emily venait de pousser un cri d'effroi, ses yeux hagards d'épouvante orientés vers l'extérieur.

— La forme… je l'ai vue… là… dans le jardin…, ânonna-t-elle en tendant un index fébrile.

— Ne jouez pas à ce jeu avec nous ! la coupa Sarah, qui tenait son arme à moitié levée en direction de la jeune femme.

Grace s'avança, à l'affût de la moindre réaction de celle qui était coupable de crimes atroces.

Le jardin était étrillé par l'orage, des éclairs déchiraient la toile de ténèbres, projetant des éclats blafards sur la campagne écrasée par les bourrasques et les torrents de pluie. *L'esprit peut aisément se laisser duper dans ce déluge d'ombres et de lumières. Il n'y a rien d'autre que...*

Le cœur de Grace bondit dans sa poitrine : une silhouette venait de fendre, fugace et rapide, les herbes dans le fond du jardin.

– 13 –

— Emily, venez avec nous ! ordonna Grace.

La jeune femme, apparemment terrorisée, ne bougea pas.

— Quoi qu'il arrive, vous serez plus en sécurité avec nous que seule ici, lui lança Grace. Venez !

Emily Abercamp se résolut à se mettre debout. Les trois femmes dévalèrent les deux étages, obliquèrent à gauche du rez-de-chaussée, avalèrent les marches descendant vers la cave, et Sarah fut la première à surgir sous l'orage, tandis que Grace menottait Emily à une barre de l'escalier en lui demandant de leur faire confiance.

Quand elle sortit à l'air libre, des rayons de pluie tordus par le vent traversaient le halo de la lampe que Sarah balayait sur les hautes herbes, son arme braquée devant elle.

Un éclair flasha dans le maelström orageux et la silhouette informe leur apparut : immobile, juste à côté des tombes au fond du jardin.

Sarah fonça dans sa direction.

La vue brouillée par la pluie glaciale, et désorientée par les fracas du tonnerre, Grace ne parvint pas à avancer aussi vite qu'elle l'aurait voulu. Lorsqu'elle fut à peu près au milieu du jardin, un nouvel éclair embrasa l'air et elle vit Sarah s'approcher en courant de la tombe. Mais la silhouette fantomatique s'était évanouie.

Les deux femmes regardèrent partout autour d'elles. Et soudain, en se retournant vers la maison, Grace aperçut la forme se déplacer vers l'entrée de la cave.

— Là ! cria-t-elle en rebroussant rapidement chemin.

— Stop ! ordonna Sarah. Police !

Grace avait beau être plus proche, elle était bien trop gênée par les éléments et l'obscurité pour suivre nettement la progression de la silhouette qu'elle pourchassait. Il lui sembla cependant que l'ombre obliquait vers la droite du jardin. Cela n'avait aucun sens, puisqu'elle allait être bloquée par le mur d'enceinte.

Mais lorsque Grace arriva devant l'angle du rempart, personne. Sarah déboula juste derrière sa coéquipière.

— Il est forcément passé par-dessus, lança la Norvégienne.

Agile et vive, elle prit son élan, agrippa le sommet de la muraille et se hissa dessus pour sauter de l'autre côté.

Grace avait du mal à croire que la forme qu'elle traquait avait eu le temps de franchir la muraille si vite. Elle sonda la paroi avec la crosse de son pistolet en se décalant progressivement vers la gauche, jusqu'à retrouver la porte d'entrée de la cave. Rien. Aucun son creux. Aucune pierre ne bougeait.

Elle frappa encore sur le mur à plusieurs reprises et tressaillit : la lamentation qu'elles avaient entendue plus tôt venait de se manifester à nouveau, quelque part derrière la cloison.

— Il y a quelqu'un ? Police ! cria Grace en visant devant elle.

Sa voix était en partie couverte par le rugissement de la tempête. Et elle ne pouvait pas être certaine qu'on lui ait répondu ou non.

— Faites connaître votre position par n'importe quel moyen ! s'époumona Grace.

Elle s'efforçait encore de chercher une issue dans le mur, quand Sarah la rejoignit, essoufflée.

— Rien, vociféra la Norvégienne. J'ai fait le tour de la maison et je n'ai vu personne.

— La plainte est revenue, répondit Grace. Elle provenait de derrière ce mur, mais il n'y a aucun passage.

Sarah sonda sa collègue de son regard glacé.

— Je t'assure… s'il y a quelque chose, c'est ici, insista Grace. Tu as pu constater de tes propres yeux qu'Emily ne mentait pas sur la réalité de cette présence étrange chez elle.

— Allons voir à l'intérieur de la cave, s'il y a une pièce cachée, l'accès se fait probablement par là.

Elles regagnèrent toutes les deux le sous-sol.

Emily les attendait, assise sur une marche, toujours attachée aux barreaux de l'escalier.

— Vous l'avez vue ? demanda-t-elle, sa main libre rapprochée de son cou dans une posture de petite fille terrorisée.

Grace opina du chef.

— Et vous avez entendu aussi… ce chant… étrange ?

— Oui. Mais c'est vous qui êtes derrière ce bruit, n'est-ce pas ? la provoqua Sarah.

Emily secoua la tête.

— Je vous jure que non. Mais la forme… elle se trouvait bien près des tombes ?

Grace approuva.

Emily inspira difficilement, sous l'emprise d'une angoisse visible.

— Ils viennent me chercher… et me punir…

— Nous ignorons ce qu'était cette… présence, répliqua Grace, désemparée par ce qu'il se passait dans cette maison.

— Thomas et Jonah… ils savent ce que je leur ai fait. Ils veulent me faire payer.

— Les fantômes n'existent pas ! la coupa sèchement Sarah. Et vous le savez ! Il faut trouver l'origine, bien réelle, de cette plainte.

Grace faisait dos à la porte donnant sur le jardin. Elle désigna un mur de briques à sa droite, devant lequel étaient entassés des dizaines d'objets hétéroclites et poussiéreux.

— Il faut fouiller de ce côté, dit-elle. Ce que j'ai entendu ne peut provenir que de là.

Tout en jetant des coups d'œil réguliers vers Emily, les deux femmes déblayèrent des monceaux de vieilleries qui encombraient cette partie de la cave et les empêchaient d'accéder à la cloison : une poussette cassée, des barres de métal tordues, des planches vermoulues, un bureau à la peinture écaillée et une échelle. Puis, dans une nuée de poussière qui se colla à leur peau humide, elles parvinrent enfin à se frayer un chemin jusqu'au mur.

Côte à côte, avec méthode, elles sondèrent la paroi avec leur arme.

Jusqu'à ce qu'un coup d'une résonance différente attire l'attention de Grace.

— Là…, dit-elle. Tu entends ? Ça sonne creux.

Sarah approuva et approcha son oreille du mur. Elle patienta quelques secondes.

— Aucun bruit. Je vais chercher la pioche.

La Norvégienne revint quelques instants plus tard et frappa d'un coup puissant contre la paroi. Deux briques volèrent en éclats sous l'impact. Grace s'accroupit et balaya la zone du faisceau de sa torche.

— Il y a un espace vide derrière !

Sarah s'acharna jusqu'à pouvoir faire levier sur les briques.

— Il me semble distinguer quelque chose, déclara Grace en éclairant de nouveau. Oui, il y a une forme… Elle est immobile, peut-être allongée. L'ouverture est trop étroite, je vois mal.

— C'est la silhouette que l'on a poursuivie ?

— Non, c'est bien plus petit.

Sarah acheva d'agrandir le passage et, dans une dernière impulsion qui lui arracha un cri d'effort, elle retira un gros morceau de cloison, qui souleva un nuage de débris en s'écrasant au sol.

Grace n'éclaira d'abord qu'un rideau de poussière qui scintillait dans le halo de sa torche. Puis les particules redescendirent lentement, dévoilant une cavité.

— Qu'est-ce que c'est…

On discernait désormais une masse noire d'environ un mètre de longueur, couchée par terre.

— C'est un animal, souffla Grace, abasourdie.

La bête releva doucement sa tête, leur montrant deux yeux larmoyants, un museau blanchi et deux oreilles tombantes aux poils froissés.

— Un chien, murmura Sarah d'une voix incrédule. Un labrador.

Dans le regard de l'animal ne se lisait aucune animosité, mais une déchirante tristesse.

— Qu'est-ce que tu fais là, mon pauvre ? s'émut Grace.

Le labrador gémit et se dressa avec difficulté sur ses pattes, l'arrière-train affaissé, le dos parcouru d'un tremblement. Puis il tendit le cou vers le plafond et, la gueule ouverte, il hurla à la mort.

– 14 –

La plainte déchirante emplit la cave et sembla s'élever jusque dans les étages pour se répandre dans toute la maison.

Transpercée par la détresse de l'animal, Grace tendit sa main vers le labrador pour l'apaiser. Sarah lui retint le bras.

— Attention.

— Son attitude n'est ni agressive ni sur la défensive. Il est simplement malheureux, répliqua Grace. Ça va aller.

Le chien acheva son hurlement dans un gémissement en sentant approcher l'inspectrice. Il la renifla et la laissa lui caresser doucement la tête.

— Voilà, tout va bien, mon ami, on est là pour t'aider, dit Grace, comme si elle parlait à un enfant apeuré. Viens me voir, viens…

Le labrador voulut faire un pas, mais sa patte trembla.

— Sarah, je ne peux pas le porter, avec mon bras. Vas-y.

La Norvégienne se contorsionna pour parvenir à enlacer le chien le plus délicatement possible. Il se laissa faire sans rien dire. Puis elle le déposa par terre. Grace s'agenouilla à sa hauteur. L'animal paraissait faire un gros effort pour tenir debout.

— Couche-toi, mon grand, on te portera s'il le faut.

— Vous le connaissez ? demanda Sarah à Emily, qui s'était penchée en avant pour mieux voir et semblait tout aussi étonnée que les inspectrices de cette découverte.

— Non… mais, mon Dieu, si la plainte vient de lui, cela fait des années qu'il est enfermé derrière ce mur.

— Emily, insista Sarah en se baissant pour examiner la cavité avec sa lampe. Si ce chien est bien à l'origine de la lamentation, il n'a pas pu survivre tant de temps sans être nourri… et même un minimum entretenu. Aussi exiguë soit-elle, sa place est propre, donc régulièrement nettoyée. Qu'est-ce que vous nous cachez encore ?

— Rien. Je vous l'assure. Je ne comprends pas ce que ce chien fait ici. C'est absurde.

— Carlson n'a pas proposé de vous offrir un animal de compagnie, une fois que vous vous êtes retrouvée seule ? demanda Grace en continuant à caresser le labrador avec douceur.

— Non. Je vous l'ai dit, il m'a laissée complètement isolée sans…

— Alors qui a amené ce chien ? Qui le nourrit ? Dans quel but ? lança Sarah, non sans impatience. Ça n'a aucun sens, cette histoire !

— C'est un cauchem…, commença à murmurer Emily.

— Attendez, la coupa Grace. Il a un collier et une médaille autour du cou.

Elle éclaira, à l'aide de sa lampe, la plaque métallique et retint les mots qui allaient sortir de sa bouche.

— Alors ? s'enquit Sarah.

— Regarde, répondit Grace, perturbée par l'étrangeté de sa découverte.

La Norvégienne lut à son tour l'inscription sur la médaille et leva des sourcils circonspects.

— Qu'y a-t-il ? demanda Emily.

Grace fixa la jeune femme et dit à voix haute :

— « Pour Jonah de la part de papa, bon anniversaire, mon chéri. »

Emily demeura immobile, assise dans l'escalier, comme si son esprit avait brutalement quitté son corps. Puis elle cligna des yeux.

— C'est… le cadeau de Jonah dont Thomas… ne voulait pas me parler…, bredouilla-t-elle en se rongeant l'ongle du pouce.

Grace fut prise d'un léger vertige en observant l'animal. Cette enquête devenait de plus en plus incompréhensible.

— Hey ! intervint Sarah, qui s'était remise à inspecter la cavité. Il y a une planche qui a l'air de pouvoir bouger sur le mur du fond. Mais c'est bloqué. Il doit y avoir un cadenas ou un verrou de l'autre côté. Grace, recule-toi.

La Norvégienne reprit la pioche et asséna plusieurs coups puissants contre la trappe. On entendit le bois craquer alors que Sarah arrachait des morceaux fendus.

Sous son bras protecteur, Grace sentit le chien apeuré. Elle fit de son mieux pour le rassurer.

— Ça donne sur une autre cavité ! lança Sarah, qui, en sueur, s'était penchée devant la béance pour l'éclairer.

Je vois, qu'on peut passer en rampant, termina-t-elle en laissant tomber la pioche par terre.

Le chien tressaillit et fit volte-face.

— Attends ici, murmura Grace en le retenant. Reste là.

Elle ne sut pas si le labrador avait compris ce qu'elle disait ou s'il n'avait pas la force de lutter. Toujours est-il qu'il se coucha.

— On y va, déclara Sarah en se mettant à plat ventre.

De sa lampe torche, elle perça les ténèbres derrière la planche arrachée et, son arme pointée devant elle, elle se faufila la première à l'intérieur de l'espace dégagé.

Grace avait beaucoup plus de mal avec son bras plâtré, mais Sarah, déjà arrivée de l'autre côté, lui tendit la main pour l'aider à la rejoindre.

Les deux inspectrices découvrirent alors avec étonnement une petite pièce remplie d'étagères où reposaient des dizaines de paquets de croquettes pour chien. Dans un coin, un bureau était calé contre le mur, et au centre se trouvait une table, sur laquelle une housse en cuir dissimulait quelque chose de haut et large aux formes inégales.

— Il y a un interrupteur près du bureau, souffla Sarah. J'y vais.

Alors qu'elle traversait la pièce, ses pas clapotèrent.

— Il y a de petites flaques d'eau par terre. Celui ou celle que l'on vient de pourchasser est passé par là il y a très peu de temps..., dit-elle en reprenant son arme bien en main.

Méfiante, elle enclencha le courant et un plafonnier composé d'une simple coupole métallique s'illumina.

La vive brillance laissa dans l'ombre quelques coins de la pièce, mais se réfléchit sur un objet posé sur le bureau.

— Un cahier…, dit Grace.

Sarah enfila un gant en latex qu'elle avait tiré de sa poche, et ouvrit le livret, Grace regardant par-dessus son épaule.

Un tableau de dix lignes et de deux colonnes remplissait la première page. Dans la première colonne, élégamment écrite à la main, on lisait la date et, dans la seconde, une annotation qui était toujours la même : « néant ».

— À quoi cela correspond ? s'interrogea Grace à voix haute.

Sarah feuilleta les pages suivantes et Grace découvrit les mêmes lignes, les mêmes colonnes et le même commentaire « néant », à l'exception d'une dizaine d'occurrences où on pouvait lire : « signal faible, non concluant ».

— As-tu remarqué la toute première date ? demanda Sarah.

Grace n'y avait pas prêté attention.

— Non.

Sarah revint au début du cahier et Grace comprit : le relevé débutait le 7 janvier 2016, le jour de l'assassinat des « deux amours » commis par Emily. Et donc le jour de l'anniversaire de Jonah.

— Quelqu'un vient ici depuis cinq ans, dit Grace. Qui et dans quel but ?

En guise de réponse, Sarah braqua le pinceau de sa lampe sur la table centrale et l'étrange structure qui reposait sous la housse.

Grace s'en approcha et palpa le cuir noir, qui protégeait quelque chose de dur, apparemment.

Sarah lui fit signe qu'elle la couvrait en pointant le canon de son arme droit sur la forme dissimulée.

Grace attrapa un coin de la housse et la souleva avec précaution.

Un objet étonnant se dévoila.

Sur une plaque de bois ciré, deux attaches supportaient une longue tige de métal horizontale entourée en son milieu par un cylindre. Sous la barre métallique, une fine aiguille semblait pouvoir se déplacer tout du long en suivant une règle graduée fixée, elle aussi, au support en bois. L'extrémité droite de la longue tige était munie d'une petite manivelle, tandis que la partie gauche se terminait par une pièce en forme de rondelle. Enfin, du cylindre central partait un cône semblable à ceux qu'on utilisait jadis pour les gramophones.

À quoi peut bien servir ce mystérieux appareil ? Grace l'inspecta minutieusement. Elle finit par découvrir un interrupteur qui jouxtait une petite plaque de métal sur laquelle était gravé : « Projet Rosemary. Élément 32. T.E. »

— Je crois qu'on ne s'est pas trompées, souffla-t-elle à Sarah, qui s'était approchée d'elle.

Au moment où la Norvégienne allait enclencher le bouton de la machine, un courant d'air s'engouffra dans la pièce.

Les deux femmes baissèrent le regard : dans un des coins sombres qu'elles n'avaient pas pris le temps d'inspecter, une trappe venait de se soulever. Deux yeux les dévisageaient d'un air mauvais, juste avant qu'une éclatante substance enflammée ne fonde vers elles.

– 15 –

Au vacarme métallique de la trappe qui retombait succéda un bris de verre, accompagné d'une traînée enflammée sur le sol de la cache. Grace recula en se protégeant le visage de ses bras, et Sarah sauta sur le côté en se réceptionnant avec agilité. Le cocktail Molotov qu'on venait de leur envoyer provoqua davantage de chaleur que de dégâts. Grace jeta la housse en cuir sur le feu, qui s'étouffa presque aussitôt. Sarah courut vers la trappe, et souleva le panneau de métal d'une main, son arme dans l'autre.

— Police ! lança-t-elle.

Elle bondit dans le conduit et Grace entendit ses pas s'éloigner.

— Ça donne sur le jardin ! cria la Norvégienne. Il a escaladé le mur d'enceinte. Coupe-lui la route en passant par là-haut !

Grace évita le chien toujours couché et Emily assise dans l'escalier, et rejoignit à toute allure le rez-de-chaussée. Elle déboula dans le hall, ouvrit la porte d'entrée à la volée et fit irruption sur le palier balayé de courants d'air. La nuit était encore profonde, mais elle discerna une ombre avancer à toute vitesse entre les herbes en direction de la forêt. Et quelques mètres derrière elle, Sarah, qui la talonnait. À son tour, elle poursuivit l'intrus.

Elle courait aussi vite que son handicap le lui permettait, misant sur la chance pour ne pas se tordre la cheville, alors qu'elle savait à peine où elle posait les pieds et que l'obscurité mettait à mal son sens de l'équilibre. Et soudain, deux lumières jaillirent à l'orée du bois. Deux phares de voiture.

— Stop ! ordonna Sarah au loin.

Grace n'était plus qu'à une trentaine de mètres de la forêt quand elle vit le fuyard sur le point d'atteindre le véhicule. Elle s'arrêta, ajusta son tir et fit feu sur un phare.

L'individu se figea, avant de se retourner. Il sembla regarder Grace puis Sarah, et se laissa tomber à genoux en levant les bras au-dessus de sa tête.

— Ne tirez pas ! Je me rends ! lança une voix d'homme mal assurée.

Sarah tendit son arme vers le véhicule stationné:

— La voiture est vide ! cria-t-elle.

Grace arriva enfin à la hauteur du fugitif. Il fixait le sol, les doigts croisés sur sa nuque, et portait un sac à dos.

— Vous êtes seul ? demanda Grace.

— Oui… il n'y a personne d'autre. J'ai ouvert les portes à distance, dit-il en jetant la clé électronique par terre. Mais je vous en prie, ne tirez pas, je ne veux de mal à qui que ce soit… Et puis, j'ai des enfants…

Grace le contourna sans baisser sa garde. L'homme était vêtu d'un pantalon cargo, d'une polaire et d'une parka légère.

— Ouvrez votre sac.

Il s'exécuta et elle éclaira ce qui n'avait l'air d'être que des livres. Elle fouilla rapidement les autres poches et trouva seulement des mouchoirs et un stylo. Elle passa une lanière du sac sur son épaule.

Sarah menotta l'homme, puis braqua sa lampe sur lui. Il avait la cinquantaine, des sourcils épais et broussailleux en pointe de hibou, une mèche de cheveux grisonnants rangée sur le côté du front et une bouche un peu tombante qui achevait de lui donner une allure austère.

— Je suis l'inspectrice Geringën et voici l'inspectrice Campbell. Vous êtes en état d'arrestation pour violation de domicile et tentative de meurtre sur personnes dépositaires de l'autorité. Avancez.

— J'appelle le commissaire de Hawick. Cette fois-ci, il se sentira obligé de nous envoyer des renforts, précisa Grace en composant déjà le numéro.

— Votre nom ? exigea Sarah, alors que le petit groupe fendait les herbes en direction de la maison.

— Shimon Ostade.

— Vous travaillez pour qui ?

Grace écoutait d'une oreille, tout en informant Douglas de la situation.

— Pour un scientifique. Le docteur Carlson. Mais je ne l'ai vu que deux fois… Et cela fait des années que je ne lui ai pas parlé.

— C'est vous qui étiez près des tombes au fond du jardin ?

— Oui… mais quand je vous ai vues, j'ai fui en passant par la trappe secrète menant à la cache.

— Qu'est-ce que vous faites ici ? Pourquoi ce chien est enfermé dans cette cave ? s'énerva Sarah. Qu'est-ce que le projet Rosemary ? Et cette machine ?

Grace acheva sa conversation téléphonique, désormais pleinement attentive aux réponses données par le suspect.

L'homme hocha la tête, l'air de dire qu'il comprenait pourquoi on lui parlait avec véhémence.

— C'est compliqué. Mais je vais vous expliquer, si vous me promettez que ma coopération sera prise en compte en cas de procès.

— On verra, répliqua Sarah. Pour le moment, vous êtes en mauvaise posture.

— Je ne crois pas avoir fait quelque chose de mal… Je suis un simple exécutant… Ce n'est pas moi qui prends les décisions.

— J'ai déjà entendu ça, s'agaça Sarah. L'exécutant qui ne fait qu'obéir aux ordres, si inhumains soient-ils…

Ils marchèrent en silence quelques instants, l'homme semblant réfléchir à sa défense.

— Je sais que ma réponse ne va pas vous plaire, reprit-il alors qu'ils n'étaient plus qu'à quelques pas de l'auvent de la demeure. Mais je ne crois pas avoir fait quoi que ce soit d'inhumain. Au contraire, je pense que mon travail est… enfin était…

— Passez devant, le coupa Sarah en arrivant sous le porche. Descendez à la cave. Vous allez avoir tout le temps d'entrer dans les détails.

Emily, qui les attendait toujours dans le sous-sol, dévisagea l'individu.

— Vous l'avez déjà vu ? lui demanda Grace.

Elle fit non de la tête.

— C'est vous… que j'apercevais la nuit dans le jardin ? murmura Emily d'une voix éteinte.

— Je suis désolé, je ne voulais pas vous inquiéter, souffla-t-il.

— Vous savez qui je suis ? s'enquit la jeune femme, qui articulait difficilement.

— Le docteur Carlson m'a parlé de vous lorsqu'il m'a confié ma mission…

Il baissa les yeux, mal à l'aise. Sarah s'interposa.

— Passez par l'ouverture et entrez dans votre planque. Et vous, Emily, vous aurez vos réponses plus tard. Merci de nous laisser travailler.

Grace s'assura que les menottes qui retenaient la veuve au barreau de l'escalier étaient toujours bien accrochées, puis talonna sa collègue et le suspect.

C'est alors que le chien se leva maladroitement en remuant la queue.

— Salut, toi…, dit l'homme. Je crois qu'on ne va plus beaucoup se voir. Et je ne pourrai plus t'accompagner dans tes petites promenades nocturnes, que tu adorais…

L'animal lécha les doigts de celui qui avait été son maître durant toutes ces années et le suivit jusqu'au seuil de la pièce secrète pour s'allonger.

Sarah fit asseoir le fugitif en lui attachant les mains au dossier de l'unique chaise, et se cala contre un mur, son arme sortie et bien visible. Grace vida le contenu du sac à dos à côté de l'étrange machine et se tourna vers l'homme qui, malgré son air de savant rigoureux, avait quand même cherché à les brûler vives.

— Travaillez-vous pour une organisation qui s'appelle Olympe, monsieur Ostade ?

— Vous me promettez de bien tenir compte que je coopère à votre enquête ?

— Oui, je m'en porte caution, affirma Grace avant que Sarah n'intervienne.

— Bien, bien…, dit-il, comme un chercheur satisfait du résultat de son expérience.

— Votre coopération sera évaluée en fonction de la quantité et de la qualité des informations que vous allez nous délivrer, renchérit Grace. Vous savez maintenant ce qu'il vous reste à faire si vous ne voulez pas finir vos jours en prison, loin de votre famille.

Il hocha la tête.

— Donc, travaillez-vous pour la société Olympe ?

— J'ai deux emplois. Un en tant que comptable pour une petite entreprise de fabrication de palettes de transport à Hawick. Et effectivement, un autre en tant qu'expérimentateur pour Olympe, qui m'envoie de l'argent liquide tous les mois.

— En quoi consistait votre mission ici, monsieur Ostade ? demanda Grace.

Il afficha une expression sérieuse, comme s'il s'apprêtait à formuler une réponse à un supérieur hiérarchique chargé d'évaluer son travail.

— À faire une découverte… délicate.

– 16 –

— Quel type de découverte ? s'enquit Grace.

Shimon Ostade scruta le plafond, cherchant visiblement à organiser ses idées pour répondre le plus clairement à ses deux interrogatrices. Il se racla la gorge pour signifier qu'il était prêt et se lança.

— Avez-vous entendu parler du projet Stargate ?

Ni Grace ni Sarah ne savaient de quoi il s'agissait.

— On dirait plus un titre de film qu'autre chose, hasarda l'Écossaise.

— Oui, je sais que « Porte des étoiles » est un nom qui peut paraître quelque peu grandiloquent. Toujours est-il que c'est ainsi que la mission fut baptisée par ses initiateurs au début des années 1970.

— Des Américains, donc ?

— Oui, la CIA, pour être plus précis. La mission Stargate était un sous-projet de…

— MK-Ultra ? termina Sarah.

L'homme la regarda, étonné.

— Oui, c'est exactement cela.

Grace songea que l'intuition de sa coéquipière selon laquelle Olympe avait repris d'anciens travaux abandonnés par la CIA était définitivement la bonne.

— Continuez, insista la Norvégienne.

— Oui, oui… donc, tout cela pour dire que le projet Stargate était pris très au sérieux par la CIA, puisqu'il était développé par le Stanford Research Institute et pourvu d'un budget de 25 millions de dollars par an.

— Et dont l'objectif était de… ? pressa Sarah.

Shimon Ostade déglutit avec difficulté.

— L'objectif va vous sembler étrange, mais il était de créer une armée d'espions psychiques dotés d'une capacité de visualisation à distance.

L'homme s'arrêta de parler, guettant la réaction de ses interlocutrices avec le regard impatient du scientifique qui révèle le secret de ses recherches.

— Des médiums militarisés ? traduisit Grace, intriguée par la teneur paranormale de ce programme initié par la CIA.

— Oui, des personnes d'une clairvoyance telle qu'elles pourraient trouver un bunker souterrain ennemi, localiser un chef ou déterminer l'emplacement précis d'otages. Et ce, à des milliers de kilomètres de distance, uniquement par la force de l'esprit.

— C'est cette expérience que vous menez ici ? creusa Grace, incrédule.

— Non, mais…

— Alors pourquoi vous nous parlez de tout cela ? intervint froidement Sarah.

Shimon Ostade leva ses sourcils broussailleux, l'air de dire que la réponse était compliquée.

— Mon père faisait partie des médiums du projet Stargate. Il appartenait même au groupe d'élite des six meilleurs clairvoyants, ceux que l'on a appelés les Naturals. À eux seuls, ils ont identifié cent cinquante cibles, dont l'existence a été ensuite confirmée sur le terrain. C'est à cette époque que Carlson a fait la connaissance de mon père. Quand il est mort, Carlson m'a proposé de prolonger l'expérience, ou plutôt de l'approfondir. Parce que le projet Rosemary est un dérivé de Stargate. Disons, une expansion qui a poussé l'idée de départ encore plus loin… Bien plus loin.

Grace croisa le regard de sa coéquipière. Le chien étira un gémissement triste et, à l'autre bout de la cave, on entendit le cliquetis des menottes d'Emily, qui changeait de position dans l'escalier.

— En réalité, reprit Shimon Ostade, le projet Stargate a donné des résultats si intéressants que la CIA a tenté une approche plus audacieuse ou transgressive, selon notre curseur moral.

Il coula un regard admiratif vers la mystérieuse machine posée devant lui.

— L'objectif du projet Rosemary était de parvenir à entrer en contact avec les morts.

Dans un coin de la petite pièce nimbée de l'unique clarté du plafonnier, Sarah arborait une expression à la fois méfiante et préoccupée.

— Le nom du projet fait référence à la spirite britannique Rosemary Brown, ayant réussi à communiquer avec d'anciens compositeurs connus qui lui auraient dicté des partitions qu'ils n'avaient pu achever de leur vivant.

Grace repensa avec une certaine ironie aux quelques hypothèses qu'elles avaient échafaudées sur l'origine du prénom Rosemary depuis le début de cette enquête.

— Et donc, cet appareil permettrait de parler aux morts ? finit par demander la Norvégienne.

— Plutôt de les entendre. Il a été conçu pour capter les vibrations les plus infimes de ce qu'on qualifiait jadis d'éther, y compris celles que pourraient émettre les ondes des morts essayant d'entrer en contact avec le monde des vivants. On l'appelle la « machine nécrophonique ».

Grace se rapprocha du dispositif, perplexe.

Shimon Ostade donna un coup de menton en direction de la petite plaque vissée sur le côté.

— Vous pouvez avoir des doutes, et pourtant, cet appareil a été fabriqué par l'un des plus grands génies de l'espèce humaine, dont vous et moi utilisons encore aujourd'hui les inventions : Thomas Edison, le père du phonographe, de la caméra de cinéma, du courant continu, de l'ampoule électrique et j'en passe.

Grace comprit maintenant la signification des lettres « T.E. » accolées à l'inscription fixée au socle de la machine.

— Un homme de science qui faisait dans le paranormal ? releva Sarah, dubitative.

— Ce que peu de gens savent, c'est qu'Edison était… obsédé par ce qu'il pouvait se passer après la mort, mais il détestait les médiums et les spirites, qu'il qualifiait de charlatans. Il voulait appliquer la rigueur scientifique à cette question de la survie de l'âme. Il a passé les dix dernières années de son existence à mettre au point le condensé de génie technique que vous avez devant vous. Mais si le grand public l'ignore, c'est parce que la majorité des différentes éditions de l'autobiographie d'Edison ont été amputées de tous les chapitres où l'ingénieur développe son analyse et ses projets sur ce qu'il appelle « le royaume de l'au-delà ». Regardez le deuxième livre sur la pile que vous avez sortie de mon sac à dos. C'est une édition rare.

Grace laissa de côté un fascicule qui ressemblait à un mode d'emploi de la machine, et prit l'autre ouvrage. Il s'agissait d'un petit corpus élimé et jauni d'une soixantaine de pages, signé effectivement par Edison et intitulé *Le Royaume de l'au-delà*, et dont les titres de chapitres ne laissaient guère de place au doute : « La communication avec les esprits », « Des unités de mémoire »…

Guidée par son amour de la lecture, Grace parcourut brièvement quelques passages explicites, qu'elle lut à voix haute pour Sarah.

— « Je crois que la vie est en réalité indestructible, qu'il a toujours existé, sur cette planète, une quantité déterminée, immuable, de vie : c'est-à-dire une quantité qu'on ne peut ni augmenter ni diminuer… Toute manifestation d'énergie qui atteint mon appareil se trouvera amplifiée plusieurs fois et, quelle que soit sa faiblesse originale, elle sera multipliée suffisamment pour être perceptible. »

La voix de Grace s'éteignit dans le silence troublé par les intempéries qui, dehors, chahutaient toujours la nuit.

— Alors, c'est à cette curieuse tâche que vous vous employez ici ? lança Sarah. Mais vous essayez d'entrer en contact avec quels esprits ? Ceux de Thomas et de Jonah ?

— Oui, confia Shimon Ostade en s'efforçant de ne pas regarder vers la brèche de la cachette, au-delà de laquelle se trouvait Emily.

— Et c'est tout ? s'étonna Grace. L'objectif est certes très troublant, mais j'ai du mal à croire qu'Olympe investisse dans la recherche désintéressée. Qu'est-ce qu'il y a derrière tout ça ?

L'homme au visage placide scruta le sol, et se décolla du dossier dans un mouvement de malaise.

— Le fait d'entrer en contact avec les morts n'est que la première étape du projet…

Grace et Sarah se turent, toutes deux habituées à ne pas couper un suspect sur le point de livrer un secret qui lui pèse. D'autant que leur témoin avait l'attitude de celui qui, contraint de verbaliser son geste, prend conscience de la gravité de son acte.

— Le but final est d'obtenir le soutien des morts dans le cadre d'opérations militaires, acheva-t-il.

— Quoi ? réagit Grace, qui s'attendait à tout sauf à une réponse aussi folle.

— Le projet Rosemary a pour dessein d'entrer en contact avec des défunts et ensuite d'exploiter leurs capacités exceptionnelles pour obtenir des renseignements inaccessibles autrement. Les fantômes peuvent aller partout, sans entrave, sans se faire remarquer, et donc tout entendre et tout voir… C'est l'arme ultime de l'espionnage.

Grace demeura muette de stupéfaction. Comment une telle idée avait-elle pu naître dans un cerveau humain ? Sarah mit également quelques secondes avant de poursuivre l'interrogatoire, juste après que l'ampoule du plafonnier eut une baisse d'intensité.

— En imaginant que vous parveniez à entrer en contact avec un esprit, même si j'en doute au plus haut point, comment procéder pour qu'un fantôme… exécute vos ordres ?

Shimon Ostade tourna la tête vers l'endroit où était attachée Emily Abercamp. Puis il s'attarda sur le chien à moitié endormi par terre.

Le temps de cette hésitation, Grace comprit soudainement avec épouvante le stratagème ignoble mis en place par Olympe. Elle dut blêmir, car Sarah la regarda avec inquiétude. D'ailleurs, sa coéquipière venait probablement d'aboutir à la même conclusion qu'elle, puisqu'elle fixait désormais l'animal avec insistance.

— Je suis désolé…, balbutia l'homme. Je n'y suis pour rien, dans cette partie du plan.

— Parlez, ordonna Sarah.

— Eh bien, pour qu'un esprit fasse ce qu'on lui demande, il n'y a qu'un seul moyen : le chantage… Je te libère de ton tourment uniquement si tu exécutes mes ordres. Et la meilleure façon de s'assurer ce pouvoir de négociation, c'est de créer soi-même les conditions de ce tourment…

Grace sentit monter des larmes et sa gorge se noua, alors que Shimon Ostade déroulait l'abject mode d'emploi imaginé par Olympe.

— D'abord, il faut provoquer une mort brutale et inattendue du sujet par un proche qu'il ne soupçonne pas, afin que son âme soit jetée dans la confusion et demeure attachée au monde des vivants. On ne peut pas se contenter de le faire assassiner par un inconnu, l'impact émotionnel n'engendrerait pas une souffrance et une incompréhension obsessionnelle assez profondes pour ancrer son âme ici-bas. Ensuite, il faut que cette mort intervienne juste avant que le sujet n'accomplisse quelque chose de fondamental pour lui. Il faut le priver de cet achèvement afin qu'il entre en tourment. De cette manière, on le tient ! Il suffit de lui préciser la règle du jeu : « Je vais exécuter pour toi le geste que tu n'as pu accomplir de ton vivant et ton supplice s'arrêtera. Mais pour que j'accepte de le faire, il faut d'abord que tu me rendes deux ou trois petits services. »

Grace posa sa main sur la machine nécrophonique, les yeux embués à l'idée de toutes ces souffrances manigancées par Olympe.

— Carlson a capitalisé sur Emily, expliqua-t-elle à voix haute, cette femme séduisante et d'apparence heureuse, pour la pousser dans les bras du jeune veuf, qui ne comprendrait pas pourquoi son épouse le tuerait brutalement, jetant ainsi son esprit défunt dans la confusion et l'empêchant de trouver la paix. D'où le corps non incinéré de Thomas, pour multiplier les chances de faire venir son fantôme... Et pour s'appuyer sur un levier de chantage, Carlson a planifié le meurtre le jour de l'anniversaire de Jonah. Thomas n'a pas eu le temps d'offrir ce cadeau qui lui tenait tant à cœur et qui rendrait son fils fou de joie : ce chien que vous avez gardé emmuré ici pendant cinq ans en espérant que sa présence attirerait l'esprit errant d'un papa tourmenté et frustré. Et en échange de services, vous promettriez à cette âme au supplice de sacrifier l'animal et de l'enterrer à côté du petit garçon, pour qu'il reçoive enfin le cadeau que son papa n'avait pu lui faire avant sa mort.

Shimon Ostade approuva les conclusions d'un mouvement de tête qui pouvait passer pour de la honte.

Grace ferma les yeux et se massa les tempes.

— Aussi vertigineux que cela puisse paraître, Olympe a donc eu, si je comprends bien, pour ambition de *créer* un fantôme à son service ? reprit Sarah.

— Oui, reconnut l'employé de Carlson.

— Et alors ? Cela a-t-il fonctionné ?

— C'est compliqué, vous savez…

— D'après votre carnet, vos observations sont loin d'être probantes.

— Oui, c'est vrai que les mesures que je fais une fois par semaine depuis cinq ans n'ont pas été très concluantes, même si j'ai parfois perçu d'étranges vibrations dans le nécrophone. Malheureusement, rien d'intelligible. L'appareil n'est peut-être pas assez performant, peut-être les esprits n'existent-ils pas, ou utilisent-ils un langage que nous ne sommes pas encore capables de traduire, je ne sais pas…

— En supposant que les fantômes existent, monsieur Ostade, les chances que le plan de Carlson se déroule comme il l'avait prévu étaient minces. J'ai du mal à accepter qu'Olympe ait tant investi dans une expérience au résultat si aléatoire.

L'exécutant se tortilla sur sa chaise.

— Je ne devrais pas vous dire ça… mais si cela peut m'aider à réduire ma peine…

— Quoi ?

— Olympe mène ce type de recherches sur une centaine d'autres sites dans le monde, afin de multiplier les chances de succès. Je ne suis qu'un élément d'un projet bien plus ample.

— Vous connaissez les emplacements ?

— Non.

— Vous avez dit tout à l'heure que vous n'aviez plus aucun contact avec Carlson. Sous-entendez-vous qu'il ne se tient pas au courant des résultats de votre expérience ?

— Je peux juste vous dire qu'en échange de l'argent perçu, je renvoie mes relevés nécrophoniques à une boîte postale. Mais je n'ai jamais eu un seul commentaire ni reçu une seule recommandation. Pour être honnête, j'ai le sentiment de travailler dans le vide…

Cet aveu acheva de convaincre Grace que le projet Rosemary n'était pas la troisième et dernière phase du Plan d'Olympe. Si tel avait été le cas, la multinationale n'aurait pas fait reposer ses recherches sur un seul individu, isolé dans sa cave depuis cinq ans et qui ne savait même plus pourquoi il était là. Et même si une centaine d'autres sites suivaient le même protocole, cette idée de « fabrication de fantômes espions » était, à ses yeux, bien trop hasardeuse pour être l'ultime pilier du Plan. À bien y réfléchir, cette expérience prétendument scientifique était loin d'avoir la même envergure que les deux premières phases, consacrées à l'abêtissement et à l'instillation permanente de la peur auprès des populations.

Alors que Grace s'était tue pour considérer la question, elle entendit Sarah poursuivre l'interrogatoire sur un détail qui lui avait effectivement échappé.

— Vous avez dit tout à l'heure que vous aviez eu deux contacts avec Carlson, n'est-ce pas ?

— Oui, c'est exact.

— Le premier était donc pour votre recrutement, j'imagine, mais quelle a été la teneur du second, et quand a-t-il eu lieu ?

— Il y a quatre ans environ…

— Et que vous a dit Carlson ce jour-là ?

— Il m'a simplement demandé de lui envoyer, en plus de mes observations, les relevés graphiques des éventuels enregistrements du nécrophone.

— C'est-à-dire ?

— Quand la machine capte une onde, elle l'amplifie, et une aiguille en dessine le tracé simultanément. Comme le fait un sismographe, si vous préférez.

— Et Carlson vous a-t-il précisé la raison de cet ajout ?

— Il m'a rapidement expliqué qu'une partie des données du projet Rosemary allaient aussi servir à alimenter un autre programme prioritaire de plus grande dimension. Mais je me rappelle surtout qu'il a exigé que je sois d'une rigueur absolue dans mes envois et qu'il serait intraitable au moindre manquement de ma part.

Cette réponse vint brutalement ébranler les conclusions que Grace avait établies quelques secondes auparavant. Elle échangea un regard entendu avec Sarah, qui devait suivre le même raisonnement : Olympe était en réalité très intéressé par certains résultats de cette expérience. Mais pour en faire quoi ?

— Monsieur Ostade, il est primordial que vous nous disiez tout ce que Carlson vous a révélé sur ce programme prioritaire, tout ce dont vous pouvez vous souvenir.

Shimon Ostade ferma les yeux.

— Non, je ne vois rien d'autre. Il n'a pas précisé le nom de ce programme *a priori* très important.

Il fronça les sourcils.

— Il a juste dit qu'il avait besoin du plus grand nombre de données possible, parce que la phase 3 allait bientôt commencer et qu'on attendait de lui des résultats. Mais bon, cela ne doit pas beaucoup vous aider.

Grace se raidit.

— D'après vous, à quoi pouvaient servir les relevés graphiques qu'il vous a demandés ?

L'employé haussa les épaules.

— À part déterminer l'encéphalogramme d'un esprit mort, je ne vois pas. Et dans quelle intention ? Je l'ignore.

Voyant que le suspect semblait arriver au bout de ce qu'il pouvait leur apprendre, Grace fit signe à Sarah qu'elle voulait s'entretenir avec elle.

Les deux femmes se faufilèrent hors de la cache et s'apprêtaient à s'éloigner dans le jardin, quand elles furent alertées par l'état d'Emily sur les marches de l'escalier. Livide, tremblant de la tête aux pieds, les lèvres en partie retroussées sur ses dents dans une bouche semi-ouverte, la jeune femme semblait au seuil de la mort.

Grace comprit immédiatement qu'elle avait entendu toute la confession de Shimon Ostade et pris la mesure de l'épouvantable machination dont elle avait été victime depuis des années.

— Elle est en état de catatonie, diagnostiqua aussitôt Sarah en fouillant dans sa poche pour en tirer une plaquette de petits cachets roses.

— C'est quoi ? demanda Grace, qui s'était précipitée auprès d'Emily pour lui retirer les menottes et tenir ses mains secouées de spasmes.

— Cinquante milligrammes de benzodiazépine, répondit Sarah en écrasant le cachet entre son pouce et la plaquette d'aluminium du remède.

Grace ne chercha pas à comprendre pourquoi Sarah avait ce genre de médicaments sur elle et l'aida à faire absorber le remède à Emily, dont le visage prenait des expressions désordonnées et dérangeantes.

Les deux inspectrices demeurèrent une dizaine de minutes auprès d'elle en restant sur leurs gardes même s'il semblait fort peu probable que la jeune femme simule sa crise.

Bientôt, son état s'apaisa, si bien qu'Emily s'allongea sur le flanc contre les marches et ferma les yeux pour s'assoupir. Sarah lui repassa les menottes et les fixa de nouveau aux barreaux de l'escalier.

Puis les deux inspectrices s'éloignèrent pour rejoindre les marches qui partaient de la cave vers le jardin. Un rideau de pluie éclaboussait leurs chaussures, tandis que le vent projetait sur leurs visages quelques gouttes qu'il parvenait à détourner de leur chute verticale.

— Il faut qu'on retrouve ce Carlson, commença Grace en parlant plus vite que d'ordinaire. C'est lui, la clé vers le dernier acte du Plan d'Olympe.

— On a la boîte postale, son ancien poste à l'hôpital psychiatrique où a été internée Emily, c'est plus qu'on n'en a jamais eu pour pister un suspect.

— Ce que l'on n'a jamais eu non plus, c'est le moyen d'exposer au grand jour et juridiquement le vrai visage d'Olympe. C'est la première fois qu'un de leurs employés accepte de témoigner ouvertement pour confirmer nos preuves. Tu imagines la réaction d'un jury et du grand public quand ils vont apprendre l'horreur qui s'est déroulée dans cette maison ? Et que ces mêmes atrocités ont été reproduites une centaine de fois ? On vient de gagner une grande bataille.

Grace esquissa un léger sourire de satisfaction. Après tous ces efforts, tous ces sacrifices, elle entrevoyait enfin une issue au combat qu'elle et sa coéquipière menaient. Même si elle savait qu'Olympe disposait de moyens financiers immenses et d'une armée d'avocats, les accusations et les preuves qu'elles avaient réussi à accumuler étaient ce coup-ci d'une telle force que la justice ne pourrait les ignorer.

Sarah retira la capuche de sa parka.

— La sirène de la police. Les renforts de Hawick arrivent. Malgré ce progrès, restons vigilantes, recommanda la Norvégienne en posant une main inattendue sur le bras de Grace. Shimon Ostade et Emily Abercamp vont devenir des cibles dès qu'Olympe aura été informé des accusations. Ne faisons confiance à personne d'autre que nous. Pas même au commissaire Douglas et à ses hommes, qui vont débarquer. On ne sait pas comment Olympe a assuré ses arrières. Soyons concentrées jusqu'au bout, si on veut avoir une chance de dévoiler la teneur de l'ultime phase de leur plan avant qu'ils ne le mettent à exécution.

– 17 –

Les deux inspectrices regagnèrent le sous-sol. Sarah se chargea de surveiller Shimon Ostade et Emily Abercamp, pendant que Grace allait accueillir les renforts à l'entrée de la maison. Elle sortit sur le palier et vit les gyrophares palpiter d'une lueur bleutée sur les hautes herbes.

Elle compta dix officiers qui sortaient de trois véhicules. Manifestement, l'affaire était prise au sérieux. Presque trop à son goût. Elle alla au-devant de la voiture de tête et salua l'imposant commissaire de Hawick, qui s'extrayait de son siège. Réveillé en pleine nuit, il avait les traits fripés, les yeux cernés et rougis.

— Inspectrice, souffla-t-il en diffusant une forte odeur de café. On m'a dit que vous aviez trouvé des choses pas nettes du tout chez la veuve Ferguson.

— Ce n'est pas son vrai nom, mais je vous expliquerai. Allez-y, c'est au sous-sol que ça se passe.

— Vous deux, vous gardez l'entrée, ordonna le commissaire en désignant un homme et une femme. Joe et Elie, vous faites une ronde autour de la baraque, et les autres, vous venez avec moi.

Faisant de son mieux pour dissimuler sa méfiance, Grace laissa l'équipe passer devant elle, afin de fermer la marche.

Sur le court trajet jusqu'à la maison, elle en profita pour résumer les événements de la nuit.

Le visage rond du commissaire se tourna vers elle. Son regard mal réveillé, mêlé à l'expression d'invraisemblance, lui donnait un air comique.

— C'est pas Dieu possible ! Si j'avais imaginé entendre une telle folie au cours de ma carrière…

Parmi les policiers, Grace sentait de l'incrédulité. Si elle n'avait pas personnellement enquêté sur cette affaire, elle aurait probablement réagi avec la même réserve.

Une fois dans la cave, le commissaire Douglas posa quelques questions à Emily, qui se mura dans le silence. Shimon Ostade déclara qu'il avait déjà tout raconté aux inspectrices et qu'il ne parlerait désormais qu'en présence de son avocat.

— Emmenez les deux en détention provisoire, ordonna le commissaire à ses officiers.

— Je les accompagne au poste pour les surveiller devant leurs cellules, décida Sarah.

Douglas leva un épais sourcil circonspect.

— Qu'est-ce qui vous prend ? Vous ne faites pas confiance à la police de la campagne, c'est ça ?

— Nous aurions agi de la même façon si vous aviez été les forces spéciales.

— Si ça vous amuse de faire le pied de grue…, répondit-il en haussant ses épaules massives. Allez-y !

Deux officiers portèrent Emily Abercamp, qui refusait de nouveau de marcher, pour lui faire monter les marches, deux autres encadrèrent Shimon Ostade. Sarah leur emboîta le pas.

— Et cette bête, on en fait quoi ? demanda le commissaire. Il ne m'a pas l'air d'en avoir pour longtemps.

Grace regarda le labrador noir couché, ses yeux dirigés vers les deux humains qui allaient décider de son sort.

— Je m'en occupe, dit-elle.

— Vous avez bien du courage.

Le commissaire fit un dernier tour de la cave et remonta au rez-de-chaussée.

Grace s'agenouilla à côté du chien meurtri qu'elle caressa derrière les oreilles, et qui poussa un long soupir.

Elle s'éloigna, dénicha une vieille bassine et la remplit d'eau au robinet du jardin. Puis elle déposa l'écuelle de fortune près de sa truffe qu'il se contenta de remuer sans intérêt.

— Tu dois avoir soif. Bois.

Le labrador ne réagit pas.

Grace forma une coupe avec le creux de sa main, puisa un peu d'eau et plaça le liquide presque sur la gueule de l'animal. Ce dernier renifla et sortit sa langue pour laper.

— Voilà, ça fait du bien, non ?

Le chien lécha la main de sa bienfaitrice et trouva la force de se redresser pour continuer à étancher sa soif directement dans la bassine. Grace en profita pour aller chercher un paquet de croquettes, dont elle versa une portion dans la gamelle encore humide. Le labrador s'assit et patienta, l'œil plus attentif.

— Vas-y, mange.

Le chien ne bougea pas.

— Prends, c'est pour toi.

Au mot « prends », il se jeta sur la nourriture.

Sacrée éducation, se dit Grace. Puis, voyant qu'il tenait mieux debout une fois sa ration terminée, elle s'accroupit près de l'escalier.

— Allez, viens, lança-t-elle d'un ton enthousiaste. Viens !

L'animal baissa la tête et, la queue remuante, il marcha lentement jusqu'à elle, son arrière-train flanchant par moments.

— C'est bien ! s'exclama Grace en intensifiant sa voix.

Et petit à petit, elle parvint à lui faire gravir l'escalier et à le faire sortir de la maison.

— Tu vois, c'est pas mal, tu arrives juste pour le lever du soleil… Enfin, quand il n'est pas aveuglé par les nuages.

L'aube grisâtre projetait une lumière triste sur la plaine, comme si le monde s'apprêtait déjà à se rendormir. Une brume montait de la terre et s'était glissée entre les herbes pour former une couche cotonneuse et humide.

Devant la bâtisse, des officiers terminaient de barrer de bandes jaune et noir les fenêtres, et firent de même avec la porte d'entrée une fois Grace sortie.

— Vous quatre, vous attendez ici l'arrivée de la scientifique qui va ratisser tout le périmètre, ordonna Douglas à ses équipiers. Les autres, on retourne au poste. Les deux inspectrices sont autorisées à rester devant les cellules des suspects jusqu'à nouvel ordre.

Sarah monta dans la voiture où on avait installé Emily.

— Je vais accompagner le transport de Shimon Ostade, précisa Grace au commissaire. Et je prends le chien.

— Vous allez regretter. Pourquoi vouloir garder cette bête malade ? Mais bon, ce n'est pas mon affaire.

— Pouvez-vous demander à l'un de vos hommes de rapporter mon véhicule jusqu'à Hawick ? demanda Grace en tendant les clés.

— On n'en est plus à ça près.

L'inspectrice fit s'allonger le chien sur le plancher, devant la place passager, et monta à son tour dans la voiture. Le labrador posa sa tête sur le rebord du siège, les yeux fixés sur elle jusqu'à ce qu'ils arrivent à destination.

— C'est quand même bizarre, ce qu'il se passe en ce moment, fit remarquer l'officier qui se garait devant l'entrée du poste de police.

— C'est-à-dire ? questionna Grace.

— Votre histoire de fantômes… Si on ajoute l'énigme des monolithes, cela fait beaucoup de trucs pas très normaux.

Elle se souvint de cette information entendue à la radio sur ce mystérieux bloc noir découvert dans le désert de l'Utah.

— En ce qui nous concerne, nous n'avons aucune preuve de l'existence de fantômes. Nous avons simplement affaire à des gens qui ont tenté une expérience paranormale, sans résultat d'ailleurs. Mais vous avez dit l'énigme *des* monolithes ?

— Vous n'êtes pas au courant ? Depuis hier, on en a trouvé trois autres. Un en Inde, un au Tchad et le troisième en Australie. Les scientifiques disent qu'ils sont fabriqués en fer météoritique et qu'il y a des signes dessus qu'ils ne parviennent pas à décrypter.

Grace ne commenta pas, mais réfléchit en silence. Obsédée par Olympe, elle soupçonnait leur présence partout et se demanda un instant si la multinationale pouvait être derrière ces apparitions inexpliquées.

Mais la méthode ne leur ressemblait pas. Le Passager et ses associés œuvraient en sourdine, en utilisant des canaux classiques pour diffuser leur idéologie et asseoir leurs intérêts. Cette étrangeté surexposée médiatiquement était à l'opposé de leur fonctionnement. Grace en était certaine, Olympe n'était pour rien dans ce nouveau phénomène.

Un flash la tira de ses réflexions. Derrière la vitre, un individu venait de prendre en photo l'intérieur du véhicule.

— Hey ! s'écria Grace en faisant irruption dehors.

— Quoi ? Je fais mon boulot de journaliste ! répondit un homme d'une trentaine d'années en continuant à prendre des clichés.

— Allez, Allan, laisse-nous tranquilles, l'inspectrice Campbell est crevée et on ne te dira rien, s'interposa l'officier de Hawick. Va plutôt pondre un article sur le tout nouveau square en face de l'école.

— Hey, je te rappelle que depuis qu'on a été rachetés par l'agence Sigma, on fait plus dans l'anecdotique, on cherche du vrai sujet.

À ce moment, les deux autres véhicules de police arrivèrent et furent à leur tour mitraillés par les flashs.

— Mais c'est la veuve Ferguson ! s'étonna le journaliste. Je la reconnais, c'est moi qui avais pris les photos de l'accident de bagnole de son mari et du gosse. Que se passe-t-il au juste ?

L'officier repoussa gentiment l'individu pour laisser Grace et Sarah accompagner les suspects jusqu'à l'intérieur du commissariat.

Quinze minutes plus tard, les deux inspectrices se laissaient tomber sur les sièges qu'on leur avait installés devant les cellules de détention. Le chien avait finalement rejoint sa nouvelle maîtresse et venait de se coucher à ses pieds. Derrière elle, Shimon Ostade s'était allongé sur sa couchette et marmonnait des paroles inaudibles. Il révisait probablement sa future déposition. Dans l'autre cellule, Emily Abercamp était assise sur le rebord de son lit. Grace eut pitié d'elle en la voyant, consciente de la tragédie qu'avait été sa vie, mais sans oublier pour autant les horreurs qu'elle avait commises.

— C'est râpé pour la discrétion, souffla-t-elle à sa collègue, cherchant à s'extraire de la compassion innée qu'elle avait pour la jeune veuve. Le journaliste local va certainement publier un papier dans la journée.

— Ce serait sorti à un moment ou un autre. Tant mieux, après tout. Avec ce qu'on a sous le bras comme preuves, autant que la presse commence à fouiner maintenant, ils ne vont pas être déçus.

— Carlson, dit Grace. Il faut contacter l'hôpital où il a…

Elle ne termina pas sa phrase, interrompue par un bâillement qui la fit larmoyer.

— Je n'en peux plus, avoua-t-elle. On a besoin de dormir quelques heures. Et si tu n'y vois pas d'inconvénient, tu prends le premier tour de garde.

Sarah lui répondit d'un sourire amusé.

— T'as l'air encore plus épuisée que ton chien…
— Oui, et au moins aussi poilue.
La Norvégienne laissa échapper un rire.
Grace rejeta la tête en arrière, et le rictus ironique qui avait glissé sur ses lèvres s'effaça bien vite pour laisser place au repos, la chaleur de l'animal couvant ses pieds, la présence rassurante de Sarah à ses côtés et la sensation du travail accompli pour parachever cette impression de sérénité passagère.
Jusqu'à ce qu'elle se réveille en sursaut. Elle était allongée par terre, la tête calée sur le dos du chien. Quelqu'un lui parlait. Elle ouvrit les yeux.
— Ton téléphone. Ça fait trois fois qu'il sonne, chuchota Sarah.
— Quelle heure est-il ?
— 2 heures de l'après-midi. Tu as dormi six heures.
— Qu'est-ce que je fais par terre ?
— Tu n'arrêtais pas de me tomber dessus en somnolant, alors je t'ai poussée.
Grace afficha un air dubitatif.
— Oui, d'un coup d'épaule, et tu t'es écroulée, reprit Sarah avec une légère moue. Mais non, j'ai l'habitude de coucher notre fils sans le réveiller quand il s'est endormi dans la voiture, j'ai utilisé la même technique.
Grace ouvrit grand les yeux, pas sûre d'être à l'aise avec la comparaison. Elle fit quelques mouvements de la nuque, bâilla. Elle se sentait groggy, pas reposée du tout. Elle craignait même de craquer à la moindre remarque désobligeante. Elle vit que les appels répétés sur son téléphone provenaient de son commissariat de Glasgow, qui avait dû être tenu au courant des arrestations auxquelles elle avait procédé.

— À ton tour de faire une pause, Sarah, tu as l'air exténuée, dit-elle en adressant une petite caresse au chien.

L'inspectrice norvégienne avait effectivement le contour des yeux noirci de fatigue. Ce qui, sur sa peau blanche et avec ses cheveux roux, lui donnait un air presque malade.

— Il y a une salle de repos, vas-y, tu seras mieux. Je ne m'endormirai pas, je veille sur nos deux prisonniers, ajouta Grace.

— Je vais y aller, mais avant, je voulais te dire que pendant ta sieste, j'ai appelé l'ancien hôpital psychiatrique d'Emily, là où elle a rencontré Carlson. Malheureusement pour nous, il est décédé. Il y a deux ans.

La nouvelle assomma Grace.

— J'ai eu l'adresse de sa dernière résidence, poursuivit la Norvégienne. J'ai téléphoné. La maison a été rasée et on y a construit un complexe d'immeubles. Il ne reste plus rien. Bref, la piste est… morte.

Grace hocha la tête, déçue mais loin d'être abattue.

— Le commissaire est passé nous voir, ajouta Sarah. La procédure judiciaire est déclenchée. Il attend de nous un rapport détaillé de notre opération. La machine est lancée. Et ça, c'est une excellente nouvelle.

— Parfait, répondit Grace, enthousiaste. Parfait…

Puis elle écouta sa messagerie. Elle fut surprise de ne pas entendre la voix de son supérieur, mais celle du responsable du service informatique, qu'elle avait chargé d'analyser la photo satellite trouvée sur la clé USB du Passager.

« Bonjour, inspectrice Campbell. Nous sommes finalement parvenus à identifier plus clairement le cliché présent sur le support USB. Et, si je peux me permettre, c'est, comment dire… intrigant, même si j'en conviens, le terme n'est pas très rigoureux. Mais… »

Grace remarqua combien la voix du technicien était hésitante. L'homme était de toute évidence troublé par ce qu'il avait à expliquer.

« Grâce à l'analyse des couleurs, nous pouvons vous assurer que la photo a été prise sur Terre, dans le désert de Namibie, dont le sable possède une teinte bien particulière. Les quatre principales constructions géométriques sont des dômes d'environ cinq mètres de diamètre chacun et d'une hauteur que nous ne pouvons pas estimer. Ils sont très probablement composés de métal. Au centre, ce que nous prenions au départ pour un poteau ou un mât est en réalité de forme parallélépipédique et de type monolithe, qui fait évidemment penser aux blocs étranges découverts récemment. Aucune carte officielle ne répertorie ces constructions. À noter, enfin, que cet assemblage n'appartient sans doute pas à Olympe, comme on aurait pu le supposer au départ. Preuve en est l'intitulé caché du dossier dans lequel se trouvait l'image : "Département de surveillance de présences inexpliquées et d'anomalies terriennes". Contactez-moi si vous avez besoin d'autres informations. »

Grace reposa son téléphone sur sa cuisse.

— Alors ? demanda Sarah.

— Alors, je crois qu'il se passe quelque chose d'encore plus grand qu'on ne l'imaginait.

– 18 –

Après avoir résumé la teneur du message à Sarah, Grace réfléchit à voix haute.

— Si ces constructions monolithiques et sphériques étaient des canulars, Olympe ne s'y intéresserait pas de si près, et la photo satellite ne serait pas précieusement gardée dans le coffre-fort personnel du Passager.

— Tu sais, j'ai été amenée à côtoyer des découvertes pour le moins déstabilisantes au cours de mes précédentes affaires, mais je vais avoir du mal à croire qu'on vient de mettre au jour la preuve d'une présence extraterrestre.

Grace repensa à ce qu'elle avait appris de la probable dimension cyclique de notre univers lorsqu'elle avait enquêté sur la mort d'Anton Weisac au monastère d'Iona. Le big bang n'aurait pas été un commencement originel, mais un rebond d'un univers antérieur qui se serait contracté avant de réexploser pour donner naissance au nôtre. Aurait-il pu rester des traces d'anciennes civilisations des univers précédents ? Cela paraissait impossible, mais l'hypothèse ne pouvait être balayée d'un revers de main.

— Écoute, reprit Grace, toutes ces révélations sont encore brumeuses. Ne les négligeons pas, mais concentrons-nous sur ce que l'on a de solide et concret. À savoir les témoignages d'Emily Abercamp et de Shimon Ostade, pour attaquer Olympe.

Elle se retourna pour observer les deux prisonniers. La jeune femme, allongée sur le dos, fixait le plafond d'un air absent en clignant parfois des yeux. À côté, Ostade faisait les cent pas dans sa cellule.

— Tu te sens d'aller taper ton rapport maintenant ? demanda Grace.

— Vas-y la première, je ne suis finalement pas si fatiguée, je reste là pour monter la garde, répondit-elle au moment où son téléphone sonnait.

Elle regarda l'identité de l'appelant et décrocha en faisant un petit signe de remerciement à Grace, qui s'éloigna.

L'Écossaise fit mine de ne pas écouter les bribes de conversation qui diminuaient en intensité au fur et à mesure qu'elle avançait dans le couloir du commissariat. Mais elle était en réalité aux aguets.

— C'est gentil d'appeler, murmura la Norvégienne avec un sourire dans la voix. Oui, ça va… Eh bien, disons qu'elle est… devenue une très bonne alliée. Oui, je crois qu'on va réussir, cette fois… Quoi ?

Grace était déjà à bonne distance, mais elle était sûre que le ton de sa coéquipière avait changé. Quelque chose n'allait pas. Elle se retourna. Sarah s'était levée, les yeux froncés.

— Quoi, déjà ?… C'est pas vrai… dis-moi que c'est faux, Chris… Je t'en supplie… Mais tu les connais ?… Les ordures… Envoie-le-moi !

Grace rebroussa chemin.

— Il y a un problème ?

Les mains crispées sur son téléphone, Sarah respirait bruyamment.

— Un article vient de sortir dans le *Scottish Times*.

Le plus grand journal du pays, pensa Grace.

— Christopher me dit que le papier va certainement être repris par la presse étrangère. Ce qui est écrit n'est pas bon pour nous.

— Comment ça ? De quoi parle-t-il ?

— De l'arrestation d'Emily…

— Mais personne n'est au courant ! On n'a même pas rendu nos rapports et on n'a fait aucune communication aux médias.

Grace s'arrêta en songeant au journaliste local qui avait pris des clichés lors de leur arrivée au petit matin. Elle ne s'attendait pas un instant à ce que l'information se retrouve dans la presse nationale. Jusqu'à ce qu'elle se remémore que le photographe avait précisé que son quotidien venait d'être racheté par le grand groupe Sigma.

— Je te le transfère, lâcha Sarah, qui le parcourait déjà, les lèvres pincées.

Grace vit apparaître l'e-mail et se figea d'angoisse en découvrant le titre : « Le lent naufrage de deux inspectrices dans le complotisme ».

– 19 –

Fébrile, Grace lut l'article en sentant Sarah bouillir de colère à ses côtés.

Ce matin, nous avons appris que l'inspectrice Grace Campbell (déjà connue pour son implication dans l'incident du train de la multinationale Olympe à la frontière russe, il y a quelques jours) et sa coéquipière, l'inspectrice norvégienne Sarah Geringën, auraient procédé à l'arrestation de deux employés d'Olympe. Selon nos informations, Lydie Ferguson et Shimon Ostade ont tous deux été placés en garde à vue dans le commissariat de Hawick. Lydie Ferguson serait coupable de l'assassinat de son mari et de son fils. Quant à Shimon Ostade, il se serait infiltré plusieurs années dans le domicile de la jeune femme pour se livrer à des expériences dites « paranormales », selon les deux inspectrices. Expériences dont les résultats serviraient à mettre au point un vaste plan de transformation des populations humaines, organisé en secret par la multinationale Olympe.

Une information qui pourrait être alarmante si elle venait à être confirmée. Nous avons donc enquêté à notre tour et les conclusions auxquelles nous sommes parvenus sont très loin des affirmations rapportées ci-dessus.

Nous avons joint le service des ressources humaines de la société Olympe, qui nous a assuré qu'elle n'avait jamais embauché ni même eu de contact de près ou de loin avec un certain Shimon Ostade. En revanche, nos investigations nous ont permis de découvrir que cet homme a déjà été condamné pour escroquerie et extorsion dans le cadre de deux affaires au schéma similaire. En lieu et place de ce que les inspectrices Campbell et Geringën décrivaient comme une expérience d'ordre paranormal, M. Ostade avait rodé un stratagème qui consistait à installer un système émettant des bruits dans des demeures isolées, dans le but de terroriser les propriétaires. Il se présentait ensuite sous la couverture d'un agent immobilier à la recherche de biens à acheter pour ses clients. Généralement inquiets, les habitants s'empressaient de lui céder la maison à bas prix, que lui-même revendait avec une marge importante. Il nous a déclaré, goguenard : « *Les inspectrices avaient l'air tellement convaincues que je travaillais pour Olympe qu'elles ont paru déçues d'apprendre que j'étais en quelque sorte à mon compte.* »

L'approximation de l'enquête ne s'arrête malheureusement pas là. Le prétendu meurtre de Thomas Ferguson et de son fils Jonah par Lydie Ferguson ne repose sur aucune preuve. Les deux victimes sont mortes lors d'un accident de voiture dans la région de Hawick en janvier 2016. Selon le rapport de police, le conducteur a quitté la route pour éviter un sanglier, juste avant la traversée d'un pont.

Le lien entre Lydie Ferguson et Olympe que les policières ont établi est pour le moins étonnant. Nous avons épluché le parcours de cette femme, et nous avons découvert que Mme Ferguson avait, adolescente, fait un passage en maison de repos après un épisode dépressif soigné par le docteur Carlson. Ce médecin reconnu et aujourd'hui décédé a travaillé un temps comme consultant pour la fondation caritative Olympe dans le cadre de recherches sur les troubles de l'adolescence. Un lien bien mince et bien hasardeux quand on sait que plusieurs centaines de praticiens et scientifiques sont amenés à collaborer avec la fondation Olympe chaque année.

Alors pourquoi ces allégations diffamatoires sur cette société de la part des deux inspectrices ?

L'idée selon laquelle l'entreprise serait mêlée à un grand complot mondial destiné à asservir les populations prend racine dans la tête des deux femmes depuis quelque temps. Dernièrement, Grace Campbell a été responsable de l'arraisonnement du train de la multinationale près de la frontière russe. Elle a prétendu y avoir trouvé des preuves d'un vaste réseau pédocriminel organisé par la compagnie. Or, les enfants qui voyageaient à bord faisaient simplement partie d'un orphelinat financé par la fondation Olympe, qui avait récolté des fonds pour leur offrir des vacances à la montagne. Les enfants sont actuellement pris en charge par une unité de psychologues après le traumatisme subi lors de l'intervention armée de la policière.

Ce n'est d'ailleurs pas la première fois que l'inspectrice Campbell commet une faute grave dans l'exercice de ses fonctions. Il y a trois ans, elle a été mise au placard après avoir fait échouer, en raison d'un surpoids qui la handicapait, la capture d'un criminel que ses équipes avaient mis un an à identifier. D'après les sources que nous avons réussi à obtenir, la jeune femme avait alors déclaré au comité de discipline que son problème de boulimie était lié à un traumatisme d'enfance : elle aurait été kidnappée à l'âge de dix ans par un pédocriminel. Or, si la disparition de la jeune fille est avérée, comme le prouvent les archives du commissariat de sa ville natale, on y apprend également que son prétendu agresseur n'a jamais existé. La mère de l'inspectrice Campbell avait fini par confier que sa fille avait raconté cette histoire d'enlèvement pour camoufler une fugue.

Pour le professeur Kazynski, chef du département de psychiatrie à l'hôpital d'Édimbourg, l'obsession actuelle de l'inspectrice Campbell est caractéristique des troubles du comportement qu'il a l'habitude de traiter dans son service : « *Les adultes psychotiques ont souvent des difficultés à accepter que leur situation soit aussi de leur responsabilité. Nombre d'entre eux s'inventent donc des traumatismes de jeunesse pour justifier leur état et se pensent ensuite investis de la mission d'empêcher d'autres enfants d'être victimes des souffrances qu'ils ont prétendument endurées. Ces individus sont ainsi beaucoup plus perméables aux théories complotistes, par exemple autour de réseaux pédocriminels, parce qu'elles leur permettent de justifier leur victimisation.* »

Quant à l'inspectrice Geringën, quelques recherches montrent qu'elle aussi pourrait souffrir d'une fragilité émotionnelle. Nous avons pu retrouver les preuves d'un séjour de longue durée dans un centre réservé aux soldats subissant un stress post-traumatique au cours de l'année 2013. Mme Geringën y a été traitée pour différentes crises paranoïaques à son retour d'Afghanistan, où elle avait servi dans les forces spéciales. Déclarée guérie, elle s'est ensuite reconvertie dans la police, où elle s'est illustrée dans l'affaire de l'incendie de l'hôpital psychiatrique de Gaustad, qui, selon ses dépositions, aurait été le centre d'expérimentations secrètes sur des patients non consentants. Mais pas la trace d'une preuve n'a été apportée pour confirmer cette hypothèse. Notamment parce que tous les acteurs de cette « conspiration » ont été tués au cours de l'enquête menée par l'inspectrice norvégienne, dont le passé contient d'autres zones d'ombre. Elle a été accusée d'avoir kidnappé et laissé mourir un petit garçon orphelin. Elle a prétendu qu'elle voulait le sauver de parents violents chez qui elle était intervenue dans une affaire de drogue. Mais, comme nous l'a fait remarquer l'assistante sociale qui a suivi le dossier : « *Les parents se droguaient certes, mais leur fils était en bonne santé quand il vivait avec eux.* »

Selon la communauté médicale, cette propension à vouloir aider les autres malgré eux, et souvent en les mettant en danger, est typique des individus souffrant d'un délire de persécution. Comme nous l'a confirmé un psychiatre militaire qui a analysé pour nous les différentes interviews qu'a données l'inspectrice Geringën : « *On voit clairement sur les images que cette femme semble en permanence aux aguets, comme elle a dû l'être pendant les combats qu'elle a menés. Elle se sent en danger et pense que les autres le sont aussi. Notamment les plus vulnérables d'entre nous, à savoir les enfants. Elle se sent investie d'une mission de protection que la société ne remplirait pas. Quitte à commettre de graves infractions.* »

Une pathologie qui, au-delà des risques de comportements illégaux, conduit aussi à épouser des courants de pensée déviants : « *Ces personnes ont des tendances paranoïaques et sont donc particulièrement attirées par les théories complotistes* », nous explique encore le psychiatre militaire, qui a demandé à témoigner sous anonymat par peur de représailles. « *Malheureusement, elles ne sont que les victimes des marchands de la désinformation. Et nous, médecins, avons bien du mal à leur faire retrouver la raison.* »

Ces fantasmes complotistes développés autour de la multinationale Olympe ne seraient pas si graves si les deux femmes n'étaient pas armées et investies de hautes responsabilités. Pour le moment, la société Olympe s'est refusée à tout commentaire. Mais selon nos sources, la compagnie s'apprêterait à porter plainte pour diffamation.

Grace quitta des yeux son portable, sonnée par la rapidité avec laquelle Olympe avait réagi. Il était évident que la multinationale avait dû constituer sur elles des dossiers qui donnaient à leurs mensonges des accents de vérité. Face à elle, il lui sembla que Sarah allait jeter son téléphone par terre.

— Comment osent-ils aller si loin ? Comment ?

La Norvégienne était sidérée.

— Sarah, si Olympe frappe si fort en prenant le risque de nous diffamer ainsi, c'est qu'ils ont peur, assura Grace en cherchant son regard pour faire redescendre sa colère.

— Sauf que tout le monde va croire ces conneries ! Et on aura beau démentir, prouver que tout est faux, le mal sera fait ! Même nos supérieurs vont nous lâcher pour des motifs politiques !

— C'est de l'intimidation, et tu le sais. Nous ne devons ni avoir peur ni leur offrir l'image des folles hystériques qu'ils ont envie de susciter. Restons calmes, sûres de nous, poursuivons notre travail et tu verras que la justice se fera.

Sarah appuya sa main contre le mur en s'efforçant de s'apaiser.

— Inspectrices, lança une voix au fond du couloir.

C'était le commissaire. Elles le rejoignirent. Son visage rond avait rougi et ne dégageait plus aucune bonhomie.

— Vous ne devriez pas rester là, dit-il d'un ton trop autoritaire au goût de Grace. Avec l'article qui vient de sortir, la radio et la télé ne vont pas tarder à débarquer. Je n'ai pas envie que mon poste soit le théâtre d'un sale déballage. Que ce soit vrai, faux, à moitié vrai, à moitié faux, je m'en moque, je veux juste éviter une mauvaise image.

— Beau soutien confraternel, ironisa Grace.

— Passez par la porte arrière, vous aurez moins de risque de vous faire alpaguer.

— On part avec les deux suspects, répliqua Sarah.

— Pas question. Ils restent ici. Ordre du ministère. Je viens de les avoir au téléphone. Regardez vos e-mails.

Au même moment, elle aperçut, à l'autre bout du couloir, un officier ouvrir la cellule d'Emily. Derrière lui se tenait un homme aux cheveux blancs, l'air un peu blasé.

— Que faites-vous ? lança Sarah à l'adresse de l'agent, qui jeta un regard étonné vers elle. Et qui est ce type avec vous ?

Le vieil homme ne daigna pas tourner la tête vers la Norvégienne et entra dans la cellule. Sarah allait foncer, mais elle fut retenue par la poigne puissante du commissaire.

— Vous restez là ! Ce n'est plus à vous de décider, inspectrice ! N'insistez pas ou je vous fais coffrer à votre tour ! Je vous conseille de consulter tout de suite vos e-mails.

Grace ouvrit sa boîte de réception et y trouva effectivement un message lui indiquant que, pour des raisons de sécurité, Emily Abercamp et Shimon Ostade étaient désormais sous la surveillance du commissaire et demeuraient donc à Hawick jusqu'à nouvel ordre.

— Ils nous dépossèdent de l'enquête, c'est ça ? s'inquiéta Sarah.

— Ça y ressemble. Allons discuter dans un endroit moins hostile, proposa Grace. J'appelle Elliot Baxter, mon supérieur, et, toi, tu gères le tien, OK ?

— Qui vient d'entrer dans la cellule de la prévenue ? insista Sarah en fixant le commissaire.

— C'est le toubib, répondit-il, fatigué. Il vient faire sa visite habituelle, alors arrêtez de voir le mal partout et fichez le camp d'ici avant que cela dégénère pour tout le monde.

Sarah le foudroya du regard.

— Faites déplacer notre véhicule sur le parking arrière.

Puis les deux femmes filèrent vers le fond du commissariat, suivies du chien, qui leur emboîta le pas de sa démarche claudicante.

— On se trouve un petit hôtel pas loin d'ici et on avise, chuchota Grace en entrouvrant une porte qui donnait sur un parking désert.

Une poignée de secondes plus tard, un officier arrêtait leur voiture devant elles. Il semblait gêné.

— Désolé pour ce qu'il se passe, dit-il. Ce sont des méthodes dégueulasses, battez-vous.

— Merci. Et si vous avez envie de nous aider, veillez bien sur les deux suspects, il serait trop facile qu'il leur arrive quelque chose.

Grace et Sarah montaient dans le véhicule quand un groupe d'une douzaine d'individus équipés de micros, de caméras et de perches déboula.

— Les salauds d'Olympe, ils ont tout organisé, siffla Sarah.

— On sort d'ici calmement, d'accord ? Pas de vagues.

Mais les journalistes étaient déjà agglutinés devant la voiture et tendaient leurs enregistreurs en les harcelant de questions.

— Inspectrice Campbell, que répondez-vous à l'enquête du *Scottish Times* ?

— À quelles autres théories complotistes croyez-vous ?

— Inspectrice Geringën, avez-vous encore des manifestations de stress post-traumatique ?

— Quel intérêt personnel avez-vous à vouloir nuire à la société Olympe ?

Grace leva une main pour signifier qu'elle allait parler. Le silence se fit parmi l'assemblée agitée.

— Combien d'entre vous ont recoupé les informations relatées dans cet article qui vous passionne tant ?

— C'est le *Scottish Times*, quand même ! lança un des journalistes du premier rang.

— C'est tout ce que je voulais entendre, se contenta de répondre Grace. Faites votre travail et ensuite, on vous parlera.

— Mais le reportage fait référence à de nombreux mensonges de votre part. Comment comptez-vous prouver votre innocence ?

— Vous savez fort bien qui manie le mensonge ici ! s'énerva Sarah avant que Grace ne puisse la retenir.

— Vous sous-entendez que tous les journalistes sont des menteurs ? répliqua une femme à côté d'un cameraman.

— Vous savez comme moi qu'Olympe est l'actionnaire principal du *Scottish Times*. Cessez de jouer les naïfs quand ça vous arrange !

Grace posa une main sur le bras de Sarah pour l'inviter à entrer dans la voiture. À ses pieds, elle entendit le chien grogner.

— Croyez-vous aux fantômes ? lança un homme d'une voix aiguë, en tendant un micro qui heurta le menton de la Norvégienne.

Avec effroi, Grace vit Sarah donner instinctivement un coup dans l'appareil. Épuisée, éprouvée, sa coéquipière était à bout de nerfs. Le dictaphone tomba par terre et éclata en plusieurs morceaux.

— C'est une agression contre la liberté de la presse ! s'indigna le journaliste lésé. C'est une honte !

S'ensuivit un brouhaha général. Le chien se mit à aboyer.

— Tenez cet animal en laisse ! s'offusqua quelqu'un.

Les trois caméras n'avaient pas perdu une miette de l'incident, et Grace savait qu'on filmait probablement leurs visages désemparés en gros plan, et peut-être même la gueule vociférante du labrador.

— Comment voulez-vous exercer votre métier si vous n'êtes pas capable de garder votre sang-froid ? s'emporta un autre reporter. Maltraitez-vous vos témoins pour leur faire dire ce que vous voulez ? Êtes-vous armée à l'instant ?

— Vous avez kidnappé un petit garçon retrouvé mort dans d'étranges circonstances, pouvez-vous nous en dire plus ? enchaîna une jeune femme blonde au regard gourmand de la réaction anticipée.

À ces mots, Grace se précipita vers Sarah pour la retenir. Mais la Norvégienne fut plus rapide. Elle frappa la journaliste au visage. Si subit fût-il, le coup n'était pas fort, mais suffisant pour provoquer une petite hémorragie du nez.

La femme hurla. Les caméras se tournèrent vers elle, puis vers Sarah, atterrée. Des officiers de police débarquèrent en courant.

— Elle a perdu la tête, elle nous agresse, cria un homme en désignant la femme qui avait le visage en sang.

Dans la panique, un des agents qui venaient d'accourir braqua son Taser sur Sarah et appuya sur la détente.

— Non ! s'époumona Grace.

Mais sa coéquipière était déjà tétanisée, le corps percé par les pointes électriques fichées au bout des deux ressorts.

Les yeux de Sarah se révulsèrent et, quand le courant cessa, l'inspectrice retomba entre les bras de Grace. Elle l'allongea aussitôt, sentant au-dessus d'elle les caméras se rapprocher encore plus.

— Sarah ! cria-t-elle. Sarah, réveille-toi !

Mais, le visage renversé sur le côté, les traits encore crispés par la décharge électrique, sa coéquipière avait sombré dans l'inconscience.

– 20 –

À l'arrière de l'ambulance, Grace se tenait assise à côté du brancard où Sarah était allongée les yeux fermés. En face d'elle, un infirmier silencieux aux cheveux gris et aux gestes calmes veillait sur les constantes vitales de l'inspectrice. Le véhicule d'urgence entama une série de virages serrés dont le mouvement tira Sarah de son sommeil. Surprise, Grace se pencha aussitôt au-dessus d'elle, le visage accueillant.

— Enfin…, soupira-t-elle avec soulagement. Heureuse de te revoir.

La Norvégienne cligna des paupières et regarda autour d'elle.

— Où est-on ? demanda-t-elle dans un souffle fatigué.

— Dans une ambulance. On ne devrait plus tarder à arriver.

— Où ça ?

— À l'hôpital.

Sarah voulut se redresser, mais elle parvint seulement à lever sa tête qu'elle laissa immédiatement retomber.

— Pourquoi suis-je attachée ?

— Pour éviter que tu ne glisses du brancard.

— Je me sens tellement engourdie.

Grace lui sourit.

— Après deux jours de sommeil, c'est normal.

Sarah ouvrit les yeux avec autant d'étonnement que peut le faire un convalescent au réveil.

— Comment ça, deux jours ?

— Après le coup de Taser, tu as repris conscience, mais les médecins de l'hôpital de Glasgow ont trouvé que tu étais un peu agitée. Ils t'ont fait une piqûre de calmant. Avec la fatigue que tu avais accumulée, je crois que ton corps avait sacrément besoin de repos.

Sarah fronça les sourcils.

— Je ne comprends pas… Pourquoi allons-nous à l'hôpital si j'y étais déjà ?

Un nouveau virage obligea Grace à se tenir à une poignée.

— Tu te souviens de ce qu'il s'est passé avec les journalistes à la sortie du commissariat de Hawick ?

— Je sais, tu m'avais prévenue et j'ai déconné. J'imagine qu'ils ont tout filmé et que les médias ont monté cet épisode en épingle, histoire de bien justifier que je suis une dangereuse complotiste et qu'Olympe est victime de ma paranoïa. C'est cela ?

Grace approuva d'un signe de tête.

— Synthèse tout à fait juste du déluge de commentaires et d'analyses des fameux experts qui se sont succédé sur les plateaux télé…

— Et les conséquences ?

— Baxter m'a dit que, même pour moi, il ne pouvait pas lutter contre les pressions qu'il recevait. Il m'a donc retiré l'affaire en attendant que ça se calme. Ce qui ne signifie pas grand-chose. Christopher t'a téléphoné à plusieurs reprises, si bien que j'ai fini par décrocher. Je l'ai rassuré sur ta santé et je lui ai expliqué qu'on te rapatriait en Norvège.

— Quoi ? En Norvège, pourquoi ?

— Un, pour éviter un incident diplomatique entre l'Écosse et ton pays. Deux, parce que l'enquête n'est plus sous ta direction, et trois…

Grace se toucha le front, embarrassée, en regardant dehors par les hublots des portillons arrière. Dans un crépuscule gris, elle discerna des branches nues saupoudrées de neige et d'épaisses congères qui délimitaient les bords de la route en zigzag.

— Grace, dis-moi tout, la relança Sarah, inquiète.

— Et trois, parce que, pour calmer la presse et le gouvernement écossais, la direction nationale de la police norvégienne a assuré que tu serais soumise à une expertise psychiatrique avant d'être réintégrée… ou non.

Les yeux de Sarah tremblèrent de colère avant de s'embuer. Elle détourna la tête.

— Qu'est-ce que tu fais là, Grace ?

— Ce que tu aurais fait à ma place, je t'accompagne partout, jusqu'à ce que tu sois entre les bras de Christopher.

— Et Olympe ? Tu abandonnes ?

— Dès que tu auras passé ton évaluation, on repart à la charge auprès de nos hiérarchies pour récupérer l'enquête. Jamais je ne laisserai tomber. Jamais. Et tu n'as pas intérêt à me lâcher. Sans toi, je n'y parviendrai pas.

— Comment tout a pu basculer si vite et si mal ? On les tenait.

— Et eux tiennent beaucoup de monde, on le sait.

On entendit cogner contre la paroi entre le chauffeur et l'arrière.

— On arrive, dit l'infirmier. Pouvez-vous m'aider à déverrouiller les roues du brancard de votre côté ?

Grace se baissa et poussa une manette métallique.

— Attention ! cria Sarah.

Mais Grace avait déjà senti la piqûre dans son cou et l'homme avait reculé d'un pas en retirant sa seringue.

— Qu'avez-vous fait ?

Elle chercha son arme, mais on lui avait demandé de la confier au chauffeur pour éviter tout accident.

Sarah se débattit en forçant sur les lanières qui la retenaient attachée. Grace voulut frapper l'infirmier, mais ses bras se firent aussi mous qu'une pâte mal cuite. Elle perdit l'équilibre, ses jambes se dérobèrent et elle s'écroula en essayant de se raccrocher à une lanière de sécurité.

— Pourquoi…, balbutia-t-elle.

Muet, l'homme l'observait avec l'œil de celui qui attend la mort d'un condamné.

— À l'aide ! hurla Sarah dans un cliquetis de sangles secouées.

Mais sa voix ne fit que résonner sur les parois de l'ambulance.

Grace gisait désormais sur le plancher du véhicule, quasiment paralysée et ballottée comme un cadavre par les cahots de la route. La panique n'avait même plus prise sur elle. Ses paupières de plus en plus lourdes se fermaient malgré tous ses efforts. Elle avait la sensation de s'endormir pour la dernière fois de sa vie.

Par le hublot arrière, elle entrevit que l'ambulance passait sous une arche surplombant un portail métallique. Le temps qu'elle comprenne ce qui y était inscrit, Sarah poussa un hurlement déchirant.

Dans l'écho de ce cri, par l'interstice de ses paupières à moitié closes, Grace déchiffra les lettres en métal sculptées et comprit trop tard l'insoutenable détresse de sa coéquipière. Austère, et nimbé de neige bleutée par le gyrophare de l'ambulance, se dessinait le nom de l'endroit où on les conduisait : « Hôpital psychiatrique de Gaustad ».

– 21 –

Grace s'assit avec difficulté au bord de son lit, posa les pieds par terre et attendit que les vertiges quotidiens se dissipent. En s'appuyant sur l'inconfortable matelas, elle se hissa sur ses jambes cotonneuses et se dirigea vers la porte de sa cellule avec la démarche d'une patiente récemment opérée. Son bras plâtré lui pesait comme un tube de plomb, mais ce n'était que légèreté en comparaison du désespoir qui l'étreignait. La situation était si impossible à accepter, si absurde, si gorgée d'une injustice criante que chaque matin depuis son arrivée, elle sentait la folie avancer sournoisement ses pions sur l'échiquier de sa santé mentale.

Elle frappa contre le panneau métallique muni d'un judas.

— Un jour qui passe est une année de prison en plus pour vous et tous vos complices ! lança-t-elle d'une voix faible mais résolue. Y compris pour tous ceux qui n'auront fait qu'exécuter les ordres. Réfléchissez bien à ce que vous êtes en train de faire. Tous vos actes auront des conséquences.

— Patiente 232, dos au mur, ordonna quelqu'un derrière la porte.

Elle reconnut la voix sans âme du psychiatre qui, depuis dix jours, lui apportait son petit déjeuner et surtout ces maudits médicaments.

— Arrêtez avec votre 232, je m'appelle Grace Campbell, votre protocole grossier destiné à me briser ne fonctionnera jamais. Pas sur quelqu'un comme moi.

Elle fit trois pas en arrière pour se poster comme on le lui avait demandé, mais le regard qu'elle jeta à l'homme qui apparut n'était que résistance.

Une trentaine d'années, d'une taille tassée, la mâchoire carrée, le buste incliné vers l'avant, le psychiatre entra comme s'il était chez lui, le mépris pour l'occupante en plus.

Il déposa un plateau en plastique sur une table coulissante que l'on pouvait placer au-dessus du lit, et se recoiffa de ce geste inutile qui en disait long sur l'intérêt qu'il portait à son apparence.

— Votre anxiété n'a pas diminué. Ce n'est pas bon, j'ai décidé de doubler les doses d'anxiolytique et, compte tenu des relevés effectués qui montrent que votre sommeil manque de régularité, un infirmier viendra désormais vous administrer un sédatif par intraveineuse à heure fixe. Maintenant, mangez et prenez vos médicaments.

Grace plaqua son bras valide sur sa poitrine couverte par le tissu blanc de l'espèce de pyjama qu'on la contraignait à porter en permanence.

— Au fond de vous, vous savez que vous faites quelque chose de mal, d'atroce même. Comment vous arrangez-vous avec votre conscience tous les jours ?

Le médecin regarda Grace surpris, presque offusqué.

— C'est quand même étonnant, tous ces malades qui nous en veulent parce qu'on essaie de les aider. Dois-je vous rappeler le mal que vous, vous avez fait à des milliers de gens par vos accusations infondées ? D'après vous, combien d'hommes et de femmes ont perdu leur emploi chez Olympe à cause de vos propos fantaisistes sur un réseau pédocriminel ? Vous prenez la mesure de toutes ces personnes honnêtes sur qui vous avez jeté le discrédit au point que, pour certaines, leurs enfants ne veulent même plus les voir ?

Grace était terrifiée. Non pas par les paroles du psychiatre, mais par son regard convaincu, certain d'être du côté du bien. Y croyait-il vraiment ou jouait-il à la perfection un rôle qu'il avait accepté d'endosser ? Cela ne changeait pas grand-chose à l'effroi que lui inspirait une telle attitude.

— Nous savons tous les deux que vous mentez. Arrêtez de me prendre pour une idiote. Où sont les papiers qui prouvent le bien-fondé de ma détention en hôpital psychiatrique ? D'ici peu de temps, c'est la police qui investira ces lieux et ça se passera très mal pour vous.

— Je me doutais que vous alliez me reposer cette question, donc je vous ai apporté cette lettre du préfet du comté d'Oslo, qui ordonne votre internement sans consentement, puisque vous représentez un danger non seulement pour l'ordre public, mais aussi pour vous-même. Lisez.

Grace saisit le document de sa main qui tremblait désormais tout le temps en raison de la quantité d'anxiolytique qui saturait ses veines. Elle parcourut l'imprimé signé et tamponné, sans parvenir à y croire. Le préfet motivait sa décision en argumentant qu'elle était complice de l'agression d'une journaliste, mais également de l'infirmier qui conduisait l'inspectrice Geringën à l'hôpital. Deux délits qui auraient pu lui valoir une détention classique si sa hiérarchie n'avait pas admis sa haute fragilité émotionnelle et sa tendance à la dépression.

Elle jeta le papier par terre.

— Ce n'est qu'une déformation grossière de la réalité. Comment est-il possible qu'on puisse en arriver à un tel niveau de malveillance ? Comment ?… Ils le paieront.

— C'est presque amusant d'entendre votre réaction, répondit le psychiatre en ramassant la lettre. Elle est si typique des patients atteints de votre trouble mental, à savoir la paranoïa. Tous les malades sont construits sur le même schéma : votre hypertrophie du moi vous fait voir l'autre comme un être incapable d'être à votre niveau d'intelligence, votre méfiance systématique vous condamne à ne jamais rien croire qui ne soit sorti de votre bouche. Votre jugement altéré se nourrit de votre prétendue supériorité intellectuelle qui vous conduit même à insinuer que vous en savez plus que les experts dans un domaine. Enfin, vous êtes tous inadaptés à la vie sociale. En ce qui vous concerne, je vous rappelle votre existence solitaire, sans conjoint, sans ami depuis des années, si caractéristique du paranoïaque enfermé dans ses certitudes, qui ne supporte plus la contradiction dans son quotidien.

Le médecin acheva de remplir un verre d'eau qu'il tendit à Grace.

— Vous avez pile le profil, reprit-il. Tâchez d'y réfléchir et d'écouter un peu ceux qui savent, cela vous aidera peut-être à guérir et, pourquoi pas, un jour, à sortir d'ici. Parce que, pour le moment, mes confrères et moi-même sommes unanimes : pour éviter que vous ne portiez préjudice à d'autres personnes innocentes, il est impératif que votre trouble paranoïaque soit soigné avec le plus grand sérieux.

Grace reconnaissait si bien les techniques de manipulation apprises lors de ses cours de psychologie qu'elle en aurait ri, si elle n'avait pas entrevu la terrible possibilité que cet homme ait effectivement le pouvoir de la garder dans cet hôpital indéfiniment.

— Comment va l'inspectrice Sarah Geringën ? demanda-t-elle pour réancrer la discussion dans le réel.

— Elle est vivante. Mais son cas est probablement encore plus préoccupant que le vôtre. Son stress post-traumatique a fait d'elle un individu violent inapte à fonctionner de façon sécurisée en société. J'ai revu les images de son agression contre la journaliste, c'est édifiant. Avalez vos pilules, s'il vous plaît.

Le premier matin, Grace avait vidé le verre par terre et écrasé les médicaments du pied. On l'avait attachée à son lit pendant vingt-quatre heures en lui administrant le traitement de force. Elle avait jugé qu'il était encore préférable d'être groggy toute la journée plutôt que de subir une nouvelle fois cette violence et cette humiliation. Elle s'exécuta.

— Le mari de Sarah, Christopher, n'a pas cherché à la faire sortir d'ici ? relança-t-elle.

— Vous ne mangez pas votre petit déjeuner ?

— Non, trop de sucre.

— Vous faites bien de faire attention à votre alimentation, après ce que vous avez connu, cela prouve que vous avez compris que la fuite dans une addiction n'était pas la bonne solution. Il vous faut regarder vos problèmes en face et les soigner. Nous sommes là pour vous y aider. Même si vous ne le voulez pas, on vous guérira. On est là pour ça.

— Vous n'avez pas répondu à ma question, répliqua Grace, qui ne voulait plus subir sa propagande.

— Oh, je crois avoir entendu qu'il avait essayé, mais qu'il avait fini par comprendre que sa femme était mieux ici qu'à la maison à traumatiser leur enfant.

— Bien sûr…

— Vous voyez, il vous est insupportable que quelqu'un change d'avis et reconnaisse le bien-fondé de notre démarche. J'espère que cela évoluera. Prenez ce petit cachet en plus, c'est un relaxant musculaire, ça vous détendra.

— Au cas où j'aurais encore un peu la force de vous agresser la prochaine fois, c'est cela ?

Le psychiatre leva les yeux au ciel, presque aussi effaré que si on l'avait accusé de meurtre.

Grace avala le comprimé sous l'œil scrutateur du soignant.

— Voilà, c'est bien, conclut-il avec la voix d'un adulte félicitant un enfant qui a mangé tous ses légumes. Vous savez, une fois encore, c'est pour votre bien. Ce serait dommage qu'en refusant votre traitement, des idées suicidaires vous traversent l'esprit. Cela arrive malheureusement et ce n'est pas si rare… On ne peut pas y faire grand-chose, quand quelqu'un veut vraiment en finir.

Le médecin prit une expression navrée et pensive. Par cette distance faussement compatissante, il montrait à quel point le suicide de Grace serait facilement accepté par l'opinion, et que personne ne chercherait à enquêter.

Et c'est sur cette menace sournoise qu'il quitta la chambre en refermant le verrou d'un claquement sonore.

– 22 –

Une semaine plus tard, Grace était autorisée à sortir de sa cellule pour rejoindre la salle commune. Bien qu'un peu assommée par les médicaments, elle fut saisie d'angoisse en découvrant toutes ces femmes et tous ces hommes, vêtus de la même tenue blanche qu'elle, anonyme. Sa présence entre ces murs lui fut encore plus insupportable. Qu'avait-elle à voir avec tous ces patients, pour la plupart atteints de pathologies psychiatriques sévères ? L'un d'eux criait sans raison, un autre demeurait immobile, debout au milieu de la grande pièce, les bras ballants tandis qu'un de ses camarades sillonnait la salle en scrutant de très près chaque personne qu'il croisait sur son chemin. Mais le spectacle le plus triste était celui de toutes ces silhouettes qui lui faisaient dos, assises sur de mauvaises chaises en plastique, la tête tournée vers une télé achevant le travail d'abrutissement initié par les doses de calmants qu'on avait dû leur administrer.

Quand ce cauchemar allait-il prendre fin ? Comment une telle injustice était-elle possible ? Son supérieur Elliot Baxter pouvait-il vraiment la laisser mourir de folie entre ces murs ? Tout cela n'avait aucun sens, aucune justification. Et pourtant, cela faisait maintenant dix-sept jours qu'elle était là. Sans aucune nouvelle de l'extérieur, sans parler à quiconque d'autre que le psychiatre pervers qui lui distillait son poison mental et chimique. Elle ne savait même pas où était Sarah, ni dans quel état elle se trouvait.

Tout était fait pour la démoraliser, la briser. Y compris le regard permanent des deux infirmiers qui, bras croisés sur la poitrine pour le premier et dans le dos pour le deuxième, surveillaient la salle.

Méfiante, elle contourna les autres pensionnaires de l'hôpital pour rejoindre la télévision. Le poste diffusait une chaîne d'information norvégienne en continu et son attention fut soudain attirée par les propos du présentateur sous-titrés en anglais.

« Rebondissement troublant dans l'affaire des monolithes. Selon une enquête menée par les équipes d'investigation de trois grands journaux américains qui ont réussi à se procurer les analyses effectuées par deux laboratoires, la thèse extraterrestre tombe à l'eau. De l'ADN humain a été retrouvé en quantité conséquente sur les objets de métal. Les scientifiques seraient actuellement en train de procéder à une datation de ces traces, et s'apprêteraient à radiographier les blocs, car une forme aurait été détectée à l'intérieur. Par ailleurs, la thèse du canular semble également écartée, puisque nous apprenons que l'emplacement de ces pierres n'a pas été découvert par hasard, comme nous l'avions cru au départ. Les coordonnées ont en réalité fuité par l'intermédiaire d'un lanceur d'alerte dont nous avons pu vérifier qu'il travaillait pour la CIA. Sous couvert d'anonymat, ce dernier aurait déclaré que l'agence de renseignement américaine avait œuvré pour que le public ignore l'apparition de ces mystérieux objets. Il a ajouté qu'il était sur le point de dévoiler d'autres phénomènes inexpliqués, afin que le monde prenne enfin conscience de toute son histoire.»

— Hey, toi… je t'ai déjà vue à la télé !

Grace se retourna pour se retrouver face au patient qui s'approchait des visages de tous ses congénères. Sachant certainement qu'elle était écossaise, il s'était adressé à elle en anglais et les autres pensionnaires l'imitèrent.

— Ouais, t'es la femme avec le chien qu'a tapé sur les journalistes… ouais, c'est toi.

Dans son métier, Grace avait eu l'habitude de côtoyer des individus marginaux, mais rarement des personnes dont une partie de l'âme s'était échappée pour ne laisser qu'une conscience amputée.

— T'es connue, hein ? Les autres ! Regardez, c'est la dame de la télé !

Quelques têtes pivotèrent pour dévisager Grace avec une intense curiosité.

— Non, vous vous trompez. Désolée.

Tout en douceur, elle faussa compagnie à son interlocuteur indésirable, et entreprit d'aller se servir un verre d'eau à la fontaine en plastique. C'est là qu'elle aperçut sa chevelure derrière la baie vitrée qui longeait la salle commune. Sarah était assise dans un fauteuil roulant, poussée par une infirmière qui la conduisait vers une porte à double battant surmontée du panneau « Salle d'examen ». Grace se précipita vers la vitre et cogna dessus. Elle frappa avec tant de hardiesse et d'envie que le bruit attira l'attention de presque tous les patients, dont la plupart commencèrent à émettre des plaintes inquiètes de plus en plus fortes.

— Sarah ! cria Grace.

De l'autre côté de la paroi de verre, sa coéquipière tourna finalement la tête vers elle. Elle était amaigrie, le visage blafard, les yeux creusés de cernes bleutés tirant sur le violacé. On voyait clairement qu'elle avait beaucoup pleuré. Même ses lèvres blanchies et asséchées témoignaient des crispations répétées de ses traits. Mais son regard conservait une flamme de colère qui prouvait qu'elle n'avait pas renoncé.

Une porte vitrée permettait d'accéder au couloir un peu plus loin. Grace allait la rejoindre en courant, mais fut stoppée net dans son élan.

— Dis donc, la 232, tu t'es crue où ?

Au même moment, une poigne ferme écrasait son épaule et la forçait à reculer.

— J'ai le droit de parler à mon amie ! répliqua Grace.

— T'as le droit de rien du tout, si ce n'est ce qu'on t'autorise à faire. Et ça, c'est interdit. Ce sera noté dans ton dossier. En attendant, tu es confinée dans ta cellule. Avance !

Grace savait qu'elle n'aurait peut-être plus l'occasion de recroiser Sarah. Elle ne pouvait pas laisser passer cette chance.

— Écoutez-moi ! C'est l'autre dame de la télé, là-bas ! lança-t-elle.

Un brouhaha de cris, de gémissements, de peur lui répondit. Tous les patients qui étaient assis se levèrent et se dirigèrent en masse vers la vitre.

— En plus, c'est celle qui a frappé la journaliste !

— Mais ouais… C'est la méchante, c'est la méchante ! éructa l'homme qui l'avait reconnue.

En l'espace d'une poignée de secondes, les deux infirmiers furent dépassés par l'excitation qui leur déferlait dessus.

Grace n'eut aucun mal à leur échapper et courut aussi vite qu'elle pouvait, compte tenu de sa faiblesse musculaire. Elle ouvrit la porte donnant sur le couloir et rassembla toutes ses forces pour pousser l'infirmière qui voulait s'interposer entre elle et Sarah. La soignante, surprise, bascula en arrière et se cogna la tête par terre. Elle se mit à gémir, sans se relever. De l'autre côté de la baie vitrée, les infirmiers tentaient difficilement d'empêcher les patients de rejoindre la porte à leur tour.

Grace se baissa et serra Sarah dans ses bras. Cette dernière ne broncha pas.

— Qu'est-ce qu'ils t'ont fait ?

— Ils me questionnent sur ce que je sais d'Olympe, répondit Sarah. Ils vont bientôt faire la même chose avec toi…

Grace se retourna. La confusion qu'elle avait déclenchée lui octroyait encore quelques secondes. Elle parla à toute vitesse.

— Tu as des nouvelles de l'extérieur ?

— J'ai parlé… dix minutes avec Christopher… Le préfet et le juge… ont demandé notre internement de force… Les médecins d'ici décident de tout maintenant…

Grace entendit un choc contre la vitre derrière elle. Un patient venait de jeter un objet en criant : « Casser prison ! »

— Mais… c'est… enfin… comment peuvent-ils agir ainsi alors que toute leur argumentation n'est basée que sur un mensonge colporté par un journal appartenant à Olympe ?

— Gaustad appartient aussi à Olympe…, articula avec difficulté Sarah. Leur fondation… a payé la reconstruction de l'hôpital… après l'incendie. Celui qui s'est déclaré quand j'enquêtais ici… il y a cinq ans…

Grace lissa son visage de la paume de ses mains, ébranlée par cette mauvaise nouvelle. Dans la salle commune, les infirmiers reprenaient le contrôle de la situation et les appels à la signature d'un autographe se firent plus rares.

— Christopher ne baissera pas les bras, poursuivit Sarah en luttant contre des paupières apparemment très lourdes. Il a porté plainte contre le *Scottish Times*… Il a essayé de faire publier un papier pour dénoncer les mensonges de leur article. Mais… les autres médias ont trop peur des représailles d'Olympe…

— Et s'il le publiait sur les réseaux sociaux, cela décrédibiliserait son enquête ?

— Oui… Les gens diront… la presse sérieuse n'en a pas voulu… donc le *Scottish Times* a raison. Mais il…

Grace n'entendit pas la suite. La brutalité avec laquelle on l'emporta en arrière lui fit tant monter le sang aux oreilles qu'elle en devint passagèrement sourde. Elle se sentit soulevée du sol, puis poussée dans le dos. Désorientée, apeurée par ce que Sarah venait de lui apprendre, elle ne reprit ses esprits que lorsqu'on la jeta sur son lit et que la porte de sa chambre se referma sèchement.

Effondrée physiquement et moralement, elle serra les poings et se jura de ne pas pleurer. Elle lutta longtemps, mais les spasmes secouèrent bientôt tout son corps recroquevillé.

– 23 –

Si Grace ne comptait plus les jours, elle savait que plus de trois semaines avaient passé lorsqu'on lui retira son plâtre. Retrouver son bras libre ne lui apporta aucune satisfaction, d'autant que le psychiatre en profita pour ajouter une dose d'antidouleurs, qui l'endormirent davantage. Son existence absurde, sans issue, faite de somnolence et d'interrogatoires, s'étira un peu plus. À n'importe quelle heure et parfois plusieurs fois dans la journée, on venait la chercher pour l'essorer de questions sur ce qu'elle savait d'Olympe. Il lui arrivait de résister, mais souvent, elle était dans un tel état d'épuisement que les mots sortaient de sa bouche malgré elle. Elle s'entendait alors raconter à une silhouette anonyme ce qu'elle avait découvert au cours de sa longue enquête.

Une seule information ne franchit pas le seuil de ses lèvres. Jamais elle ne révéla que ses services avaient trouvé une image de quatre dômes et d'un monolithe dans le désert sur la clé USB du Passager. En dépit de tous les barbituriques qui empoisonnaient son sang, son cerveau reptilien avait sans doute compris que son interrogateur essayait de lui soutirer précisément ce secret.

Elle fut surprise qu'il n'use pas de torture physique. Et elle devina pourquoi lorsqu'un médecin inspecteur de santé publique vint lui rendre visite pour vérifier si elle était en état de comparaître à son procès. Il l'ausculta patiemment, mais comme elle avait reçu le matin même une double dose de benzodiazépine, elle fut incapable d'articuler un mot intelligible pour lui demander de l'aide. Et le médecin conclut de nouveau à son incapacité mentale.

Le lendemain, l'esprit un peu plus clair, et furieuse d'avoir raté l'occasion de provoquer un ultime sursaut judiciaire, elle avait tenté une évasion désespérée en prenant un infirmier en otage. Mais les médicaments qu'on lui administrait l'empêchaient d'avoir des gestes fermes et rapides. Le soignant l'avait vite neutralisée et elle avait été confinée dans sa cellule. Elle avait fondé son dernier espoir sur un coup d'éclat médiatique qui révélerait l'injustice dont Sarah et elle-même étaient victimes. Mais de toute évidence, Christopher avait échoué à mobiliser ses contacts. Seule, elle ne pouvait même plus trouver du réconfort auprès de Sarah. Depuis l'incident dans la salle commune, elle n'avait plus revu sa coéquipière.

Olympe avait gagné de la plus mauvaise des façons et elle s'attendait d'un jour à l'autre à ce qu'on lui injecte « par erreur » une dose de calmants qui permettrait de camoufler son assassinat en suicide. Et le pire, c'est qu'il lui arrivait parfois de souhaiter cette délivrance.

Quelle heure était-il ? Depuis combien de temps dormait-elle ? Sans horloge, sans fenêtre, le temps n'était qu'un bloc infini. Elle repensa au chien qu'elle avait sauvé et que son voisin de Glasgow avait eu la gentillesse de venir chercher pour s'en occuper jusqu'à ce que Grace ait bouclé les formalités administratives de son enquête. L'animal avait dû lui aussi connaître cette folle détresse de l'isolement absolu. À la différence qu'elle considérait l'hôpital, qui lui donnait à manger à des horaires aléatoires, y compris dorénavant pour les soins, dans le but de la priver de tout repère, comme encore plus pervers que ce Shimon Ostade. La preuve, l'infirmier revenait dans sa chambre à l'instant alors qu'elle était sûre d'avoir mangé il y a quelques minutes. Allongée sur son lit, dos à la porte d'entrée, elle ne se retourna même pas. Elle attendit dans un état de torpeur qu'il lui fasse avaler de force sa nourriture. Mais personne ne s'approcha d'elle. Elle regarda par-dessus son épaule et remarqua que la porte de sa cellule était ouverte. Un épais nuage de fumée semblait s'évaporer de l'embrasure. Le temps que sa vision s'éclaircisse, un nœud de peur se forma dans son ventre. Dans la masse flottante, elle venait de discerner une sombre silhouette.

Le visage comme affublé d'une espèce de trompe tronquée, l'étrange individu se précipita vers Grace.

— Vous pouvez marcher ? résonnait une voix métallique.

Était-elle en train de rêver ? Oui, ces derniers temps, elle confondait les songes et la réalité. Cette pression écrasante qu'elle ressentait désormais derrière la tête et sur la bouche n'était que de l'angoisse. Oui, c'était cela. Elle suffoquait, avec la terrible impression d'être emprisonnée dans un tube. Ils avaient donc décidé de la tuer ainsi. En l'étouffant. Elle porta les mains à son visage et sentit avec effroi du plastique, du métal, des lanières. C'était atroce, elle allait mourir en se transformant en monstre. Elle hurla, tentant d'arracher ces protubérances semblables à des méduses qui poussaient sur elle. Mais son cri déchiré transperça ses propres oreilles, comme s'il provoquait un écho au fond même de ses tympans.

— Madame Campbell ! Je vous ai mis un masque à gaz. Gardez-le !

Madame Campbell...

Grace sortit brièvement de sa léthargie délirante et prit conscience que l'individu face à elle portait lui aussi un masque à gaz.

— Qui êtes-vous ? Qu'est-ce que vous faites ? parvint-elle à articuler.

— Je vous tire de là. Tenez-moi l'épaule et restez derrière !

L'homme fonça aussitôt, buste baissé, vers la porte grande ouverte, un rayon laser rouge fendait la fumée, partant du fusil qu'il tenait braqué devant lui. Comateuse, confuse, Grace lâcha prise au bout de trois pas. Dans le chaos de son esprit ne résonnait que son propre souffle paniqué.

L'homme s'arrêta.

— Vite, la police va arriver ! Tenez-moi fermement !

Il lui saisit la main et l'écrasa sur son épaule. Grace crispa mécaniquement ses doigts.

— Voilà, comme ça !

— Attendez, ahana-t-elle soudain, alors que l'adrénaline dissipait un peu la langueur de son esprit.

— On n'a pas le temps !

— Sarah Geringën, il faut l'emmener aussi !

— Quelqu'un s'occupe d'elle, répliqua l'individu en reprenant sa marche rapide.

Oppressée par son masque dont la visière était presque opaque de buée, Grace suivait à l'aveugle. Elle avait la sensation d'avoir été jetée à l'eau dans un magma de bulles blanches.

— Attention par terre ! lança l'homme alors qu'ils tournaient au coin d'un couloir.

Grace réagit trop tard et trébucha sur un infirmier inconscient qui gisait dans le corridor. Et elle chuta. Par un réflexe d'une vélocité rare, son guide fit volte-face et la rattrapa juste avant qu'elle ne heurte le sol. Il la redressa et l'entraîna cette fois par le bras, son fusil tenu désormais à une main.

— Faites attention, il y en a d'autres !

Ils slalomèrent entre des dizaines de corps, sans que Grace puisse savoir s'il s'agissait de patients ou de membres du personnel. Après avoir renversé un chariot de soins dissimulé par la fumée, et évité de justesse de buter sur un brancard abandonné par deux infirmiers évanouis, ils franchirent une porte de sécurité menant au hall de réception.

— Forces de l'ordre en approche, grésilla une nouvelle voix dans le talkie-walkie de l'homme.

— Merde…, siffla l'individu. Vite !

Il emporta Grace dans sa course en tirant brutalement sur son bras. Le brouillard qui emplissait les couloirs se dissipa, et la jeune femme discerna une porte à double battant qui devait être l'entrée de l'hôpital. Son sauveur l'ouvrit d'un coup de pied et ils firent irruption dehors. Le froid saisit Grace, comme si on l'avait jetée nue contre une plaque de métal glacée. Derrière la vitre de son casque, elle devina un paysage de forêt enneigé plongé dans l'obscurité. Et malgré le sang qui tambourinait à ses oreilles, elle perçut les sirènes de police se rapprocher, et crut même entrevoir les reflets bleutés des gyrophares.

Elle se retourna juste à temps pour voir un camion reculer à toute vitesse sur elle. Par réflexe, elle courut sur le côté, mais l'inconnu qui la guidait depuis le début la retint de force. Le véhicule freina au dernier moment et les portes arrière s'ouvrirent à la volée.

— Montez ! ordonna l'homme alors qu'un autre individu lui tendait une main à l'intérieur du camion.

Les sirènes gagnèrent en intensité et on entendit même le grondement des moteurs poussés à plein régime.

Grace s'efforçait de grimper dans le fourgon, au moment où trois SUV de la police norvégienne franchissaient le portail de l'entrée de Gaustad.

Dans la camionnette, quelqu'un l'obligea à s'asseoir par terre et la sangla, alors que le véhicule s'apprêtait à redémarrer en trombe. L'homme masqué qui l'avait conduite jusqu'ici sauta à l'arrière et claqua les portes à l'instant où des coups de feu éclataient contre les parois. Des impacts secs résonnèrent telle une nuée d'insectes métalliques qui se jetteraient sur la carrosserie.

Secouée dans tous les sens quand le fourgon se mit en branle, plongée dans le noir. Grace arracha son masque à gaz, espérant mieux voir où elle se trouvait. En vain.

— Où est Sarah ?

— Elle est en face de vous, répliqua une voix.

Le halo d'une lampe torche fendit l'obscurité et éclaira le corps de la Norvégienne allongé par terre, les yeux clos.

— Elle est sous sédatif.

Le camion fit une embardée alors que les coups de feu continuaient d'impacter la carrosserie. Grace se cogna l'arrière de la tête et serra les sangles qui la retenaient au plancher.

— Où allons-nous ? Et qui êtes-vous ? hurla-t-elle.

Pour réponse, les portes arrière s'ouvrirent d'un coup sec dans un courant d'air glacé. Les deux hommes qui les accompagnaient posèrent genou à terre pour tirer une assourdissante rafale en direction des véhicules de police qui les avaient pris en chasse.

Les balles firent exploser les phares et les pare-chocs, poussant leurs poursuivants à essayer de zigzaguer pour éviter les tirs. Profitant de la diversion, les deux soldats jetèrent deux rouleaux de chaînes cloutées sur le bitume enneigé. Quelques secondes plus tard, les pneus des véhicules de police éclataient, et les SUV terminaient leur course dans les murs de congères.

Les portes arrière du fourgon se refermèrent. Grace voulut parler, mais un vertige manqua de la faire s'évanouir et elle préféra garder ses maigres forces pour rester consciente.

Moins de cinq minutes plus tard, après avoir roulé à toute vitesse, le camion freina, puis s'arrêta. L'un des soldats aida Grace à descendre du fourgon, l'autre prit Sarah dans ses bras. Ils se dirigèrent vers un 4 × 4 noir garé sur un petit chemin de forêt. On invita Grace à s'installer sur le siège passager, tandis que Sarah était allongée à l'arrière.

— Bonne chance, conclut l'un des hommes.

Et il claqua la portière.

Immédiatement, le véhicule démarra, et ce n'est qu'à cet instant que Grace se rendit compte qu'une femme se tenait à côté d'elle, derrière le volant. Blonde, la quarantaine, cheveux très courts, elle avait l'air très concentrée pour faire évoluer avec adresse le tout-terrain sur le chemin cahoteux gondolé de neige. Dans le rétroviseur, Grace vit un des soldats effacer les traces de pneus du 4 × 4 et sauter dans le camion, qui repartit aussitôt.

— Changez-vous. Il y a des vêtements dans le sac qui est à vos pieds.

Tout allait trop vite et sans explications. Grace ferma les yeux pour tenter de dissiper le nouvel éblouissement qui lui faisait tourner la tête.

— Qui êtes-vous ? demanda-t-elle.

— Pour votre bien, faites ce que je vous dis, tout de suite.

La conductrice n'avait pas lâché un regard à son interlocutrice, surveillant nerveusement son rétroviseur.

Grace n'était ni en état ni en position d'imposer une quelconque résistance. En écarquillant les yeux pour dégourdir les muscles de son visage, elle ouvrit le sac, récupéra un jean, un tee-shirt chaud, une polaire et une parka, puis retira l'espèce de pyjama de l'asile pour revêtir une tenue de ville parfaitement à sa taille.

— Réveillez votre coéquipière, et qu'elle se change aussi.

Sans que la voiture s'arrête, Grace passa à l'arrière et s'assit près du visage de son acolyte.

— Sarah ! Sarah !

Pâle, la Norvégienne dodelina de la tête.

— Sarah, on a quitté l'hôpital, on est libres !

Elle la secoua fermement, sans plus de succès.

— Injectez-lui ça dans la veine médiane, là où on fait les prises de sang.

La chauffeuse s'était brièvement retournée pour tendre à Grace une mallette de soins en plastique.

Grace en sortit une ampoule d'un jaune transparent.

— Qu'est-ce que c'est ?

— Du flumazénil, ça va annuler les effets des sédatifs et des benzodiazépines qui lui ont été administrés. Voilà la seringue. Je vais m'arrêter quinze secondes, le temps que vous fassiez la piqûre. Les renforts de police vont probablement retrouver notre piste, il faut agir vite. Quand j'aurai stoppé la voiture, vous aurez quinze secondes. Vous êtes prête ?

« Prête » était à l'opposé de comment elle se sentait. Grace voyait trouble, son bras tremblait dès qu'elle essayait de le maintenir en position fixe et elle n'avait jamais piqué personne de sa vie. À la confusion s'ajouta un stress qui serpenta de son ventre jusque dans sa poitrine.

— Si je me rate ?

— Si vous piquez à côté, vous risquez de toucher un nerf et surtout de diluer le produit, qui ne fera plus effet. Prête ?

— Attendez.

Grace alluma le plafonnier, releva la manche gauche de Sarah. Le creux du coude était violacé et meurtri, pareil à celui d'une droguée. Combien de fois lui avait-on fait des injections ces dernières semaines ? Elle passa le doigt sur la peau et frotta la chair tendre. Il lui sembla sentir une discrète veine bleutée palpiter sous les hématomes. Alors, seulement, elle décacheta l'étui plastique de la seringue.

— OK, on y va.

La conductrice freina et commença immédiatement le compte à rebours.

— Quinze, quatorze, treize…

Grace brisa l'embout de l'ampoule, et plongea difficilement l'aiguille dans le liquide à cause de ses tremblements.

— … douze, onze, dix, neuf…

Elle aspira le médicament en contractant ses tendons.

— … huit, sept, six…

Elle releva la seringue et repoussa l'air entré dans l'aiguille.

— … cinq, quatre, trois…

Grace approcha la pointe de biais par rapport à la veine. Mais sa main flanchait, elle ne parvenait pas à viser.

— … deux, un…

Grace refoula toute prudence. Elle enfonça l'aiguille dans ce qu'elle espérait être la veine et poussa le piston. Son geste n'était pas aussi précis et maîtrisé qu'elle l'aurait souhaité.

— … zéro.

La voiture repartit. Grace, dont les mouvements étaient encore ralentis par les médicaments, n'avait pas eu le temps de retirer la seringue. Emportée par l'impulsion de départ, l'aiguille, encore plantée dans l'épiderme, s'enfonça profondément dans le bras jusqu'à buter contre un os.

Sarah gémit.

Grace tira brutalement sur la seringue et du sang s'écoula en quantité bien trop importante.

Elle écrasa son pouce sur la blessure, mais la voiture fut secouée par une aspérité de la route et son doigt glissa. Le saignement reprit de plus belle. Le stress laissa place à la peur, et l'adrénaline fusa dans le corps de Grace. Elle eut l'impression d'émerger d'une longue torpeur et de reprendre soudain ses esprits. Elle compressa un morceau de sa tenue d'hôpital sur le point de piqûre.

— Dépêchez-vous de l'habiller ! ordonna la conductrice. Ils nous cherchent.

Par-dessus les bruits du moteur, Grace devinait le vrombissement d'un hélicoptère.

Avec les dents, elle déchira du mieux qu'elle put une bande de son vêtement blanc, qu'elle serra autour du bras de Sarah.

Sa coéquipière l'observait.

— Tu es réveillée ?

— Où sommes-nous ? bafouilla Sarah, l'œil vitreux.

— Des espèces de mercenaires armés se sont introduits dans l'hôpital pour nous en faire sortir. Je ne… je ne sais pas de qui il s'agit… La police est à nos trousses. Il faut que tu enfiles ces vêtements.

Sarah se hissa sur ses coudes pour s'asseoir et grimaça de douleur en avisant son bras bandé.

— Je t'ai fait une piqûre d'antidote aux calmants qu'on t'avait administrés, expliqua Grace. Et j'ai peut-être un peu raté…

Sarah fit signe que c'était sans importance.

— Merci, dit-elle.

Puis elle interpella la conductrice, en se déshabillant avec des gestes encore endoloris.

— C'est Christopher qui vous envoie ? articula-t-elle avec peine, sans comprendre comment son mari aurait pu organiser une telle opération de sauvetage.

La femme blonde ne répondit pas, absorbée par sa conduite qui dénotait une véritable maîtrise.

Pour une fois, Sarah n'insista pas et acheva de revêtir sa tenue civile avec l'aide de Grace. La voiture quitta le chemin forestier pour rejoindre une route bitumée fréquentée par d'autres véhicules. La femme se glissa dans la circulation.

— Voici vos nouvelles identités, dit-elle en tendant une pochette plastique transparente qui refermait deux passeports biométriques et deux permis de conduire.

L'envergure de l'opération et l'anonymat de leurs bienfaiteurs déroutaient Grace, pour qui la situation semblait un peu irréelle.

— Tu t'appelles désormais Eleonore Brown et moi, Clara Brekke, déclara Sarah, visiblement ébahie par la qualité des faux papiers. Comment avez-vous réussi à faire ça ?

— Vous le demanderez à qui de droit, répondit la conductrice en doublant prudemment deux voitures d'un coup. Il est 8 h 32. Dans moins de cinq minutes, nous serons à l'aéroport. Si vous restez en Norvège, vous êtes perdues. Vous avez deux places réservées sur un vol pour Glasgow. Voici de nouveaux téléphones, vos numéros sont inscrits derrière et les cartes d'embarquement sont déjà enregistrées. Ne contactez personne avant de poser un pied en Écosse. Et prenez aussi cet argent liquide, acheva-t-elle en leur tendant deux généreuses liasses de livres sterling.

— Mais qui êtes-vous, à la fin ? s'impatienta Grace, qui savait la puissance et le pouvoir dont il fallait disposer pour réussir une telle exfiltration.

La femme jeta un regard vers l'Écossaise dans le rétroviseur.

— Préparez-vous, on arrive et l'embarquement de votre vol se clôture dans quinze minutes. Je n'ai pas le temps de vous expliquer.

Elle bifurqua sur une bretelle de nationale en direction de l'aéroport d'Oslo-Gardermoen, dont on apercevait déjà la haute tour de contrôle. Grace et Sarah refermèrent leur parka et s'assurèrent que leurs cartes d'embarquement étaient téléchargées sur leur portable, et la voiture s'arrêta devant l'entrée de l'unique terminal.

— Il vous reste neuf minutes. On a fait si court pour éviter que les forces de l'ordre n'aient le temps de boucler l'aéroport après votre évasion.

Grace et Sarah descendirent.

— Qui vous envoie ? insista Grace en se rapprochant de la vitre entrouverte côté conducteur.

— Vous aurez votre réponse une fois en Écosse. Là-bas, vous devrez vous rendre à ces coordonnées de géolocalisation, ajouta la femme mystérieuse en lui confiant un petit papier. La personne qui a organisé votre exfiltration veut vous voir précisément à cet endroit à partir de 22 heures aujourd'hui. Elle a quelque chose à vous montrer.

Avant que les deux inspectrices ne la remercient, le 4 × 4 était reparti. Grace et Sarah coururent vers le comptoir de leur vol, présentèrent leur titre d'embarquement, passèrent la douane sans encombre et s'écroulèrent sur les sièges qui leur étaient attribués dans l'avion.

Le temps que les moteurs de l'appareil se mettent en route et que le personnel de bord referme les derniers casiers, Grace entra les coordonnées écrites sur la feuille remise par leur conductrice. Le GPS de son téléphone afficha la carte générale de l'Écosse avant de zoomer vers le nord du pays, dans la région des Highlands, jusqu'à pointer un repère au cœur d'un immense lac encerclé de collines.

— Pourquoi nous a-t-on donné rendez-vous à cet endroit ? murmura Grace.

— Où est-ce ? demanda Sarah.

— Sur Cherry Island, l'unique île du loch Ness.

– 24 –

Grace ne se souvenait pas que les gens parlaient tant dans un avion au moment de l'embarquement. Chaque passager semblait en pleine discussion avec son voisin. Les visages étaient éloquents, les conversations enthousiastes. Elle saisit quelques expressions en anglais qui paraissaient revenir souvent dans les échanges : « Vraiment bizarre, ces monolithes », « Vous imaginez ce que ça veut dire ? », « Ça change tout ». Elle voulait interroger ses voisins qui se trouvaient de l'autre côté de l'allée pour en savoir plus, mais l'état de Sarah lui sembla plus urgent. Elle se pencha vers sa coéquipière qui soutenait sa tête entre ses mains, les coudes posés sur les genoux.

— Comment tu te sens ?

— Comme au sortir d'un cauchemar. Je ne suis pas encore certaine que ce soit vraiment terminé, répondit Sarah en fermant les yeux.

La Norvégienne soupira. Elle paraissait faire un très gros effort pour parler.

— Ça va ? s'inquiéta Grace.

Sarah se contenta d'acquiescer faiblement.

Une hôtesse de l'air qui passait de siège en siège lui demanda d'attacher sa ceinture.

— Madame ? Tout va bien ? s'enquit-elle en voyant que la passagère gardait la tête penchée entre ses mains.

— On sort d'un enterrement de vie de jeune fille, elle a un peu forcé sur les festivités, intervint Grace. Je m'en occupe.

Et elle boucla la ceinture de sa coéquipière.

— C'est fini, Sarah… On est dehors. On n'y retournera plus jamais.

— C'est ce que je croyais la dernière fois… Et la fois d'avant encore.

— Comment ça, « la fois d'avant » ?

Sans répondre, Sarah se tourna vers le hublot, dont la pâle lumière matinale se réfléchit sur son visage diaphane.

Grace ne la relança pas. Elle avait compris. Jamais elle n'aurait imaginé que cette femme d'apparence si sûre d'elle ait dû faire plusieurs passages en hôpital psychiatrique. Était-ce lié à son expérience en Afghanistan, ou pour une autre raison ? Ce n'était pas aujourd'hui qu'elle le lui demanderait.

— Qui a bien pu venir nous tirer de là ? questionna-t-elle pour changer de sujet.

— Excuse-moi, murmura Sarah. Je vais avoir besoin d'un peu de temps pour me remettre de cette expérience… Ne m'en veux pas si je suis plus lente que d'ordinaire.

— Je te trouve au contraire beaucoup plus vive qu'avant, la taquina Grace.

Sarah sourit.

— Plaisanterie à part, je n'ai pas de réponse à cette exfiltration. Je peux juste dire que c'était bien fait. Très bien fait.

— *A priori*, ce n'était pas une bande de terroristes. J'ai remarqué qu'ils avaient pris soin de ne jamais tirer directement sur les agents de police ou le personnel de l'hôpital. Ils les ont neutralisés provisoirement.

Sarah hocha la tête, l'air songeuse.

— Tu penses à quoi ? s'enquit Grace.

— À Olympe, et à la tournure tellement inattendue qu'a prise notre enquête, chuchota Sarah. On était si proches du but… Que faire maintenant ? Comment veux-tu qu'on reprenne l'affaire officiellement si nos hiérarchies ne nous ont pas soutenues ? Pire encore, elles ont fermé les yeux ! Ce sont… nos ennemis, ou, à tout le moins, des collaborateurs passifs d'Olympe. On est condamnées à rester sous notre fausse identité pour ne pas nous faire arrêter. Pour combien de temps et dans quel but ? Ce n'est pas viable…

— On n'a pas le choix. Si on veut retrouver nos vies, il faut détruire Olympe… définitivement.

— Je n'y crois plus. Je regrette, déclara Sarah d'un ton amer.

Cet aveu provoqua un tel sentiment de malaise chez Grace qu'elle en eut la nausée. Elle se tut alors que les réacteurs accrurent leur puissance et que l'avion commença à bouger.

— On savait qu'ils se battraient avec hargne et cruauté, on savait qu'on allait en souffrir, reprit Grace tandis que l'appareil se positionnait sur la piste de décollage. Mais si on ne va pas jusqu'au bout, personne ne se mettra plus jamais en travers de leur chemin.

Personne ! Et moi, je ne vivrai pas avec la culpabilité de les avoir laissés faire.

Le pilote poussa les machines à bloc. La carlingue trembla.

— Quitte à crever seule au fond d'un asile ? Avec de surcroît un mensonge pour la postérité ?

Sarah mima un titre de journal.

— « Grace Campbell : la déchéance de l'inspectrice complotiste ». C'est pour cela que tu auras donné ta vie ?

L'avion s'était ébranlé et fonçait désormais à toute allure sur la piste.

— Je préfère encore ce titre à ma conscience qui me dira…

Grace dessina une barre sur son front.

— « Grace, tu as failli à ta mission. »

Sarah ouvrit la bouche, mais chassa son idée d'un revers de main.

L'appareil s'éleva au-dessus du sol.

— Quoi ? Tu allais dire que je n'ai pas d'enfant et qu'il m'est donc plus facile de me sacrifier ? Peut-être que tu as raison. C'est pour cela que je ne te force pas à continuer à mes côtés. Mais, premièrement, je te rappelle que c'est toi qui es venue me chercher. Et deux…

— Deuxièmement quoi ? interrogea Sarah.

— Deuxièmement, tu ne vois pas qu'on forme la meilleure équipe d'inspectrices qui puisse exister pour affronter Olympe ?

— La preuve, on a fini toutes les deux enfermées. Si on était si…

— Je suis d'accord qu'uniquement toutes les deux, on n'y parviendra jamais, coupa Grace. On a besoin d'aide. Et si quelqu'un a pris le risque de nous faire sortir de Gaustad, c'est peut-être qu'il veut travailler avec nous. Tu m'accompagnes au rendez-vous et ensuite, tu décideras de ce que tu fais.

Sous le plancher, on sentit le train d'atterrissage rentrer dans le ventre de l'avion.

Derrière le hublot, Sarah observa le sol s'éloigner sans répondre. Grace lui laissait toute latitude pour réfléchir. Elle n'avait aucune intention de la forcer, même s'il lui semblait désormais impossible de trouver les ressources pour poursuivre cette enquête seule.

Consciente qu'elle risquait de se mettre à paniquer si elle songeait trop à cette éventualité, elle regarda autour d'elle pour essayer de divertir ses pensées. Elle constata que les vives conversations entre les passagers qu'elle avait remarquées avant le décollage avaient repris de plus belle. Son oreille curieuse capta quelques bribes qui l'intriguèrent : « Moi, ça me fait peur, ça me donne le vertige… » « Qu'est-ce qu'on va découvrir d'autre après une annonce pareille ? C'est incroyable. » « Qui ça peut être, d'après toi ? » De quoi parlaient tous ces gens avec tant de passion ?

— Excusez-moi, monsieur, commença Grace en se penchant vers un homme d'une cinquantaine d'années assis sur le siège de l'autre côté du couloir.

Le passager aux cheveux gris plaqués sur les côtés lisait *The Guardian* dont le titre de la première page était « Monolithes : le mystère qui pourrait tout changer ».

— Oui ? répondit-il en levant son visage déjà marqué par de profondes rides.

— Puis-je vous demander pourquoi tout le monde parle de cette histoire de monolithes ?

Il esquissa un sourire, comme si elle avait essayé de faire de l'humour, avant de comprendre qu'elle n'était peut-être pas au courant de la nouvelle.

— Vous ne savez pas ?

— Non, désolée, j'étais à l'hôpital, un peu coupée du monde.

— Ah, pardonnez-moi. Eh bien… vous saviez que l'on avait identifié une forme dans l'un des monolithes ?

— Oui, se rappela Grace. Et on sait ce que c'est ?

— Oui. Ils ont fini par découper le bloc et on a découvert ça à l'intérieur, répondit-il en tournant le journal vers son interlocutrice.

En pleine page se trouvait la photo d'un crâne d'apparence humaine et plutôt récent, compte tenu de son état de conservation quasi parfait.

Grace ne s'y attendait pas et se sentit presque agressée par les arêtes osseuses et le noir des orbites vides.

— Étonnant, non ? reprit l'homme.

— On a confirmé que c'était bien d'origine humaine ?

— Oui.

— On a identifié la personne qui, disons, habitait cet ossement ?

— Pas à ma connaissance.

— Et c'est donc de cela que tout le monde parle ? De la découverte de ce crâne enfermé dans le monolithe.

— S'il fait tant jaser, c'est parce que les scientifiques l'ont daté.

— Et ?

Un passager qui devait aller aux toilettes les interrompit un instant, aiguisant un peu plus la curiosité de Grace.

— Eh bien, d'après les analyses spertomé… sperco…

— Spectrométriques, c'est le mot que vous cherchez.

— Oui, pardon, désolé, la science, ce n'est pas trop mon truc. Bref, ce crâne daterait d'une époque où l'espèce humaine n'était pas encore sur Terre.

— Pardon ?

— Selon les données qu'ils ont recueillies par des mesures d'uranium-thorium, je ne sais pas trop ce que cela signifie, ce crâne aurait au moins cinq milliards d'années.

Grace recula légèrement.

— La formation de la Terre a été datée à 4,5 milliards d'années. Cela n'a aucun sens.

— Vous comprenez à présent pourquoi tout le monde ne parle que de ça.

Grace regarda de nouveau autour d'elle. Les discussions se poursuivaient et les visages rivalisaient d'incrédulité.

— Mais l'information a-t-elle été confirmée par d'autres calculs ? insista-t-elle.

— Comme vous, je me suis posé cette question, mais l'article explique que trois équipes indépendantes ont procédé à la datation et que toutes ont abouti à la même conclusion. Ce crâne humain serait plus vieux que notre planète. Et on commence déjà à affirmer qu'il s'agit du crâne de Dieu.

– 25 –

Grace emprunta le journal à son voisin et voulut le montrer à Sarah. Mais l'inspectrice s'était assoupie. Le visage crispé, elle marmonnait d'incompréhensibles paroles dans son sommeil en se tenant le creux du bras, là où l'aiguille avait percé un peu trop loin. Grace la laissa se reposer et lut tout ce qu'elle put sur cette affaire de crâne.

Elle eut la confirmation de ce que son voisin lui avait expliqué et constata combien le sujet avait pris une ampleur phénoménale, ne serait-ce que par la place qu'il occupait dans cette édition du *Guardian*. Entre les détails de la découverte des monolithes, les interviews des scientifiques à l'origine de la datation, les hypothèses d'astrophysiciens et d'archéologues, les récupérations politiques, la prudence des autorités religieuses, ainsi que la couverture des impacts psychologiques et économiques, le monde entier semblait désormais tourner autour de cette histoire.

Quand l'appareil s'arrêta devant son terminal après avoir atterri à l'horaire prévu, Grace réveilla Sarah, qui dormait toujours, et l'informa de ce qu'elle avait appris.

— Je me demande si cette découverte est vraie et, si c'est le cas, dans quelle mesure Olympe est ou non impliqué, dit la Norvégienne.

— J'ai pensé la même chose, et j'ai fait quelques petites recherches quand on roulait vers l'aérogare. Aucun des trois laboratoires qui ont procédé aux datations n'appartient à Olympe, et pourtant, la multinationale en possède de nombreux, parfaitement équipés, capables d'accomplir le travail.

Sarah se leva de son siège pour se placer juste derrière Grace dans la file qui descendait progressivement de l'avion.

— Tu sais, glissa-t-elle discrètement, mis à part leur volonté de nous diffamer ou de nous supprimer, j'ai l'impression de ne plus comprendre grand-chose au fonctionnement d'Olympe et à leurs intentions. Et, ce qu'il y a de pire encore, toi comme moi, on fait semblant de continuer à avancer, mais on ne contrôle plus rien : ni notre enquête, ni nos déplacements, ni même nos propres existences…

Grace éprouvait aussi cette vulnérabilité, mais elle ne l'avoua pas, sentant que Sarah avait besoin qu'on la contredise.

— C'est vrai, il vaut mieux qu'on aille s'enfermer dans une auberge pour le restant de nos jours et qu'on boive jusqu'à en crever. Lutter, c'est pas notre truc.

— Je ne dis pas cela. Pour ton info et pour répondre à ta question de tout à l'heure, j'ai réfléchi et j'ai bien l'intention d'aller jusqu'au bout avec toi… quoi qu'il en coûte. Je n'aime pas qu'on se mente et je veux que les choses soient dites ouvertement. Si on veut découvrir la vérité, on doit commencer par être nous-mêmes dans le vrai. Autrement dit, j'ai une certitude, c'est notre ultime chance d'arrêter les agissements d'Olympe. À la moindre erreur de notre part, ils ne prendront plus la peine de chercher à nous discréditer, mais ils nous extermineront sur-le-champ.

Grace adressa un regard d'acquiescement à sa coéquipière, dont elle appréciait de plus en plus la franchise. Même s'il fallait avoir la peau épaisse pour tout encaisser.

Et c'est avec ce risque bien en tête de peut-être se faire tuer avant que le soleil de cette journée ne se couche, qu'elles louèrent, sous leurs fausses identités et en payant en liquide, une voiture. Puis elles empruntèrent l'autoroute nord quittant Glasgow en direction des Highlands, et plus précisément de la ville d'Inverness. Elles ne s'arrêtèrent qu'une fois pour prendre des sandwichs et quelques fruits qu'elles mangèrent au cours du trajet.

Une heure avant leur arrivée, le paysage commença à s'étirer mollement en collines verdoyantes qui ressemblaient à des nymphes assoupies dont les bras s'allongeaient jusqu'aux rives de lacs aux sombres profondeurs. Sur le bord de la route grignotée sur ses flancs par les landes envahissantes, des menhirs enfouis commémoraient par leurs vieilles inscriptions moussues d'ancestrales batailles entre les clans. Au loin, des nuages métalliques chassés par le vent formaient un rempart menaçant sur la ligne d'horizon.

— C'est bizarre, dit Sarah, qui, depuis leur pause, avait laissé Grace prendre le volant. Il existe aussi de vastes étendues en Norvège, mais on n'y ressent que la présence de la nature. Ici, j'ai l'impression de fouler le domaine de quelque dieu ou créature immortelle qui nous surveillerait en silence. C'est une sensation vraiment étrange.

— Je te comprends, avoua Grace, contente que quelqu'un partage une émotion intime qu'elle n'avait jamais pu évoquer.

Sarah contempla longuement le paysage avant de reprendre.

— Comment peut-on rejoindre l'île ?

— Il faut trouver une petite embarcation privée dans la baie du château d'Urquhart, qui nous déposera là-bas sans qu'on se fasse repérer par les bateaux touristiques. Mais personne ne nous y emmènera en pleine nuit, nous devons nous y rendre au plus tôt, et on attendra sur place celui qui nous a donné rendez-vous.

— Je n'arrête pas de me demander pourquoi il veut nous rencontrer dans un endroit aussi singulier.

— Celui qui nous a sauvées est forcément un individu hors du commun.

Elles achevèrent en silence les derniers kilomètres, dans une lumière déclinante bien qu'il ne soit encore que 16 heures. Le thermomètre suivit la même pente, alors que la voiture était de plus en plus souvent secouée par les bourrasques.

— Qu'est-ce qui attire tant les gens au loch Ness, au-delà de l'espoir d'y apercevoir le fameux monstre ?

— On arrive, dit alors Grace. Tu vas comprendre.

Devant elles, les collines qui bordaient la route s'écartèrent à la manière de courtisans faisant la révérence au panorama grandiose qui se dévoilait au regard. Une seule fine ligne de ciel gris constituait désormais l'horizon, telle la fente d'un œil entrouvert comprimé, en haut, par l'enclume noire des nuages et, en bas, par les landes vallonnées ivres de vent. Et dans cet interstice d'ultime clarté fatiguée, juchée au sommet d'une colline, se découpa l'ombre de murailles en ruine, au pied de laquelle les eaux obscures s'étendaient à perte de vue.

— C'est le château d'Urquhart, commenta Grace. La baie qu'on doit rejoindre est juste derrière.

— Je comprends mieux pourquoi on vient ici, répondit Sarah, absorbée par la contemplation de l'immense tableau qui se peignait sous ses yeux. Je ne m'attendais pas à quelque chose de si intimidant…

— Le loch Ness mesure trente-neuf kilomètres de longueur et descend jusqu'à deux cent soixante-douze mètres dans sa partie la plus profonde. C'est sans doute pour cette raison qu'on se demande encore aujourd'hui ce qui peut se cacher dans ses abysses.

Elles laissèrent leur véhicule sur le parking des visiteurs, où n'étaient garés qu'un 4 × 4 et un monospace. Puis elles prirent la direction du château en suivant un chemin de terre ocre sillonnant à travers une pelouse aussi verte que celle d'un golf. Le contraste des couleurs était si saisissant qu'on aurait cru le dédale dessiné pour un tapis de jeu.

Emmitouflées dans leur parka pour se protéger de vagues venteuses, les deux inspectrices ressentaient, malgré tout, le froid et l'humidité de la masse aqueuse qui s'allongeait juste derrière la butte du château.

— Prenons de quoi manger et boire avant de partir, on ne sait jamais, dit Grace en se dirigeant vers le snack installé sur le sentier qui conduisait aux ruines.

À un vieil homme au visage rougi par les éléments elles commandèrent de l'eau et des sachets de fruits secs qu'elles fourrèrent dans leurs poches.

— Vous ne connaîtriez pas quelqu'un qui propose des tours privés avec son bateau ? demanda Grace.

— Oh si, y en a queques-uns. Mais en c'te saison, y a pas foule, alors j'sais pas, faut aller voir. P't-êt' le fils Duff, j'l'ai vu partir à la pêche ce matin, pas vu r'venir, alors soit il y est toujours, soit il a filé à bouffer à Nessie !

Grace sourit, plus par politesse que par envie.

— Merci, on va aller voir.

Quand elle se retourna, Sarah rangeait son téléphone dans sa poche.

— T'inquiète, je n'ai appelé personne, mais ça me rend malade de ne pas pouvoir dire à Christopher où je suis et que tout va… enfin, qu'on est vivantes.

— La police va forcément l'interroger, moins ton mari en sait, mieux ça se passera pour lui.

— Tu as raison, mais il faut qu'en plus de sa peur, il gère celle de Simon, qui a déjà vécu des moments… difficiles, confia Sarah.

— Quel âge a-t-il ?

— Quatorze ans maintenant.

Grace avait envie de demander à sa coéquipière quelle part de vérité il y avait dans l'histoire de l'enfant kidnappé, dont le journal s'était emparé pour la discréditer. Mais toutes les manières de formuler la question lui parurent trop agressives. Sarah dut sentir qu'elle hésitait à parler.

— Je ne sais pas pourquoi je te raconte ma vie, conclut la Norvégienne. On n'est pas là pour ça. Allons au port.

Grace eut un petit temps de retard avant d'emboîter le pas de Sarah pour bientôt marcher à sa hauteur.

Elles contournèrent le château, ne croisant qu'un couple de touristes âgés, et suivirent un sentier qui descendait entre les sapins derrière les ruines. Bien vite, l'onde noire du loch se découpa entre les arbres, et elles entendirent le clapotis de l'eau s'échouant sur les rives caillouteuses. Le vent se fit plus froid, polissant les vaguelettes pour leur arracher une bruine frigorifiante qui se déposait sur les visages. Les deux femmes exhalaient maintenant de la buée par leur bouche, tandis que l'humidité commençait à s'infiltrer dans les poches de chaleur couvées sous leurs manteaux. Grace sentit l'haleine mouillée de l'air imbiber ses vêtements, jusqu'à frôler la peau de son cou et le creux de ses reins. Elle tira sur les cordons de sa parka pour la plaquer encore plus près de son corps, et accéléra le pas pour arriver plus vite au niveau du lac.

Amarrés au ponton en bois qui longeait le rivage, des petits bateaux endormis, tous recouverts de bâches, ondulaient au gré d'une discrète houle. Au-delà, l'obsidienne liquide s'étalait dans son écrasante immensité, bordée de part et d'autre par des monts rocailleux floutés de brume.

— Là-bas, il y a un type qui pêche, dit Sarah en désignant un homme qui leur faisait dos au bout du ponton.

Grace détourna son attention du paysage démesuré qui lui donnait la sensation d'être négligeable.

Elles rejoignirent le pêcheur, en veillant à ne pas glisser sur les lattes de bois, qui suintaient d'une couche d'humidité.

— Bonjour, vous êtes le fils Duff ? s'enquit Grace.

— Ouaip, répondit un jeune homme au visage rond, coiffé d'une casquette.

— Le vendeur du snack nous a dit que vous accepteriez volontiers de nous conduire en bateau jusqu'à Cherry Island. Nous souhaiterions partir maintenant.

— C'est à l'autre bout du lac, ça fait une trotte !

— Combien ? demanda Sarah.

— Seulement vous deux ?

— Oui.

— Pour cinquante livres, je peux vous faire ça.

— On vous en donne cinquante tout de suite et cent de plus si vous nous déposez là-bas et que vous revenez nous chercher à 23 heures.

Le pêcheur, qui avait à peine quitté des yeux le bouchon de sa canne à pêche, se tourna vers les deux enquêtrices. Il les regarda avec une expression qui devait ressembler à celle des poissons ahuris qu'il sortait de l'eau.

— Qu'est-ce que vous allez faire sur ce caillou tout ce temps ? C'est minuscule.

— Quelle taille exacte ? reprit Sarah de son ton lapidaire.

— Bah, je ne sais pas, un truc comme vingt mètres sur quinze, pas plus. Avec quelques arbres et un peu d'herbe, c'est peau de chagrin pour se balader.

— C'est juste la place qu'il nous faut pour méditer sans être dérangées, intervint Grace.

Le fils Duff se gratta derrière la tête en soulevant sa casquette.

— Méditer, sourit-il. Pêchez, vous verrez, ça détend davantage. Enfin, bon, chacun fait comme il veut.

Le jeune homme rondouillard se leva en soufflant, prit le billet de cinquante livres que lui tendit Sarah qu'il fourra dans sa poche, replia sa canne et, saisissant son seau d'appâts, il désigna le ponton du menton.

— C'est le rafiot à la capote verte, là-bas.

Le bateau prêt, Grace et Sarah s'assirent à l'arrière, tandis que le pêcheur manœuvrait pour reculer et bifurquer vers la droite en longeant la rive. Grace rabattit la capuche de sa parka sur sa tête, alors que son vêtement claquait au vent. Les bras croisés sur sa poitrine et les jambes serrées pour conserver la chaleur, elle fixait la proue du bateau qui fendait l'onde en traversant de temps à autre des écharpes de brume.

Le trajet dura près d'une demi-heure, pendant laquelle Grace eut l'impression d'être épiée par les montagnes entourant le lac.

— Pourquoi l'eau est-elle si sombre ? demanda Sarah en élevant la voix pour couvrir les bruits du moteur et des éclaboussures.

— Il y a plein de tourbe dans le fond, et donc du carbone, c'est ça qui fait qu'on y voit que dalle. J'sais même pas comment les poissons font pour s'y retrouver ! Il y a que le monstre né ici qui doit être fait pour se repérer là-dedans !

Le jeune homme bien en chair termina sa phrase dans un éclat de rire.

Grace se pencha en avant. Elle voulait être certaine de ne pas se tromper de lieu de rendez-vous.

— Il y a d'autres îles sur le loch ?

— Non, c'est la seule.

— C'est bizarre, ce petit bout de terre qui n'a pas été submergé. Était-ce le sommet d'une ancienne montagne ?

— Ah, vous n'êtes pas au courant ? Je pensais que vous alliez là-bas pour cette raison.

— Au courant de quoi ?

— C'est pas vraiment une île, c'est un ancien crannog, comme on dit ici.

— Un quoi ? insista Grace, qui pensait n'avoir pas bien entendu à cause du boucan.

— C'est pas une île naturelle, elle a été créée artificiellement à la préhistoire.

— À la préhistoire ?

— Ouais, c'était l'endroit idéal pour vivre à l'abri des bestioles qui rôdaient à l'époque. Il suffisait simplement d'y venir en pirogue et, hop, on était peinards pour la nuit.

— Comment sait-on qu'elle est artificielle ?

— Bah, il y a eu des fouilles et toutes sortes de recherches qui ont montré que l'île repose sur des rondins de bois enfoncés en cercle dans le sol. À l'intérieur, on y a entassé d'autres troncs et surtout des pierres. À l'époque, le niveau de l'eau était plus bas qu'aujourd'hui, donc la surface émergée était plus grande, d'après ce qu'ont dit les archéologues. Du genre cinquante mètres sur cinquante, et il y avait au moins une maison et un ponton. Et dans le journal, ils disaient même qu'on avait retrouvé des traces d'un château en bois bâti là-dessus au Moyen Âge. En fait, vous n'avez pas tort d'aller là, c'est finalement l'endroit le plus vieux de tout le loch Ness un jour habité par l'homme. Il a dû s'en passer des trucs, sur ce bout de caillou. Mais bon, pratiquement personne ne sait ça. Tiens, regardez, on commence à la voir, là-bas.

Émergeant tout juste du brouillard, il sembla à Grace apercevoir un navire fantôme dont la voile triangulaire était déchirée. Progressivement, elle discerna le haut d'un sapin à la ramure trouée, trônant au centre du monticule. Et, à ses côtés, les quelques autres arbres qui lui tenaient compagnie. À leur pied, de hautes herbes s'éparpillaient, pour s'estomper en chevelure difforme sur les rives embrumées de l'îlot. Loin derrière, dans le flou des nuages, on devinait la masse sombre des montagnes.

Le bateau coupa le moteur, puis se laissa glisser en silence jusqu'au rivage. On n'entendit plus que le claquement humide des vaguelettes léchant la coque. Le fond racla contre une pierre, et l'embarcation cogna légèrement la berge avant d'être balancée par le roulis.

Grace et Sarah sautèrent à terre.

— Rendez-vous dans six heures, lança le pêcheur.

— On compte sur vous, répondit Sarah.

Le bateau recula et fit demi-tour, sans que le conducteur se retourne une dernière fois.

– 26 –

Assise à côté de Sarah sur une large pierre plate, Grace contemplait la muraille de brume qui cernait désormais l'îlot. Enveloppées par la ouate cotonneuse, elles n'entendaient plus que les froissements de leurs parkas au moindre mouvement et le son de leur respiration. Sans le murmure cristallin de l'eau léchant la berge, Grace aurait pu croire qu'elles se trouvaient au sommet d'une montagne ou perdues dans les limbes.

Elle allait ramasser une pierre pour la jeter dans le lac, avant de se raviser. Elle se rappela que de lointains ancêtres avaient œuvré dur pour apporter chaque caillou afin de construire ce refuge.

— C'est une sensation étrange de songer que des hommes et des femmes ont vécu ici il y a des milliers d'années. Qu'à cet endroit même, ils marchaient, mangeaient, dormaient et s'aimaient… Qu'ils voyaient les mêmes montagnes autour et craignaient probablement le danger que pouvait dissimuler ce brouillard.

— C'est encore plus bizarre de penser que dans quelques milliers d'années, d'autres humains diront la même chose en parlant de nous.

— Oui, répondit Grace en frottant ses semelles sur le sol sablonneux pour tenter de réchauffer ses pieds. D'ailleurs, si j'avais des enfants, j'aurais encore plus de mal à me projeter dans ce futur lointain. Les regarder petits et songer qu'un jour, ils auront des enfants qui eux-mêmes auront des enfants qui donneront naissance à d'autres enfants, et cætera, sur des centaines, des milliers d'années. Je ne réussirais même pas à le penser, ou j'en aurais trop peur. M'inscrire dans ce temps long me donnerait l'impression que mon existence, comme celle de mes enfants, est futile.

Grace guetta du coin de l'œil la réaction de sa coéquipière. Elle avait bien évidemment fait cette comparaison pour permettre à Sarah de se confier. Non pas pour satisfaire une curiosité mal placée, mais plutôt pour savoir qui était cette femme. Après tout, elle avait en partie remis sa survie entre les mains de cette inspectrice norvégienne, et elle avait besoin de mieux cerner sa psychologie profonde avant de lui accorder sa pleine confiance. Et puis, connaître les failles de son alliée était aussi une façon de l'aider en cas de faiblesse.

— Simon n'est pas mon fils naturel, commença Sarah, qui avait bien compris l'intention de Grace. Il n'est pas non plus celui de mon mari. Christopher est l'oncle de Simon, il l'a adopté quand son frère et sa femme sont morts dans un accident de voiture, il y a sept ans. Mais nous l'aimons tous les deux comme notre propre enfant.

Grace ne s'attendait pas à une histoire si complexe.

— Et Simon a trouvé son équilibre ?

— Oui, Christopher a été formidable avec lui. Il lui a apporté amour et éducation, mais sans jamais chercher à remplacer son père. Il l'a laissé choisir le degré d'affection qu'il voulait lui donner, et s'est toujours calé sur son rythme. J'ai fonctionné de la même façon et aujourd'hui, on est une véritable famille.

— Et quelle est cette histoire d'enfant kidnappé, qu'ils ont balancée dans l'article ?

— C'est à la fois vrai et faux. Vrai, parce que, oui, j'ai volé l'enfant à ses parents drogués et criminels pour essayer de le placer chez des gens aimants et sereins. Faux, parce que je n'ai bien entendu pas tué ou laissé mourir ce petit. C'est après avoir vu un reportage dans lequel son hypocrite et menteur de père lui demandait de rentrer que ce garçon a fui de chez sa famille adoptive et s'est noyé en se rendant chez ses parents…

Grace ramassa un caillou qu'elle fit rouler entre ses doigts.

— Si c'était à refaire, tu le ferais ?

— Je ne sais pas. Je me souviens de cet enfant toute la journée devant ce poste de télévision, mal nourri, battu, avec ses deux parents shootés et des gangs rivaux qui avaient juré de tous les tuer. Et les services sociaux qui me disaient qu'ils manquaient de preuve de maltraitance…

— Je comprends, répondit Grace sincèrement. Je ne sais pas ce que j'aurais fait à ta place. Mais une chose est sûre, je mesure encore mieux la malhonnêteté de cet article.

La Norvégienne hocha la tête et essuya les gouttelettes de bruine qui coulaient sur les taches de rousseur de son visage. Attentive à l'attitude de son homologue, Grace sentit qu'en cet instant précis, Sarah avait envie de se confier, mais qu'elle ne le dirait jamais ouvertement.

Probablement par pudeur, mais aussi parce qu'elle avait peur.

— Et vous souhaitez avoir d'autres enfants, avec Christopher ? reprit Grace d'un ton qui se voulait informel.

Sarah se laissa absorber dans la contemplation hypnotique du brouillard. Elle ne clignait même plus des yeux et son souffle était imperceptible. Ses lèvres frémirent, comme si elle essayait de les décoller l'une de l'autre pour parler. Elle posa une main maladroite sous son menton. Son regard luisait d'un éclat embué. Elle entrouvrit la bouche, mais sa mâchoire trembla et aucun son ne sortit. Elle luttait. Grace reconnut tous les signes d'une épouvantable montée d'angoisse. Elle posa sa main sur celle de Sarah, qui inspira brusquement.

— Lors... d'une de mes dernières affaires..., commença-t-elle, la gorge si nouée que sa voix en était à peine audible, j'ai été... violée par le monstre que je traquais. Il a commis ce crime alors que j'étais... anesthésiée. Et après sa mort, et l'enquête achevée, j'ai... découvert qu'il m'avait fait retirer mes organes reproducteurs, mais que j'étais enceinte de lui. Moi qui espérais ce miracle depuis des années.

Grace ne put réprimer le frisson d'horreur qui la traversa. Pendant quelques secondes, le clapotement du rivage fut seul à occuper l'espace. L'inspectrice écossaise sentait que Sarah contenait des spasmes. Mais elle perçut aussi qu'elle attendait, telle une condamnée sa sentence, qu'elle lui pose la question qu'elle redoutait le plus. Grace s'y employa, cette fois, avec toute l'humilité et toute la compassion qui étaient dans sa nature.

— Et tu as gardé l'enfant ?

Elle ne s'attendait pas à ce que Sarah lui saisisse la main, de ses doigts froids, agités de soubresauts.

— Oui, j'ai gardé le bébé. Il a grandi dans mon ventre et je l'ai aimé. Il est né. Et… je l'ai confié pour qu'il soit adopté par une famille qui le chérirait sans jamais projeter sur lui la cruauté dont il était le fruit. Parfois je le regrette, parfois je me dis que j'ai fait le seul choix que j'étais capable de faire… C'est un supplice d'incertitude permanent.

Sarah retira sa main et mordilla la peau de ses doigts.

Grace n'eut besoin de fournir aucun effort pour balayer toute retenue. Elle enlaça Sarah par les épaules et la tint dans ses bras.

— Quelle force d'âme, se contenta-t-elle de dire.

Et, dans ce qui était désormais la pénombre, les deux femmes demeurèrent l'une contre l'autre, partageant, sans ajouter un mot, l'abandon total pour la première et la compassion absolue pour la seconde.

Jusqu'à ce que Grace distingue une lueur flotter et grandir dans le brouillard. Semblable à une pupille orangée suspendue dans l'obscurité. Elle tendit l'oreille. Au mince clapotis qui s'échouait à quelques mètres de leurs pieds s'était ajouté un bruit de plongeon discret et régulier.

— Quelqu'un approche, chuchota-t-elle à Sarah.

Et en l'espace d'un clin d'œil, elles étaient debout, sur le qui-vive.

– 27 –

Le halo creva le brouillard, dévoilant les contours d'une lanterne suspendue à un crochet, lui-même fixé à la proue d'une barque. L'embarcation émergea lentement de la brume, en voguant sur l'onde dans un bruissement de gouttelettes. Le visage dans le noir, un individu de petite taille était assis à l'arrière, tenant une rame plongée dans les flots pour guider l'embarcation. Cette dernière s'arrêta lorsque le fond crissa sur les pierres de la rive. Le visiteur descendit délicatement dans l'eau. Il tenait une mallette d'une main, et de l'autre, il récupéra la lanterne accrochée à l'avant de la barque. Puis, chaussé de hautes bottes, il marcha jusqu'à l'îlot en levant les bras bien au-dessus de sa tête.

Il ne devait pas arriver plus haut que la poitrine de Grace. On aurait dit un homme d'une soixantaine d'années dans le corps d'un garçon de dix ans. Dans le balancier de la lanterne, elle distinguait son visage par intermittence. Les cheveux coiffés sagement d'une raie sur le côté à la façon d'un enfant de chœur, il avait une figure un peu pataude, les joues tombantes, le regard glissant vers le bas malgré de petites lunettes cerclées d'or qui lui donnaient un air savant. Précautionneux dans sa démarche, il semblait en pleine réflexion et ne releva la tête vers les deux enquêtrices qu'au dernier moment.

— Bonsoir Grace, bonsoir Sarah, dit-il en les scrutant avec une intensité à laquelle son allure de chien battu ne préparait pas. Je m'appelle Edgar Colinius. Je suis très heureux de vous voir ici, saines et sauves.

Sa voix était nasillarde, sans être désagréable. Notamment parce qu'elle avait un accent sincère et enjoué.

— C'est vous qui avez organisé notre évasion de Gaustad ? demanda Sarah.

— Oui, entre autres. D'après le rapport que j'ai reçu, tout s'est à peu près bien passé, non ? s'enquit-il en déposant soigneusement à ses pieds sa mallette et sa lanterne. J'espère que vos prénoms d'emprunt, Clara et Eleonore, vous plaisent.

— Oui, merci, répondit Grace, prudente. Mais pourquoi avez-vous fait ça ? Et qui êtes-vous exactement ?

Le petit homme hocha la tête.

— Vous avez dû entendre parler de l'ancien agent de la CIA qui informe actuellement toute la presse de certaines vérités cachées ?

— C'est vous ?

— Oui. Et je vais vous dire pourquoi je vous ai fait sortir de là et pourquoi on peut s'aider mutuellement. Si vous le désirez bien sûr, je ne vous force à rien. Mais pour convaincre, rien ne vaut un exemple. J'aimerais donc vous montrer quelque chose qui devrait vous inciter à collaborer.

Sarah fit un pas en avant.

— Collaborer à quoi ?

— Vous allez comprendre. Je vais vous dévoiler la prochaine révélation que je m'apprête à faire au monde.

Il s'accroupit et ouvrit sa mallette pour en sortir un chiffon de feutre plié.

Grace sentit Sarah s'impatienter à ses côtés, mais elle avait l'intuition qu'il fallait laisser cet homme aller au bout de son idée plutôt que de le brusquer. Non seulement elles lui devaient la vie, mais en plus, les alliés n'étaient pas légion, et il aurait été stupide de se mettre à dos la seule personne qui manifestait le souhait de les aider. Elle posa discrètement une main sur le bras de sa coéquipière, qui comprit le message et se tut.

Edgar Colinius mit le tissu sur la pierre plate où Grace et Sarah étaient assises quelques minutes avant.

— Approchez, sinon, vous aurez du mal à voir, dit celui qui s'était présenté comme un ancien agent de la CIA.

Grace fut la première à s'agenouiller, suivie de Sarah.

— Comme vous avez dû l'apprendre, l'îlot où nous nous trouvons a été fabriqué par un peuple qui a vécu ici à l'âge du fer, il y a deux mille huit cents ans environ. Ce lieu n'a ensuite jamais cessé d'être occupé jusqu'à récemment, et on a découvert ici même des vestiges du Moyen Âge et même de la fin du XVIIIe siècle. Ce qui n'a guère de sens. Pourquoi les hommes auraient-ils entretenu un endroit si minuscule, sans aucun intérêt stratégique, sur tant de générations ?

Grace et Sarah ne se hasardèrent pas à répondre. L'argument de la protection contre les bêtes sauvages leur avait semblé pertinent. Mais visiblement, on ne leur avait pas tout dit.

— Pourquoi venir se piéger ici à une époque où on savait bâtir des châteaux forts aux murailles épaisses de cinq mètres, juchés au sommet de montagnes ? Même à l'âge du fer, la construction de cet îlot en tant que refuge n'a aucun sens. On vivait déjà dans des villages protégés de hautes et solides palissades en bois et c'était le groupe qui faisait la force. Ici, on ne pouvait pas être nombreux, et il suffisait à l'ennemi d'attendre sur la rive que l'on finisse par se rendre faute de nourriture. Cette motte de terre n'a aucune valeur défensive. Ce sont des âneries que l'on a réussi à faire passer pour des vérités historiques.

— Et alors, quelle est votre explication ? intervint Sarah en parvenant tout juste à masquer son envie d'arriver au fin mot de tout cela.

— Ce lieu a véritablement été fouillé pour la première fois au milieu du XXe siècle. Ce que les archéologues d'alors ont découvert n'a jamais été révélé au public. Certains éléments particulièrement troublants retrouvés dans le sol de l'île ont été immédiatement confiés au MI6, puis au service de la CIA dont j'étais responsable, pour être analysés et conservés. Et vous allez comprendre pourquoi.

Edgar Colinius remonta ses lunettes d'un plissement de nez, puis, avec précaution, il déplia le tissu qui reposait sur la roche plate. Au cœur de son nid douillet se trouvait une plaque probablement en argile, grande comme la paume de la main. Les contours étaient brisés, signe qu'elle devait faire partie d'un plus large ensemble. À sa surface, on devinait des motifs noirs et ocre à moitié effacés.

— Les pigments sur cette tablette de terre cuite ont permis de déterminer qu'elle datait d'environ deux mille cinq cents ans.

Le petit homme approcha la plaque de la lumière de la lanterne. Bien que sommaire, la scène représentée était explicite. À gauche, un arc de cercle surmontant des vaguelettes schématisait une île minuscule. Au-dessus était dessinée une cabane, à côté de laquelle un individu levait le bras vers un objet que Grace ne parvint pas à identifier. Toujours en dehors de l'abri, un autre humain était attaché à un poteau. Et enfin, sur la droite, occupant la plus grande partie de la plaquette, une corpulente forme animale d'apparence aquatique, tournée vers l'îlot, ouvrait une gueule géante hérissée de dents pointues.

— Le monstre du loch Ness ? hasarda Grace, à la fois étonnée et dubitative.

— Cherry Island, sur laquelle nous sommes actuellement, ne doit son existence qu'à la nécessité de construire un sanctuaire destiné à nourrir la bête du lac. La créature ne pouvait pas s'approcher du rivage par manque de profondeur. Pour l'honorer, les peuples ont donc érigé cet îlot. Et cette tradition du sacrifice humain ici même s'est perpétuée jusque tard dans notre histoire.

Grace avait peine à croire ce que Colinius leur expliquait.

— Vous sous-entendez que la bête du loch Ness non seulement est réelle, mais qu'en plus, elle était déjà là il y a deux mille cinq cents ans ?

— Je ne le sous-entends pas, je l'affirme. Si nous ne possédons des preuves de son existence que depuis une installation humaine sur les rivages du loch Ness, le monstre est probablement bien plus vieux encore.

Grace prit la plaque d'argile et l'observa de plus près.

— Pourquoi l'aurait-on fait passer pour une légende, voire un canular ? demanda Sarah.

— Parce que toute forme de vie extraordinaire devient aussitôt un sujet d'étude pour les services secrets. Imaginez que cet animal permette aux États-Uniens de fabriquer de nouveaux médicaments, une nouvelle arme, ou de faire une découverte majeure sur l'histoire de la planète. Ils préfèrent être les premiers à l'analyser et garder son existence cachée jusqu'à ce qu'ils soient sûrs de l'avoir exploitée au maximum.

Grace regarda autour d'elle la brume qui lui sembla s'être éloignée de l'îlot, dévoilant la masse sombre du loch sous le ciel nocturne.

— Depuis tout à l'heure, vous parlez du monstre au présent, vous prétendez donc qu'il vit encore là, quelque part, dans les profondeurs ? Mais pourquoi ne le voit-on plus s'il était si connu jadis ?

Edgar Colinius sourit, à la façon d'un professeur heureux d'entendre un élève lui poser la question qu'il attendait.

— Une minute ! interféra Sarah. Excuse-moi, Grace, mais admettons que tout cela soit vrai, le monstre du loch Ness, les monolithes, le crâne humain plus ancien que la Terre, pourquoi tenez-vous absolument à faire toutes ces révélations au monde entier ? Et quel rapport avec Grace et moi ? Que fait-on au juste sur cet îlot à vous écouter ?

— Nous apprenons à nous connaître un peu mieux avant de collaborer plus activement contre Olympe, notre ennemi commun, reprit calmement le petit homme.

— Enfin, vous nous parlez d'Olympe ! répliqua Sarah. Grace et moi n'avons plus d'autre choix que de les faire condamner ou les détruire, et accessoirement laver notre honneur, pour retrouver nos proches. En quoi pouvons-nous travailler ensemble pour atteindre ce but ?

Edgar Colinius enveloppa la plaquette d'argile dans son écrin de feutre et la rangea dans sa mallette.

— D'abord, nous devons nous faire confiance et je n'ai pas l'impression que vous croyiez à ce que je viens de vous expliquer. Et cela me rend mal à l'aise…

Grace nota une nouvelle inflexion dans la voix de leur mystérieux sauveur, une forme de vexation que la sagesse des années avait tempérée, mais pas complètement éliminée.

— Alors, allez-y, dit Grace. On vous écoute.

Le petit homme salua l'Écossaise d'un mouvement de main, puis sortit prudemment une boîte en cuir de sa mallette.

— Nos ancêtres appelaient le monstre pour lui donner à manger. Les premières recherches archéologiques ont déterré le seul outil qui permettait de le faire venir à coup sûr, continua-t-il en accélérant son débit de parole.

Il déroula une fermeture Éclair sur l'étui en cuir et empoigna une cloche cabossée et rouillée d'au moins vingt centimètres de haut.

— C'est cet instrument que l'on voit être actionné par l'homme sur la tablette.

Puis, sans prévenir, il frappa à trois reprises la cloche d'une tige de métal, produisant une note puissante et aiguë.

Étrange impression que cette onde sonore se faufilant entre les déchirures de brume, de cet îlot où ne palpitait que la frêle lueur d'une lanterne. Même Sarah parut déroutée par ce signal d'un autre âge convoquant une créature mythique par-delà les siècles.

Alors que l'on percevait encore l'écho du dernier appel se perdre au loin dans le brouillard, Grace ne savait quoi penser. La venue du fameux monstre lui semblait improbable, mais Edgar Colinius avait l'air si sûr de lui.

Tous les trois s'étaient tus, guettant le moindre bruit qui trancherait avec le ténu murmure du ressac et le souffle de leur respiration. Grace scrutait la surface du loch, où se reflétait parfois un éclat de lune parvenu à percer la couverture nuageuse. Mais rien ne bougeait à l'horizon. Le lac demeurait lisse.

Jusqu'à ce que Sarah, qui surveillait de l'autre côté, lui touche l'épaule.

Grace se retourna et suivit du regard un endroit que sa coéquipière lui désignait du doigt. Un mélange d'appréhension et d'incrédulité lui électrisa la poitrine. Sans être certaine que ce n'était pas son imagination qui lui jouait des tours, il lui sembla voir l'eau adopter une forme bombée et mouvante qui se rapprochait de l'îlot à grande vitesse.

— Reculez, chuchota Edgar Colinius.

Les deux femmes firent plusieurs pas en arrière.

— Ce n'est pas possible, susurra Grace.

Et pourtant, la protubérance avait encore gonflé sous la masse obscure du lac et, bientôt, les rayons de lune se réfléchirent sur un énorme aileron qui fonçait dans leur direction.

Cette fois, il n'y avait plus aucun doute : une créature gigantesque émergeait des profondeurs. Et déjà les tonnes d'eau qu'elle déplaçait se cassaient avec fracas sur les berges.

— Reculez encore ! s'écria Edgar, qui se dirigeait à l'autre bout de l'îlot.

Grace et Sarah le rejoignirent au moment où une sonorité basse fit vibrer leur cage thoracique. À une petite dizaine de mètres, l'onde noire se fendit brutalement dans une explosion d'eau. Une masse sombre d'au moins la taille d'une grosse orque jaillit du lac. Terrorisée, Grace eut à peine le temps d'apercevoir sa mâchoire hérissée de dents acérées. Comme Sarah, elle se jeta à terre lorsque l'avant du corps de l'animal s'échoua sur l'îlot dans un tremblement de terre. Des bruits de branchages déchirés se mêlèrent à un râle caverneux. Une pluie de sable, d'eau et de pierre les fouetta. Puis la créature donna un violent coup de tête pour se retourner, et replongea dans le lac comme un rocher jeté du sommet d'une montagne. La vague provoquée les trempa intégralement et elles demeurèrent immobiles jusqu'au départ certain de la bête.

Grace se mit debout avec prudence. Le sol était sens dessus dessous, les pierres retournées et une partie des arbres brisés ou à moitié déracinés. Elle était sidérée et Sarah, qui se redressa à son tour, semblait être dans le même état.

— Maintenant, vous me croyez ? demanda Edgar Colinius en se relevant, les vêtements dégoulinants.

Grace allait se contenter de hocher la tête pour répondre, quand un coup de feu claqua dans l'air.

Le petit homme s'écroula au sol. Grace crut qu'elle était en train de rêver. Tout allait trop vite, trop fort.

C'est Sarah qui la plaqua à terre, au moment où une balle siffla juste au-dessus d'elle.

— Et on n'a pas d'armes ! vociféra la Norvégienne.

— Là…, bafouilla Edgar Colinius en posant une main faible et tremblante sur sa poitrine.

Grace chercha à l'endroit que le mourant désignait et en sortit un pistolet. Elle l'empoigna et fouilla l'obscurité du regard.

— Je ne vois rien !

— À trois, chuchota Sarah en saisissant la lanterne. Un, deux, trois.

Elle se leva d'un bond agile et lança le lampion en l'air le plus haut possible en direction du coup de feu.

Grace se dressa à ses côtés et eut une demi-seconde pour apercevoir une silhouette debout dans une barque à trois ou quatre mètres de l'îlot. Elle fit confiance à son habileté et tira à trois reprises au jugé avant de se remettre à couvert. On entendit une première éclaboussure probablement due à la lanterne qui retombait dans l'eau. Puis suivit une seconde, plus lourde, plus lente, comme celle d'un corps qui chuterait par-dessus bord.

Les deux femmes attendirent jusqu'à ce qu'elles perçoivent un crissement de pierres et de cailloux. Elles hasardèrent un regard et, dans l'obscurité, elles distinguèrent la proue d'une barque échouée sur la berge.

Son arme braquée devant elle, évoluant à la faveur de quelques éclats de lune, Grace approcha du canot. Il était vide. Mais un liquide foncé avait coulé dans le fond. Le tireur avait été touché et avait basculé dans le lac. Il était probablement mort noyé.

Elle retourna en arrière et vit que Sarah cherchait à arrêter l'hémorragie de la blessure d'Edgar sans y parvenir. Elle s'accroupit à leurs côtés. Le petit homme avait perdu ses lunettes et les observait d'un œil flou.

— Olympe a dû… vous injecter des… mouchards à l'hôpital… Faites-les enlever au plus… vite…

Il cracha du sang. Grace se sentait désemparée. Elle attrapa son téléphone.

— Surtout pas…, tenta d'articuler Colinius. Allez là…, dit-il en leur tendant un papier. Ce sont les coordonnées de notre… communauté.

— De quoi parlez-vous ? demanda Grace. Et quel rapport avec ce monstre, nous et Olympe ? Vous nous devez des réponses !

— Ce monstre et toutes les révélations que j'ai faites… ces dernières semaines… ce sont des armes contre Olympe.

— Quoi ? s'étonna Sarah, sans cesser sa pression sur la blessure.

— L'humanité est à un carrefour… C'est notre ultime chance de choisir le bon chemin.

Et alors qu'il leur adressait un étrange sourire, son visage se figea dans un masque morbide.

– 28 –

Assises à l'arrière du petit bateau du pêcheur qui les avait déposées sur Cherry Island quelques heures plus tôt, Grace et Sarah se contrôlaient pour ne rien montrer de leur fébrilité. Avant que le fils Duff n'arrive, elles avaient enterré le corps d'Edgar Colinius et caché sa barque ainsi que celle de l'assassin derrière des arbres de l'îlot. Puis elles avaient attendu le bateau sur le rivage, afin de laisser dans les ténèbres les dégâts commis par le monstre.

— Alors, cette méditation ? demanda le jeune homme debout devant les commandes, sa casquette claquant au vent de la nuit.

— Très bien, mentit Grace. Cette île est un vrai havre de paix.

— Comment vous avez fait pour vous tremper comme ça ? Vous vous êtes baignées tout habillées ?

— Un malencontreux petit accident, répondit l'inspectrice écossaise.

Le pêcheur tourna un regard malicieux vers ses clientes.

Grace le laissa imaginer ce qu'il voulait, tant qu'il ne leur posait pas plus de questions.

— Bon, faut pas tarder à rentrer, vous allez attraper la crève.

L'embarcation se cambra brutalement sous la poussée soudaine des moteurs.

— Ne vous inquiétez pas, je connais ce lac par cœur, même de nuit. Il n'a plus de secret pour moi, s'écria le pilote.

Si tu savais, s'amusa Grace en promenant son regard sur le sillon d'écume laissé par le bateau. D'un œil anxieux, elle guettait la surface de l'onde noire, et s'assurait sans cesse que la mallette d'Edgar était bien fermée et parfaitement calée entre ses pieds.

Bientôt, elles virent la silhouette du château d'Urquhart enfler à mesure qu'elles approchaient du ponton. Dominant le lac sur leur roche, les ruines étaient encore plus impressionnantes. Grace se tendit. La présence d'un ou plusieurs autres hommes de main envoyés par Olympe était à redouter. Surtout s'ils pouvaient les suivre à la trace. Avec une seule arme et sans équipement de vision nocturne, elles feraient des cibles faciles.

— Coupez le moteur et déposez-nous tout au bout du débarcadère le plus discrètement possible, ordonna Grace au jeune pêcheur, qui manœuvrait. Et éteignez les lumières, s'il vous plaît.

— Pourquoi ?

— Parce qu'on a envie de profiter de ce lieu unique dans le calme.

Le fils Duff arrêta les machines pour laisser filer l'embarcation en silence jusqu'au ponton. Les éclaircies de la demi-lune suffisaient tout juste pour discerner les contours des formes. Le cœur battant, les deux femmes scrutaient cette semi-obscurité, traquant le moindre signe de danger.

— Je prends la mallette et tu gardes le pistolet de Colinius, murmura Sarah, alors que le bastingage venait de cogner sur une bouée d'amarrage. J'ai plus de chance de m'en sortir que toi, sans arme.

Depuis qu'elle avait vu la Norvégienne neutraliser deux membres de la sécurité dans son bureau, Grace pouvait difficilement lui donner tort.

— OK, mais je pense qu'on ne devrait pas rejoindre notre véhicule, chuchota-t-elle en sautant à terre avant que le bateau ne soit stabilisé. Il y a des risques qu'il soit piégé.

— Vous avez une voiture ici ? demanda Sarah à voix basse au pêcheur, en gagnant également le ponton, la mallette à la main.

— Euh, oui… pourquoi ?

Sarah sortit de sa parka une liasse de livres sterling.

— Voici pour vous, donnez-nous les clés. Et un conseil, ne discutez pas.

— Quoi ? Mais… mais… qu'est-ce que c'est que cette histoire ?

Sans prévenir, Sarah plongea sa main dans la poche intérieure du manteau de Grace et en tira le pistolet, qu'elle braqua à hauteur du visage du jeune homme.

— Prenez l'argent. Et il risque d'y avoir des échanges de tirs, restez caché dans votre bateau à plat ventre jusqu'à ce que vous n'entendiez plus de coups de feu. C'est plus prudent.

L'inspectrice norvégienne écrasa les billets dans la main tremblante du fils Duff.

— Les clés…, réclama-t-elle.

— Là… voilà…, dit-il en lui tendant un porte-clés en forme de bouchon de pêche. Le 4 × 4 est sur le parking.

— On l'a vu en arrivant, confirma Sarah, avant de lui faire signe de retourner dans son bateau. Une autre question, il y a un allume-cigares ?

Grace regarda sa coéquipière, interloquée.

— Euh, oui…, répondit-il.

— Avez-vous un couteau de pêche ? ajouta Sarah.

Le jeune homme attrapa un Opinel dans la poche arrière de son pantalon et le donna à l'étrange femme qui le tenait encore en joue.

— Maintenant, planquez-vous.

Le type ne se fit pas prier pour s'allonger dans le fond de l'embarcation.

Grace n'était pas très fière du traitement réservé à leur convoyeur, mais elle se retint de lui adresser une parole réconfortante. Pour sa sécurité, mieux valait qu'il continue à les craindre, afin qu'il reste caché le plus longtemps possible.

— Contournons le château sans passer par le chemin principal, proposa Sarah en redonnant l'arme à feu à sa camarade.

— Que vas-tu faire avec le couteau et l'allume-cigares ?

— Plus tard, rétorqua Sarah.

Aux aguets, les deux femmes se tapirent dans l'ombre, bustes penchés, et en longeant les vestiges d'une ancienne enceinte qui protégeait leur flanc gauche. Elles progressaient à bonne vitesse, malgré leurs vêtements mouillés qui ralentissaient leurs mouvements. Elles parvinrent, essoufflées, au sommet de la petite colline, face à une muraille qui partait du donjon encore en partie debout, et bloquant toute tentative vers la gauche. Pour se rendre au parking, elles allaient devoir faire le tour de tout le château et redescendre la butte du côté opposé.

— Utilisons au maximum la protection des ruines pour avancer, proposa Sarah.

Elle hasarda un coup d'œil derrière la muraille. Rien. Uniquement d'autres vestiges en haut d'une côte et dont on devinait à peine la silhouette dans l'obscurité.

— De toute façon, il faut y aller, dit-elle en serrant la mallette contre elle.

Elle s'inclina pour franchir l'angle du rempart. Le coin du mur vola en éclats dans un déferlement de balles.

— On nous tire dessus à l'arme automatique, précisa Sarah entre deux respirations haletantes. On n'a aucune chance en passant par ici.

— Le donjon, chuchota Grace. Il y a une ancienne ouverture pour y entrer de ce côté. Au deuxième étage, il rejoint un chemin de ronde qui mène au parking. On peut tenter de passer par là, sauf qu'il n'y a plus d'escalier pour descendre, il faudra sauter…

Ni l'une ni l'autre n'eut le temps de réfléchir davantage. Des bruits de pas dévalaient la pente d'où étaient venus les tirs. On leur fonçait dessus pour les achever à bout portant.

La mallette toujours en main, Sarah se rua droit vers l'arche au pied du donjon, talonnée par Grace, qui entendit quelqu'un arriver à l'angle de la muraille à l'instant où elle franchissait le seuil de la tour. La Norvégienne grimpait déjà l'escalier en colimaçon à une vitesse avec laquelle Grace ne pouvait rivaliser. La panique la gagna quand elle perçut le souffle de son poursuivant qui avalait les marches derrière elle. Elle se retourna pour tirer à l'aveugle. Une nouvelle rafale assourdissante lui répondit en balayant le mur juste au-dessus de son épaule. Une main dérapa sur son dos. Grace hurla et voulut faire feu, mais un coup puissant sur le poignet lui fit lâcher son arme. Puis on l'agrippa par-derrière et on la tira brutalement.

Dans un réflexe de survie, elle parvint à laisser glisser sa parka, mais trébucha sur une marche. Elle courut presque à quatre pattes jusqu'au palier et roula sur le chemin de ronde pour s'arrêter au bord du vide. Le temps qu'elle tourne la tête, l'homme surgit en visant son crâne.

Pris dans sa course, il n'avait pas remarqué Sarah, plaquée dos au mur. Elle le frappa d'un violent coup de poing à hauteur du nez, saisit le fusil qu'il avait dû brièvement libérer de son étreinte, et le retourna contre lui. La crosse coincée contre l'épaule, la tête penchée au-dessus du viseur, la Norvégienne le tenait en joue.

— À genoux ! Mains en l'air ! ordonna-t-elle.

L'homme d'une trentaine d'années, aux cheveux courts et au regard noir, s'agenouilla lentement. Et en un éclair, il attrapa un couteau à sa jambe et le lança d'un mouvement sec.

Sarah évita la lame de justesse, mais se déconcentra une seconde de trop. L'individu se jeta sur elle et lui arracha le fusil d'assaut. Il allait lui décocher un coup de crosse en pleine figure, quand il fut percuté de plein fouet par Grace. Il trébucha en arrière sur le parapet et laissa échapper son arme, qui tomba dans le vide. Sarah lui envoya son pied dans le visage. L'assassin encaissa le premier coup, mais bloqua le suivant en saisissant la jambe de la Norvégienne.

— Les autres arrivent, vous êtes foutues ! cria-t-il.

Grace sentit le moment où la situation allait mal tourner. L'homme paraissait particulièrement fort et Sarah ne parvenait pas à lui faire lâcher prise. L'Écossaise le frappa de nouveau au visage avec le talon de sa chaussure. Cette fois, on entendit un craquement osseux et du sang s'épancha de derrière le crâne de l'assaillant.

Sarah courut à toute allure le long du chemin de ronde pour rejoindre le parking. Grace avisa la mallette que sa coéquipière avait laissée derrière elle, et l'emporta avec elle. Elles fonçaient toutes les deux en essayant de ne pas tomber. Martelées par leur course effrénée, les vieilles pierres du passage surélevé menaçaient de se désolidariser à chaque instant. Et en voulant rattraper Sarah, qui la devançait, Grace se tordit la cheville sur une brique mal ajustée. Elle tomba et dans un réflexe de survie lâcha la mallette pour se retenir de justesse à une roche saillante qui lui évita de basculer dans le vide.

Sarah s'était retournée vers elle, prête à intervenir. Mais Grace avait réussi à se relever et reprenait déjà sa course.

Elles parvinrent au bout du chemin, devant l'abîme donnant sur le parking. Grace s'arrêta à côté de Sarah en manquant déraper. Elles étaient au moins à quatre mètres du sol. Et si Sarah pouvait espérer s'en arranger, Grace était certaine de se rompre les os.

Le temps de son hésitation fut écourté par une série de déflagrations et de geysers de poussière qui éclatèrent à quelques centimètres derrière elle.

Elles firent volte-face pour voir le tueur debout, marchant en titubant vers elles, un pistolet à la main.

— Descends dos à la paroi, ordonna Sarah, je te retiens le plus bas possible !

Grace ne s'en sentait pas capable, mais l'homme se rapprochait, et deux balles sifflèrent à leurs oreilles.

Grace s'agenouilla pour se laisser glisser le long du mur. Sarah s'était allongée et la tenait à bout de bras. Sa prise solide, ferme, inspirait une confiance absolue.

— Pousse sur le mur et roule en arrivant au sol ! Un, deux, trois !

Grace donna une impulsion maladroite et sauta dans le vide. La chute lui parut interminable, tout le bas de son corps sembla remonter vers son visage. Le choc à la réception fut si brutal qu'elle eut l'impression que ses genoux allaient transpercer sa mâchoire. Elle avait heureusement conservé des réflexes de ses nombreux entraînements et roula avec agilité. Mais la plante de ses pieds n'était plus qu'une plaque de douleur qui irradiait un courant électrique le long de ses jambes et l'empêchait de courir.

— La voiture est là ! cria Sarah en roulant à côté de Grace et en se relevant aussitôt.

— Je ne peux plus marcher ! répondit l'Écossaise en guettant le sommet du rempart.

La silhouette du tueur surgit dans la lumière de la lune. Sarah et Grace se tassèrent derrière un muret en ruine, qui subit aussitôt le feu de leur adversaire. De là où elles étaient, le 4 × 4 n'était plus qu'à quelques foulées.

— Mes jambes…, ragea Grace.

— Tiens-toi prête, murmura Sarah. Je vais chercher la voiture.

L'Écossaise se recroquevilla encore davantage. Au même moment, Sarah fonça vers le véhicule en zigzaguant. Les balles éclatèrent à côté d'elle. Puis tout s'arrêta et Grace entendit la lourde réception de l'homme au sol, suivie du tambourinage de ses pas. Il allait venir l'abattre. À l'abri du mur, elle rampa vers le parking.

Le tout-terrain démarra dans un crissement de pneus et roula à reculons droit sur Grace, l'évita de justesse, dérapa et écrasa l'assassin entre le pare-chocs arrière et le mur. La porte passager s'ouvrit, Grace monta à bord et Sarah repartit en laissant retomber derrière la voiture celui qui avait tenté de les tuer. Elle s'arrêta cinq mètres plus loin, sortit du véhicule, ramassa le pistolet du cadavre et se réinstalla au volant.

— On s'éloigne et, ensuite, il faut absolument retirer nos mouchards, lança-t-elle en poussant le moteur à fond sur la route qui luisait des sporadiques rayons de lune.

Grace jeta un dernier coup d'œil au corps de l'homme qui avait voulu les tuer. Elle se demanda combien d'horreurs elles devraient encore affronter avant de détruire la multinationale… ou de périr elles-mêmes.

Elle prit un mouchoir qu'elle avait trouvé dans la boîte à gants, et essuya son visage souillé de poussière collante, avant d'en tendre un propre à sa coéquipière.

— Merci.

— Merci à toi… Je n'aurais jamais survécu seule à ce qui nous est tombé dessus.

Sarah hocha la tête avec un léger sourire.

— Moi non plus. Comment vont tes jambes ?

— Ça commence à passer. Ça va aller. C'était juste le choc.

Puis le silence se fit, comme si l'une et l'autre avaient compris tacitement qu'elles avaient besoin de s'accorder du temps pour reprendre leurs esprits.

Une dizaine de minutes plus tard, Sarah quittait la route principale pour s'enfoncer sur un chemin forestier. Elle stoppa le véhicule, éteignit les phares mais laissa tourner le moteur. Puis elle inspecta ses mains en les éclairant une à une avec la lampe de son téléphone. Elle caressa sa nuque d'un air concentré sans paraître satisfaite.

— Déshabille-toi, dit-elle à Grace.

– 29 –

— Quoi ?

— Enlève seulement le haut. La puce ne nous a pas été injectée à un endroit immédiatement visible, afin qu'on ne la repère pas.

Grace retira sa polaire et son tee-shirt, jusqu'à se retrouver en soutien-gorge. Elle sentit alors la pulpe des doigts de Sarah inspecter avec délicatesse la peau de son dos. Elle frissonna de froid et peut-être de plaisir. Malgré le danger et la peur, le contraste entre la fraîcheur de l'atmosphère et la chaleur des mains de Sarah parvint à provoquer un bref jaillissement de volupté. Grace se délecta à cette source sans mot dire, comme on vole un moment de jouissance au cœur du chaos.

— Là, déclara Sarah en exécutant de petits cercles sur la hanche droite de Grace.

L'Écossaise regarda à son tour et vit effectivement une minuscule boursouflure sur la partie la plus charnue de sa taille.

— Que comptes-tu faire ?

— L'enlever.

— De quelle manière ?

Et avant que Sarah ne réponde, Grace comprit pourquoi elle avait demandé son Opinel au pêcheur et si sa voiture était équipée d'un allume-cigares.

— Tu sais que je te fais confiance, mais es-tu sûre de toi cette fois ? On ne ferait pas mieux d'aller voir un… médecin ?

— Tu sais comme moi que l'on n'a pas le temps. Ne t'inquiète pas, j'ai été entraînée à ce genre d'opération dans les forces spéciales.

— C'est loin d'être mon cas, mais je te laisse faire.

Sarah enclencha l'allume-cigares, puis sortit de la voiture et s'accroupit devant une roue. Surprise, Grace entendit comme un frottement métallique répété. Elle se pencha dehors et vit sa coéquipière en train d'aiguiser le couteau sur une des jantes du 4 × 4. Sarah remonta dans l'habitacle et récupéra l'allume-cigares, qu'elle plaqua sur la lame pour la chauffer à blanc. Elle attendit quelques secondes.

— OK, on y va, dit-elle. Donne-moi un mouchoir et ne bouge surtout pas.

Grace se crispa et sentit l'Opinel couper la peau puis s'enfoncer dans la chair. Elle serra les dents et la poignée de la portière. Elle pouvait mentalement voir son épiderme s'écarter sur le passage du métal tranchant, et le sang couler le long de sa hanche.

— Je la vois, déclara Sarah. Je l'extrais et c'est fini.

La percée de la pointe du couteau dans la chair à vif arracha un cri de douleur à Grace.

— Je l'ai.

Sur la plage avant du véhicule, Sarah posa un objet aussi petit qu'un grain de riz, qu'elle écrasa d'un coup sec avec le manche de l'Opinel.

— Une de moins. Maintenant, on cautérise et ensuite, c'est mon tour.

Grace regarda l'allume-cigares s'enclencher le cœur battant d'appréhension. Le clac de fin de charge la fit sursauter, mais elle n'eut pas le temps d'avoir peur. Sarah chauffa à blanc la lame de l'Opinel, resserra la plaie entre le pouce et l'index, et y posa uniquement la tranche non coupante du couteau.

Grace avait déjà subi des blessures, mais jamais une douleur si aiguë. Elle hurla dans le creux de son bras, tandis qu'une odeur de chair cramée envahissait l'air.

— C'est terminé, lâcha Sarah en posant avec douceur la paume de sa main sur la hanche meurtrie de sa camarade. Tu garderas une petite cicatrice, mais c'est peu cher payé pour nous sauver la vie.

Grace reprenait son souffle alors que la brûlure diminuait lentement en intensité. Elle osa un coup d'œil vers sa taille et fut surprise de constater la finesse du travail accompli. Là où elle s'attendait à trouver une masse informe de cloques et de sang noirci, elle ne découvrit qu'une mince ligne rouge bien nette.

— Sacré boulot, approuva-t-elle en se rhabillant.

— Merci, dit Sarah, qui avait déjà retiré son tee-shirt.

Sous le regard attentif de Grace, elle procéda aux mêmes gestes sans trembler, s'autorisant un imperceptible gémissement de douleur lors de la cautérisation. Elle détruisit ensuite la puce, dont elle jeta les débris à l'extérieur.

Puis elle roula sur cinq kilomètres, pour s'arrêter sur un autre chemin tracé entre les arbres. Cette fois, elle coupa le moteur et s'appuya sur le repose-tête.

— Je n'arrive pas à admettre ce dont on vient d'être témoins, dit Grace, qui s'accorda également un instant de répit. On ne pourrait pas avoir preuve plus flagrante de l'existence du monstre du loch Ness, mais je ne parviens toujours pas à croire que ce que nous avons vu est bien réel. C'est si…

— Improbable. Pour ne pas dire impossible. J'ai l'impression de l'avoir rêvé aussi. Pourtant, c'était bien là.

— Je ne comprends pas non plus les dernières paroles de ce Colinius… Ce monstre comme tout ce qu'il a révélé sur les monolithes et ce crâne seraient une arme contre Olympe.

— Je n'ai pas plus d'idée.

— Et cette histoire de communauté ? Qu'y a-t-il d'écrit sur le morceau de papier qu'il nous a donné ?

Sarah chercha la note dans ses poches trempées.

Grace regardait la forêt plongée dans l'obscurité, ses yeux commençaient à brûler de fatigue et son esprit était désormais plus embrumé que la surface du loch. *Quelle folie*, pensa-t-elle en revoyant Edgar leur montrer la tablette d'argile, puis la bête surgir de l'eau et s'écraser sur l'île toute gueule ouverte. Comment le monde allait-il réagir en découvrant son existence ? Le choc serait phénoménal, d'autant que la nouvelle viendrait s'ajouter aux révélations précédentes.

— Saint-Kilda…, lut Sarah en tenant le bout de papier devant elle. C'est tout ce qu'il y a d'écrit. Cela te parle ?

— J'ai déjà entendu ce nom, répondit Grace après réflexion. Il est associé à quelque chose d'assez triste, dans mon souvenir, mais je suis incapable de me rappeler ce dont il s'agit. Et puis, je suis si… épuisée.

— On trouve un endroit pour dormir, déclara Sarah. Ensuite, on se renseigne sur Saint-Kilda.

Dans l'habitacle, seul le visage de la Norvégienne était éclairé par la lueur bleutée de son téléphone.

— Il y a un lodge dans la forêt, pas très loin d'ici, dit-elle. Il reste apparemment une chambre à louer.

Elles reprirent la route et arrivèrent peu de temps après dans le jardin d'une belle maison nichée entre les arbres, et dont les fenêtres baignées d'une lumière chaude lui donnaient des airs de chaumière féerique.

Une imposante femme âgée vint les accueillir dehors malgré le froid et l'heure tardive. Elle leur souhaita la bienvenue et les accompagna jusqu'à une chambre douillette aux teintes parme.

— Le petit déjeuner est servi à partir de 7 heures, si vous voulez. Passez une bonne nuit et ne vous inquiétez pas si vous voyez des lueurs flotter devant votre fenêtre. Les fées sont toujours curieuses des nouvelles arrivantes.

— Il y a des fées ici ? demanda Grace avec un léger sourire, avant de se rappeler qu'elle venait d'être témoin de l'existence du monstre du loch Ness.

— Vous n'y croyez pas ?

Grace ignorait si elle était sérieuse ou non.

— Je ne sais pas, pourquoi pas ?

— Vous savez, avec ce qu'on découvre en ce moment, comme cette histoire de monolithes et de crâne sans âge, on n'est pas à l'abri d'être étonné par le monde qui nous entoure. Et ça ne fait de mal à personne d'avoir ce petit coin d'enchantement à l'intérieur de soi, non ?

— Ça nous va très bien, répondit Sarah. Et cela fait bien longtemps que nous cherchons à nous reposer dans un lieu si charmant.

Satisfaite, la propriétaire les salua et referma la porte, que Sarah verrouilla derrière elle.

Grace s'assit sur le lit.

— Quand je pense que ce matin, nous étions encore enfermées à Gaustad, soupira-t-elle. Même si je sais tout ce qui nous attend, y compris le pire, je ne peux m'empêcher de me réjouir d'être libre.

— Ne méprisons pas les miracles de la vie, répondit Sarah en regardant par la fenêtre. J'espère simplement que Christopher et Simon sentent que je vais bien.

— Tu n'as pas un moyen de le leur faire savoir ?

— C'est malheureusement trop risqué. On peut être certaines qu'Olympe les surveille.

Grace retira sa polaire, qu'elle posa sur le dossier d'une chaise.

— Alors, Saint-Kilda, dit-elle.

Sarah demeura debout, en contemplant les étoiles avant de prendre son téléphone. Elle effectua quelques recherches, jusqu'à être pleinement absorbée par ce qu'elle était en train de lire.

— Saint-Kilda est un archipel de sept îles au large de l'Écosse. La principale s'appelle Hirta. C'est la dernière terre du Royaume-Uni à l'ouest, à plus de cent soixante kilomètres de la côte écossaise…

Elle s'arrêta, surprise.

— Quoi ? s'interrogea Grace.

— Elle est inhabitée, à l'abandon. On n'y trouverait plus que les ruines d'un village fantôme occupé par une communauté il y a près de cent ans.

– 30 –

Les deux inspectrices quittèrent leur logis à l'aube, après une nuit de sommeil trop courte et trop agitée pour être vraiment reposante. Grace s'était réveillée à plusieurs reprises, persuadée qu'un infirmier entrait pour lui faire une injection de force. Et Sarah s'était relevée en criant vers 2 heures du matin. Elle s'en était excusée au petit jour et Grace lui avait fait croire qu'elle n'avait rien entendu.

L'Écossaise conduisait maintenant en sirotant un thé que la propriétaire du bed and breakfast leur avait préparé pour le voyage, et se répétait les étapes du trajet qui les attendait : d'abord rallier l'île de Skye par le pont, puis gagner le port d'Uig à l'extrême pointe ouest. Et de là, il leur faudrait dénicher un bateau pour rejoindre l'île de Hirta à plus de trois heures de navigation.

— Avant de partir, j'ai essayé de voir s'il fallait réserver la traversée pour Hirta, commença-t-elle, mais je n'ai trouvé que des sites Internet non actualisés. Je n'ai pas eu le temps de creuser. Tu regardes ?

— Je suis justement dessus, répondit Sarah, dont le teint cireux montrait à quel point elle était encore fatiguée. Et c'est bizarre, il n'y a aucune information qui soit à jour. Attends… non…

— Quoi ?

— L'archipel n'est plus accessible au public depuis qu'il a été racheté par une entreprise privée, il y a un an. L'article explique que le gouvernement écossais a accepté de vendre cette terre devenue inutile et inexploitée, en échange d'une somme colossale qui a permis de combler une grande partie de la dette du pays.

— Ça ressemble fort à une opération d'Olympe. Mais pourquoi Colinius nous aurait dit de nous rendre là-bas ? Ça n'a pas de sens.

Sarah frotta ses yeux larmoyants de fatigue.

— Que ce soit pour trouver un bateau ou savoir qui détient cette île, on verra le moment venu, répondit la Norvégienne en penchant la tête contre la vitre. Mais là, je suis désolée, je vais essayer de dormir un peu. On a trois heures de route, c'est cela ?

— Repose-toi, je te réveille dès que je me suis assoupie et qu'on a foncé dans un arbre.

— Ce sont peut-être tes blagues qui m'épuisent.

Sarah abaissa le dossier de son siège au maximum. Et dix minutes plus tard, le souffle régulier de sa respiration trahit son apaisement.

Seule face à ses questions et ses peurs, Grace s'enivra des paysages comme autant de liqueurs. Sous la bruine persistante, chaque muret de pierres écroulées longeant une rivière torrentueuse devenait prétexte à imaginer les êtres qui avaient jadis foulé cette route à pied ou dans des charrettes, en quête de commerce ou d'une nouvelle terre. Les aiguilles de roche noire tranchant sur le vert détrempé des prairies lui faisaient penser à des essaims de cristaux recouverts en d'autres temps par les flots originels. Et ces fourrures rousses à franges dégoulinantes de pluie, d'où dardaient deux élégantes arabesques beiges, n'étaient peut-être pas des vaches Highlands, mais des créatures légendaires échappées du troupeau d'un dieu. Ce qui n'était peut-être pas si absurde, puisque Grace se souvenait que ces affectueuses masses de laine étaient la plus vieille espèce de vache au monde.

Habituée à tricoter des histoires dans son esprit grâce à son amour de la lecture, Grace adressa une pensée reconnaissante à sa passion qui l'éloignait provisoirement de ses angoisses. Même si les gémissements ou les soubresauts de Sarah sur le siège passager lui rappelaient combien elles avaient souffert et combien leur avenir était sombre. Et c'est avec un pincement au cœur qu'elle vit trois heures après leur départ le panneau indiquant la proximité du port d'Uig.

La pluie fine se dissipa et malgré sa dominante grise, le ciel s'autorisa quelques taches bleutées. Le panorama s'aplanit tout en s'élargissant pour s'ouvrir en contrebas sur une vaste baie, où l'on devinait les sillons mousseux des bateaux qui partaient ou arrivaient.

— Sarah, on y est, chuchota Grace affectueusement.

La Norvégienne s'étira.

— Ça va mieux ?

— J'ai encore crié ?

— Non, quelques plaintes, mais rien de violent.

— Quelle heure est-il ?

— Presque 9 h 30.

Elles suivirent la route à flanc de colline qui descendait vers la baie, et se garèrent non loin du terminal des ferries, un bâtiment blanc sans charme qui ressemblait à un container.

Derrière un guichet, un employé aimable leur confirma que l'archipel de Saint-Kilda n'était effectivement plus accessible au public et qu'aucun bateau ne s'y rendait. Les pêcheurs avaient d'ailleurs interdiction de s'en approcher à moins de vingt kilomètres. Quand elles demandèrent pourquoi, on leur répondit que c'était un ordre du nouveau propriétaire des lieux. Individu dont on ne savait d'ailleurs rien.

— Même si elle a été privatisée, des personnes doivent quand même encore se rendre sur l'île. Comment font-elles ? s'enquit Sarah.

— Je n'en sais rien. Elles doivent avoir leur propre moyen de navigation.

— Et par hélicoptère ?

L'employé secoua la tête d'un air un peu moqueur.

— Ce serait le crash assuré, les vents sont beaucoup trop violents et imprévisibles. Ici, ça souffle énormément, imaginez à trois heures de là dans les Hébrides extérieures, c'est déjà la haute mer ! D'ailleurs, c'est à se demander ce que des gens sont allés faire dans un endroit si éloigné de la civilisation.

— Si je vous dis que c'est Edgar Colinius qui nous envoie, osa Grace, ça ne change rien ?

L'homme derrière le guichet la regarda, circonspect.

— Euh, non… cela devrait ?

— J'aurais aimé.

Quand elles ressortirent, le ciel était de nouveau couvert, des rafales plaquaient les vêtements des rares visiteurs et les obligeaient parfois à trottiner vers l'avant comme si on venait de leur asséner une robuste frappe dans le dos.

— Il me faut absolument un manteau, dit Grace, qui grelottait. J'ai vu une boutique à l'entrée du village.

Les deux inspectrices s'y rendirent et l'Écossaise trouva la tenue parfaite pour affronter le vent et la pluie. Elles en profitèrent pour poser les mêmes questions à la vendeuse, qui leur conseilla d'aller se renseigner au bar, c'est là-bas que les informations circulaient le plus.

Cinq minutes plus tard, Grace et Sarah pénétrèrent dans l'unique bar d'Uig, qui faisait face au port.

Elles étaient les seules clientes et discutèrent longuement avec la tenancière du café, espérant finir par lui soutirer une façon de se rendre sur Hirta. Mais la femme brune d'une cinquantaine d'années, filiforme, tatouée et piercée, leur parlait de tout ce qu'il était possible de faire dans le coin sauf de la visite de l'archipel.

— Au fait, je m'appelle Eleonore et voici Clara, dit Grace, en espérant que ces deux noms déclencheraient une réaction chez leur interlocutrice.

— Sybille, enchantée. C'est rare, les clients qui ont le temps de discuter comme vous, alors j'en profite, rigola-t-elle en passant un coup de torchon sur son bar.

— Vous nous avez parlé de toutes les îles du coin, mais pas de Saint-Kilda. À quoi ressemble l'île principale, Hirta ? Vous avez certainement pu y aller avant sa privatisation.

— Que j'y sois allée ou non, on s'en moque, pour tout dire. Cet endroit est de toute façon un peu dingue. Vous imaginez, ce caillou de roches et de terre se prend des vagues de douze mètres quasiment tous les jours, il est à cent soixante kilomètres des côtes écossaises et la mer s'écrase sur ses falaises, qui sont les plus hautes du Royaume-Uni. Vous savez le plus curieux ? On y a retrouvé des vestiges qui datent de la préhistoire ! Vous vous rendez compte !

Pensive, la barmaid essuya un verre qu'elle posa ensuite sur une étagère derrière elle, avant de reprendre de plus belle.

— Il y a peut-être cinquante mille ans, les mecs se sont dit, allez, je grimpe sur mon radeau foireux et je vais voir ce qu'il y a là-bas derrière l'horizon. Mais comment ont-ils fait pour ne pas tous crever en route ? Et puis, surtout, pourquoi ? Pourquoi aller risquer sa vie, juste pour… pour voir plus loin ? Il n'y a que l'humain pour s'amuser à faire des trucs pareils.

Un couple de clients décoiffés entra et prit place à une table en se frottant les épaules.

— À ce propos…, commença Sarah. Pour tout vous dire, si on est venues jusqu'ici, c'était justement pour nous amuser en tentant l'aventure de Saint-Kilda. Alors depuis qu'on nous a affirmé que ce n'était pas possible…

— Ah ça, vous n'êtes pas les seules à être déçues, mais bon, c'est la mode de tout privatiser.

— Il y a quand même un détail que je ne comprends pas, reprit Grace en parlant plus doucement afin que la barmaid se rapproche. Hier, du côté d'Inverness, un homme nous a dit qu'on devait vraiment nous rendre sur Saint-Kilda si on voulait vivre quelque chose de spécial. Il avait l'air de bien connaître le coin et il nous l'aurait dit si ce n'était plus possible. Il s'appelait Edgar Colinius.

La tenancière ne parut pas plus réagir que l'employé du terminal des ferries, et elle se contenta de hausser les épaules avant d'aller demander aux deux nouveaux arrivants ce qu'elle pouvait leur servir. Quand elle revint, elle tourna le dos à Grace et Sarah sans plus leur adresser la parole.

— J'ai dit quelque chose qu'il ne fallait pas, hasarda Grace après avoir consulté sa coéquipière du regard.

La barmaid finit par se retourner et déposa un papier sur le comptoir.

— Tenez, voilà la note. Et bonne aventure à vous, mesdames, lança-t-elle suffisamment fort pour que le couple attablé l'entende.

Grace se saisit du papier et lut : « Dock 5 ».

Elle fit passer le mot à Sarah et paya les deux cafés.

— Merci et peut-être à la prochaine ! dit Grace en quittant le bar.

— Bonne visite, répondit la tenancière comme si elle s'adressait à de simples touristes.

Sans attendre, les deux inspectrices rejoignirent le dock 5 en luttant contre le vent.

– 31 –

Devant le panneau « 5 », un rafiot de pêche amarré à un anneau en métal rouillé ondulait au gré des vagues. Dans la guérite de pilotage, les deux inspectrices aperçurent un homme coiffé d'un bonnet bleu, qui, en raccrochant son téléphone, leur fit signe de le rejoindre.

Elles sautèrent à bord et Grace fut effarée par la densité de l'odeur de poisson qui remontait du plancher. Le marin d'une trentaine d'années avala une bouffée de la cigarette plantée entre ses lèvres gercées et leur tendit la main.

Grace serra la poigne calleuse, alors que Sarah préféra le saluer de la tête.

— J'étais en ligne avec Sybille, que vous avez croisée au bar. Elle travaille avec nous, dit-il en les toisant de son regard déjà ridé par les éléments. Clara et Eleonore, n'est-ce pas ?

— Oui.

— Je suis Tom. Où est Edgar ?

Grace sentit que les deux hommes se connaissaient.

— Il a été tué, probablement par un assassin d'Olympe, alors que nous étions sur Cherry Island. Je suis désolée…

Le marin ne cacha pas sa peine. Il retira son bonnet et passa une main sur son crâne rasé.

— Au-delà d'être un ami, Edgar était un membre important de la communauté. Il va nous manquer.

— On n'a rien pu faire, c'est allé très vite et…

— Je sais ce que vous avez enduré dans votre bataille contre Olympe. Jamais je ne me permettrai de vous reprocher quoi que ce soit. Je regrette seulement qu'Edgar soit mort avant qu'on ait gagné le combat.

— Malgré cette tragédie, acceptez-vous de nous conduire jusqu'à Saint-Kilda ? intervint Sarah.

— Je suis là pour ça. Installez-vous où vous pouvez, ce n'est qu'un bateau de pêche, mais il m'évite de rendre des comptes à la compagnie des ferries. Et puis, c'est un vieux de la vieille qui a déjà vu la grosse mer. Et là où on va…

Le marin lança le moteur et commença à dénouer les attaches.

— Qui a acheté l'archipel et que trouve-t-on là-bas ? demanda Grace, qui se tenait au bastingage.

— Quelqu'un qui connaît très bien le Passager et qui a décidé de redonner vie à une philosophie née sur l'île d'Hirta il y a deux siècles. Vous verrez, c'est… au-delà de ce que vous pouvez imaginer.

Le pêcheur manœuvra avec habileté et le bateau mit le cap vers l'ouest en fendant sans se presser les eaux de la baie.

— On devrait arriver dans trois heures environ, la météo ne s'annonce pas trop mauvaise. Mais ça va quand même secouer un peu quand on aura dépassé la pointe de Berneray.

Sous la coupole de nuages gris, des mouettes tournoyèrent au-dessus de l'embarcation en laissant échapper leur cri affamé. Les arches de la baie s'écartèrent encore pour se terminer par de tranchantes falaises. L'air frais fouettant son visage, Grace scrutait maintenant l'horizon, où elle discernait une minuscule pointe rocheuse.

— Ce que vous voyez là-bas, c'est une des îles des Hébrides extérieures, qui nous protègent des forts courants de l'Atlantique, brailla le pêcheur de sa cabine. Saint-Kilda est à deux heures de navigation au-delà…

Grace comprit alors que l'épreuve ne faisait que commencer. Comme Sarah, elle demeura debout pendant une trentaine de minutes, avant que les vagues se mettent à saliver. Trop éclaboussées pour ne pas trembler de froid sous les attaques venteuses, elles s'abritèrent en s'asseyant sur un banc qui longeait la coque. Une heure plus tard, le bateau suivit un détroit et dépassa la pointe de la dernière île de la barrière des Hébrides avant Saint-Kilda.

La mer se creusa sévèrement et les vagues se mirent à cogner contre le bateau dans d'assourdissantes gerbes d'eau. Le ciel vira au noir et l'onde, encore bleue quelques minutes plus tôt, se mua en plaque de métal striée de crêtes argentées. Capuches rabattues, parkas dégoulinantes, les doigts blancs de crispation serrés autour du banc, les deux femmes encaissaient les coups de boutoir du bastingage contre leur dos. Une pluie fine barbouilla l'air et la vue ne portait plus qu'à quelques mètres. Le pêcheur avait depuis longtemps allumé le fanal rouge du navire au-dessus de la guérite, et sa silhouette n'apparaissait plus que par intermittence aux yeux de Grace.

La traversée semblait sans fin, et c'est dans une espèce d'épuisement frôlant la torpeur qu'elles entendirent le pilote leur crier qu'ils approchaient de Hirta, l'île principale. Les deux inspectrices se levèrent, les jambes mal assurées, cherchant à percer du regard la bruine opaque qui continuait à tomber des épais nuages gris.

Le bateau ralentit sans qu'elles puissent voir un quelconque obstacle. Et pourtant, il sembla à Grace que quelque chose d'immense allait se dessiner. La sensation était écrasante.

— Il y a une forme juste derrière le brouillard, confirma Sarah en regardant droit devant elle.

D'abord, on entendit une multitude de cris d'oiseaux, puis le rideau de pluie s'évapora progressivement, révélant une ombre gigantesque. Et là, sur cette mer au bleu glacé, surgit du néant non pas une île, mais une montagne. Une masse étourdissante qui semblait avoir jailli des profondeurs, et dont la base était blanchie par les flots hargneux. Mais plus encore que sa titanesque dimension, son étonnante dualité fascinait. Son versant gauche n'était qu'un cisèlement de roches noires, abruptes et coupantes, devant lesquelles virevoltaient une nuée de volatiles. Alors que l'autre flanc descendait en une prairie douce et verdoyante illuminée par un improbable rayon de lumière. Tableau à l'ambivalence biblique qui frappa Grace au point qu'elle ne vit pas tout de suite ce qui allait la laisser les lèvres entrouvertes de stupéfaction. Au pied de la pente au vert vif, si près de l'eau qu'elles en étaient léchées par les vagues, des architectures d'albâtre aux colonnes brisées supportaient tant bien que mal des frontons triangulaires à moitié écroulés, dans un dédale de rues et de places de ce qui ne pouvait être que les ruines d'une antique cité grecque. Et si par hasard on doutait encore de cette apparition, on ne pouvait qu'être ébloui par les restes d'une statue colossale qui dominait la ville de toute sa hauteur en brandissant un trident.

– 32 –

Le bateau se dirigea droit vers les ruines de l'ancestrale cité émergée des flots. À la proue du navire, les deux femmes se tenaient côte à côte, les cheveux soulevés par le vent, telles deux figures héroïques d'un autre temps.

— C'est quoi cet endroit ? s'étonna Sarah.

— Je vais certainement dire une stupidité, mais cela me fait penser à… l'Atlantide.

— Après ce que l'on a vu au loch Ness, plus aucune hypothèse ne peut sembler absurde.

— Attends, regarde…

Le bateau effectua un virage et elles constatèrent que les vestiges occupaient une seule petite partie de la vaste baie qui terminait le versant verdoyant de l'île. Abritée des vagues, l'anse qui se dévoilait arrondissait ses bras, telle une invitation à accoster. Plusieurs embarcations d'apparence contemporaine étaient déjà au mouillage. On devinait même des silhouettes humaines éparpillées sur les quais, ainsi que sur l'immense prairie qui formait un arc de cercle dans le giron de la montagne. Sur ce côté de l'île, du sommet jusqu'à la mer, l'herbe d'un vert vif contrastait avec la noirceur du ciel et recouvrait tout, à l'exception d'une seule ligne grise qui tranchait le flanc à mi-hauteur. De loin, on aurait pu croire à une muraille, mais en se rapprochant, Grace vit qu'il s'agissait d'une allée de maisonnettes en pierre construites le long d'une route dallée.

Le navire acheva sa manœuvre et le pilote proposa aux deux inspectrices de mettre pied à terre. Un homme, accompagné d'un labrador roux, les y attendait, les bras croisés dans le dos. De petite taille, il ressemblait étrangement à Edgar Colinius, même s'il devait être plus âgé. Ses cheveux blancs collés à son front par la bruine étaient parfois soulevés par le vent. Bizarrement, Grace avait l'impression d'avoir déjà vu cet individu, mais sans en être certaine.

— Bonjour, Grace et bonjour, Sarah, dit-il en leur tendant la main. Je suis Leonis Colinius, le grand frère d'Edgar.

— Nous sommes si désolées pour la mort de votre frère, commença Grace en enveloppant de ses deux mains la poigne amicale de l'homme.

Ce n'est qu'à ce moment qu'elle remarqua ses yeux rougis qui détonnaient avec son sourire qu'il voulait accueillant.

— Je vous remercie de votre délicatesse, dit-il, la bouche tremblante. Malheureusement, Edgar et moi avons toujours su le risque que nous prenions en nous attaquant à Olympe. J'espérais que cela n'arriverait pas…

De chaque côté du ponton, des vagues claquaient le béton et projetaient leurs embruns.

— Mais l'heure n'est pas à la peine, le temps presse et Edgar le premier m'aurait demandé de ne pas me laisser aller à la tristesse.

Leonis avait terminé sa phrase avec une voix raffermie et même son regard paraissait avoir ravalé son chagrin.

— Pardon d'être un peu directe, mais pourriez-vous nous dire pourquoi nous sommes ici ? s'enquit Sarah. Qu'attendez-vous de nous ?

— Je vais tout vous expliquer. Venez chez moi, c'est la troisième maison là-haut. Allez, on y va, Déméter, dit-il à l'adresse de sa chienne, qui se mit en marche en remuant la queue.

Ils suivirent le ponton jusqu'au port, où plusieurs personnes de tous les âges vaquaient à différentes occupations : rafistolage de filet, peinture de coque, triage de poissons, transport de paniers remplis de légumes. Leonis les devançait en se faufilant entre les gens pour leur montrer la direction. Elles dépassèrent les habitations du port et gravirent un chemin de terre vers la ligne de maisonnettes grises construites hors de portée des vagues. De part et d'autre du sentier, des moutons broutaient paisiblement l'herbe sauvage alors qu'au loin se découpait l'architecture gréco-romaine de la cité antique.

— Je crois l'avoir déjà vu, chuchota Grace alors que leur hôte marchait à quelques mètres devant elles.

— Moi aussi…, répliqua Sarah. Mais c'est peut-être parce qu'il ressemble à son frère.

Grace haussa les épaules et observa avec plus d'attention le vieil homme.

Quand il se retournait pour leur adresser un sourire ou leur demander si tout allait bien, l'Écossaise pouvait lire dans ses yeux quelque chose qu'elle n'avait jamais détecté chez qui que ce soit : une harmonie entre une profonde hauteur de vue et une immense douceur. Là où le regard des visionnaires pouvait parfois luire d'un inquiétant fanatisme ou même d'un autoritarisme, celui de Leonis rassurait par un sens aigu de la mesure et de l'apaisement. Comme s'il cherchait à leur dire : « Oui, je sais où il faut aller, mais je ne contraindrai personne et tout ira bien. »

— Nous y voilà, indiqua-t-il lorsque le sentier rencontra l'allée de pierre qui bordait les maisonnettes.

Séparées les unes des autres de quelques mètres, elles étaient toutes tournées vers la mer. Des ouvriers en retapaient certaines, tandis que des habitants jardinaient dans des potagers ou discutaient, assis devant leur porte.

— Ces maisons ont été construites par une communauté dont les ancêtres se sont installés ici il y a près de deux mille ans. Ils se nourrissaient notamment des œufs d'oiseaux qui nichent sur les falaises. Et surtout, ils ont mis en place un système de société qui leur a permis de toujours vivre libres et en paix. Un voyageur de l'époque a raconté qu'il n'y avait aucun chef et que, chaque matin, les villageois se réunissaient devant l'une des maisons pour discuter des décisions à prendre. Durant son séjour, il a certes noté des désaccords, mais jamais de disputes. Et, le plus remarquable, il n'a vu que des gens heureux. Malgré la dureté des conditions de vie, ils disaient que, nulle part, ils ne pourraient être si libres.

— Pourquoi sont-ils partis ? demanda Grace en observant cet alignement d'habitations anciennes, qui devait faire plus de deux cents mètres.

— Lorsque le tourisme a commencé à s'intéresser à eux à la fin du XIXe siècle, ils ont été contaminés par des maladies qui n'existaient pas sur l'île, et les jeunes ont eu envie d'aller voir ce qu'il se passait sur le continent. Leur population est passée d'une centaine d'individus à trente-six en 1930, année où ils ont été évacués, faute de pouvoir continuer à vivre dans des conditions décentes. Le matin de leur départ, ils ont fermé les portes à clé pour la toute première fois… Elles sont restées closes pendant près d'un siècle, jusqu'à ce que nous les rouvrions. Je vous en prie, entrez, et prenez place.

Les deux inspectrices durent baisser un peu la tête pour franchir le seuil, et pénétrèrent dans une pièce où la pierre et le bois se mariaient à merveille, dégageant une atmosphère rassurante de robustesse et de chaleur. Un feu calme brûlait dans la cheminée et éclairait la chaumière de sa danse rougeoyante.

Elles s'installèrent dans d'épais fauteuils autour d'une table basse en bois, où avaient été disposés une théière, trois tasses et des sandwichs. La chienne tendit la truffe vers la collation, puis se coucha aux pieds de Grace et Sarah.

Leonis sourit en voyant la confiance que son animal accordait aux deux étrangères.

— Servez-vous autant qu'il vous plaira sans avoir à me demander, dit-il.

Grace fit couler un thé fumant dans les trois tasses et chacun but une gorgée dans un silence troublé par les sifflements du vent, le ressac lointain de la mer et la respiration apaisée du labrador qui semblait suivre le rythme du crépitement du feu.

— Nous nous sommes déjà rencontrés ? interrogea abruptement Grace.

— Je ne crois pas. Mais les gens ont toujours trouvé que mon frère et moi avions un air de famille particulièrement marqué.

— Ça doit être cela, acquiesça l'Écossaise, pas totalement convaincue.

— Bien, j'imagine que vous êtes impatientes d'obtenir des réponses à toutes vos questions. Pour commencer, je voudrais vous rassurer, Sarah. Je sais de source sûre que votre mari et votre enfant vont bien, et nous nous sommes arrangés pour faire comprendre à Christopher et Simon que vous étiez tirée d'affaire et que vous n'entriez pas en contact avec eux pour leur propre sécurité.

— Comment avez-vous fait pour leur parler ? s'enquit Sarah, émue par ce qu'elle venait d'entendre.

— Nous avons fait passer le message à Christopher par le biais de personnes qui adhèrent à notre projet et qui vivent en Norvège. Et Grace, votre voisin s'occupe très bien de vos deux adoptés, le chat et le chien. Ce dernier marche d'ailleurs mieux depuis quelques jours. Je me suis dit que cela vous ferait plaisir de le savoir.

— C'est le cas… merci.

— Pourquoi nous avoir sauvées de Gaustad ? lança Sarah.

— J'allais y venir. Mais en réalité, c'est assez simple. Je n'avais pas entendu parler de vous avant l'article à charge qui est sorti dans la presse il y a quelques semaines. Quand j'ai appris que vous vous battiez contre Olympe et que la multinationale vous craignait assez pour faire publier une telle tribune à votre encontre, j'ai pensé que vous accepteriez peut-être de rejoindre notre communauté et d'œuvrer à nos côtés. En revanche, je n'avais pas prévu que vous seriez enfermées dans l'hôpital psychiatrique de Gaustad et votre exfiltration a nécessité un peu de temps de préparation. Il a fallu que nous trouvions la bonne personne pour mettre au point l'opération. C'est une chance, elle faisait déjà partie de la communauté… Vous la rencontrerez peut-être plus tard. En attendant, je suis navré que vous ayez eu à endurer si longtemps cet emprisonnement.

— Je vous en prie, reprit Grace. Sans vous, nous serions mortes ou, pire encore, nous aurions perdu la raison…

— Mais qui êtes-vous ? trépigna Sarah.

Leonis Colinius considéra ses deux interlocutrices longuement, comme s'il réfléchissait à la dimension philosophique de la question.

— Je vais vous répondre, mais j'aimerais vous demander une faveur : soyez patientes. Ce que j'ai à vous dire a besoin de fondations profondes pour avoir du sens. Et maintenant que vous êtes libres et rassurées, je pense que nous avons un peu de temps, non ?

Grace adressa un regard à Sarah, qui acquiesça d'un battement de cils.

— Je suis un repenti d'Olympe, déclara alors le petit homme. J'ai quitté l'entreprise il y a trois ans avec une fortune suffisante pour aménager et faire vivre l'endroit où vous vous trouvez actuellement.

Sarah ouvrit la bouche pour parler, mais se renfonça dans son fauteuil, attentive.

— J'ai donc longtemps travaillé aux côtés de Wilhem, celui que vous connaissez sous le surnom du Passager, reprit Leonis. Nous nous sommes rencontrés à la CIA, où nous avons tous les deux été agents pendant près de dix ans, avant que Wilhem ne manifeste son envie de changer le monde à sa façon. Je l'ai suivi parce que, au départ, j'ai admiré sa volonté de participer à l'amélioration de notre civilisation. J'y ai mis toute mon énergie. J'étais prêt à donner tout ce que j'avais en moi pour faire aboutir nos idées, nos concepts. Jusqu'au jour où…

Il tourna la tête vers le feu, avant de continuer.

— Jusqu'au moment où j'ai commencé à comprendre qu'Olympe souhaitait uniquement contrôler les populations pour leur faire accepter malgré elles un nouveau modèle de société. Un système basé sur *moins d'humain* et *plus de technologie*. Un système axé sur la digitalisation des rapports sociaux, la numérisation des identités, la dématérialisation de la vie et, finalement, un accroissement encore plus prononcé des inégalités. Parce que, évidemment, cette transition techno-centrée ne pouvait se faire que grâce à la puissance de production et d'innovation des grandes entreprises, donc en passant par la privatisation du bien commun : l'hôpital, les transports, l'eau, l'énergie, l'école, l'armée.

— C'est donc cela, la phase 3 du Plan d'Olympe ? intervint Sarah.

Grace sourit intérieurement de voir sa coéquipière considérer qu'elle avait déjà fait preuve d'assez de patience.

— Disons que c'est plutôt la philosophie générale qui guide les trois étapes du projet d'Olympe. Mais ne vous inquiétez pas, je vais revenir en détail sur cette phase 3 d'ici quelques instants. Laissez-moi juste vous expliquer comment j'en suis arrivé à changer radicalement d'avis à l'égard de cette vision.

Leonis inspira une longue bouffée d'air et son regard se teinta d'un voile de tristesse.

— Parce que dans les premiers temps, à mes yeux, ceux qui refusaient ce modèle n'avaient pas simplement un avis différent du mien, ils étaient dans l'erreur. À cause d'eux, nous allions continuer à épuiser nos ressources naturelles, perdre du temps à exécuter des tâches qui pourraient être mille fois plus rapides, réduire nos loisirs, payer plus d'impôts, assécher les échanges entre les populations et donc l'enrichissement du savoir, appauvrir la recherche médicale par manque de données personnelles, et provoquer une crise économique cataclysmique en privant les entreprises de nouveaux marchés.

Leonis écarta les mains, comme s'il était parvenu à une évidence.

— Et je suis devenu donc un fasciste du progrès. Au sens propre du terme, de celui qui s'est convaincu que pour faire le bien, il fallait faire plier, exclure ou éradiquer les opposants à son idéologie.

Grace comprenait maintenant mieux la retenue qu'elle avait devinée dans le regard de leur interlocuteur.

— Quand je me suis rendu compte de ma dérive et que j'ai commencé à écouter sérieusement les arguments de nos adversaires, à entendre leur valeur, j'en ai fait part à Wilhem, je lui ai dit que nous ne pouvions pas forcer les peuples à accepter notre modèle, que ce dernier n'était d'ailleurs peut-être pas si bon qu'on le pensait…

— Qu'a-t-il répondu ? demanda Grace.

— Que j'avais trop d'états d'âme pour être le guide dont l'humanité avait besoin. Trop d'âme… quelle étrange expression pour parler d'un humain, commenta Leonis en regardant sa chienne. Bref, Wilhem me réexpliqua que la masse était incapable de concevoir l'avenir à long terme et qu'il fallait des visionnaires convaincus pour pousser les hommes vers le haut si nous ne voulions pas contribuer à l'extinction de notre espèce.

— Qu'avez-vous décidé de faire à ce moment-là ? relança Grace.

— J'étais encore partagé. Mais petit à petit, j'ai pris le temps de réfléchir à ce que je devais bien appeler mon aveuglement, et j'ai complètement changé d'opinion. Je suis retourné voir Wilhem. Je lui ai redit que le progrès n'était pas bon en soi. Que chaque invention, si séduisante soit-elle intellectuellement, devait être évaluée sous deux critères : apporte-t-elle plus de liberté et de lien entre les hommes ou crée-t-elle plus de surveillance et plus de distance entre les êtres ? Notre modèle proposait bien sûr un monde où l'individu s'éloigne tant de ses congénères qu'il devient aliéné par la machine. Donc une machine lui-même, qui oublie son âme et accepte toutes les abominations.

— Que pouvait-il répondre à ça ? intervint Grace.

Le discours qu'elle venait d'entendre résonnait avec tant de justesse en elle.

— Wilhem me rétorquait que si on m'avait écouté à la préhistoire, on en serait encore aujourd'hui à l'âge de pierre. C'est évidemment une caricature qui n'a rien à voir avec ma vision nuancée de la technique. Mais il commençait déjà à employer à mon égard les armes de la dictature mentale : la simplification à l'extrême de ceux qui ne pensent pas exactement pareil en les qualifiant de tristes égarés, puis d'idiots, avant de glisser vers le terme d'irresponsables et donc d'ennemis de la société, dont il est officiellement autorisé de se débarrasser.

Sarah se pencha en avant pour entrer dans la conversation.

— Il était donc convaincu d'être une bonne personne ?

— Je pense que la question ne se posait plus de cette façon, et c'est ce qui arrive, je crois, aux femmes et aux hommes de pouvoir qui sont mal entourés : ils finissent par faire passer leur vision avant le bien-être des peuples. L'achèvement de leur plan devient la seule chose qui donnera du sens à leur existence et, dès lors, ils trouvent tous les arrangements possibles avec la réalité pour poursuivre leur œuvre.

— Justement, quelle est la phase 3 du Plan d'Olympe ? demanda Grace.

Leonis Colinius but une gorgée de thé en réfléchissant. Une rafale de vent fit trembler les gonds de la porte d'entrée.

— Wilhem croit que la destinée de l'homme est de devenir un dieu. Pour lui, toute l'histoire de l'humanité dessine cet objectif suprême. Il va même jusqu'à affirmer que si l'idée de Dieu a germé dans l'esprit des peuples, c'est pour qu'ils visualisent en permanence la finalité de leur existence. Et comme il pense que la technologie actuelle permet d'atteindre ce but, il se voit comme le guide qui va aider l'humanité à faire l'ultime pas vers son essence divine.

— C'est-à-dire ? interrogea Sarah.

— Les dieux sont immortels, ils créent tout, savent tout et peuvent être partout à la fois. Pour Wilhem et bien d'autres comme lui qui promeuvent le transhumanisme, l'homme sera immortel grâce aux nanotechnologies, qui permettront de réparer indéfiniment le corps du vieillissement, du traumatisme, de la maladie. L'homme sera créateur de la vie à partir de rien grâce aux biotechnologies, il sera omniscient, grâce aux téléchargements dans notre cerveau connecté de toutes les connaissances acquises et mises à jour en temps réel, il sera omnipotent à l'aide des augmentations cybernétiques de nos muscles, de nos réflexes, de tous nos sens, et enfin, il sera doué de l'ubiquité grâce à ses multiples avatars dans le monde virtuel, qui sera une copie, puis une extension du monde réel. En bref, vous pourrez vivre éternellement sans souffrance physique avec, si vous le souhaitez, une vision d'aigle, un odorat de chien, une force d'ours et une vitesse de guépard, tout en apprenant à jouer du piano comme un virtuose en l'espace de quelques secondes, et en voyageant des Maldives au sommet de l'Everest en un clin d'œil, si ce n'est pas sur Mars ou une autre planète. C'est ça, la promesse que Wilhem veut faire à l'humanité. L'homme fait dieu. Après avoir abruti les peuples pour leur ôter l'esprit critique dans sa phase 1, après les avoir terrorisés dans sa phase 2 pour mieux les contrôler, la phase 3 consiste à les récompenser en leur offrant la vie éternelle et la puissance absolue sans qu'ils se posent plus une seule question sur le prix à payer pour obtenir ce pouvoir. Abêtir, terroriser, récompenser. Ce sont les étapes de la torture mentale qui conduisent à l'acceptation de tout ce qui vient de votre « sauveur ».

Leonis alla rajouter une bûche dans la cheminée. Sa chienne leva le museau, avant de le reposer entre ses pattes en poussant un soupir d'aise.

— Je vais me faire l'avocate du diable, dit Grace, mais, en soi, la promesse que va faire Olympe est tentante, non ?

— Je ne veux ni la contrer ni l'interdire, je souhaite seulement que ceux qui n'en veulent pas puissent la refuser et choisir une autre voie, expliqua le petit homme en se rasseyant. Et cela nécessite deux conditions : d'une part, une information indépendante pour que les gens prennent conscience de tout ce qu'ils vont perdre en choisissant ce passage vers le *Deus Humanus*, et, d'autre part, une alternative concrète au modèle dominant. Or, l'objectif de Wilhem et de tous ceux qui adhèrent à ces idées, c'est de faire croire qu'il n'y a pas d'autre voie possible que la leur, puisque c'est celle qui suit le sens évident de l'histoire. Ils reprennent en chœur le destructeur « *There is no alternative* » sous un mot plus flatteur : le progrès.

— Le fameux progressisme… ou, en tout cas, son interprétation actuelle, dit Grace.

— La religion du progressisme, précisa Leonis. Ou plutôt, le fanatisme du progressisme, car il ne cherche pas la cohabitation saine des différences, bien au contraire. Wilhem n'a pas choisi d'appeler sa société Olympe pour rien. C'est lui qui, tel un dieu grec, est le seul à pouvoir présider au destin de l'humanité.

Grace décroisa les jambes en prenant garde à ne pas heurter la chienne à ses pieds, alors que Leonis achevait son raisonnement.

— Et selon vous ce but final est donc la divinisation de l'humain ?

— De ce que je sais de Wilhem, il voit toujours plus loin que nous. Je n'ai pas dit mieux ou pour le Bien, mais plus. Je crains donc qu'il faille lui prêter une intention qui dépasse notre imagination.

— La résurrection des morts ? suggéra Sarah.

Leonis reposa la tasse qu'il s'apprêtait à porter à ses lèvres.

— Qu'est-ce qui vous fait dire ça ?

— Nous avons découvert qu'un certain Shimon Ostade travaillant pour Olympe menait des recherches sur la communication avec les morts dans l'objectif premier de façonner des soldats fantômes à ses ordres.

Leonis secoua la tête.

— Le projet Rosemary issu d'un des dossiers prétendument perdus du programme MK-Ultra, dont Wilhem et moi avions bien évidemment eu connaissance lors de nos années à la CIA. À l'époque, je m'étais fermement opposé à son déploiement au sein d'Olympe, mais Wilhem y tenait… Quelle folie. Vous avez peut-être raison, son plan tourne très certainement autour de cette idée de contrôler toutes les âmes, même celles des morts.

— Comment comptez-vous concrètement faire office de contre-pouvoir à l'écrasante puissance d'Olympe ? demanda Sarah. Et pourquoi nous avoir fait venir jusqu'ici ? Quelle est cette histoire de monstre du loch

Ness, et de ces ruines qui ressemblent à l'Atlantide ? Je veux bien être patiente, mais…

— J'y viens, Sarah.

Leonis se leva. La chienne se dressa immédiatement sur ses pattes.

— Nous avons organisé cette île à l'abri de tous les regards, y compris de ceux d'Olympe, pour pouvoir préparer un autre monde. Pour cela, nous avons réparti nos forces en quatre groupes : les Penseurs, les Imagineurs, les Rêveurs et les Testeurs. Le mieux est que vous les rencontriez.

– 33 –

Leonis sortit le premier et descendit l'avenue dallée en saluant toutes les personnes qu'il croisait. Des femmes, des hommes de tous âges et de toutes apparences, dont les accents révélaient des origines différentes.

— Tous ces gens vivent ici ? demanda Sarah en caressant la tête de la chienne rousse, qui avait décidé de marcher à ses côtés.

— Pas forcément à plein temps. Certains continuent à avoir un métier et une vie à l'extérieur, et ils ne viennent que lorsqu'ils le peuvent et surtout le veulent. Ils repartent de la même façon. À leur guise.

— Ils doivent payer pour pouvoir vivre ici ?

— Non ! Jamais. Mais ils ne sont pas payés non plus. Ils ont le choix d'œuvrer dans l'une des quatre catégories dont je vous ai parlé tout à l'heure. Et d'ailleurs, s'ils souhaitent en proposer une autre, nous en discutons tous ensemble lors de réunions. Je ne suis ni un chef ni un décisionnaire, je veille simplement à mettre tous les moyens possibles à disposition de la créativité qui émerge de nos échanges. Comme faire tirer un câble sous-marin pour avoir de l'électricité en plus des panneaux solaires que nous avons installés, apporter de la nourriture en attendant d'être plus autonomes, ainsi que des médicaments, certains matériaux, des livres… Mais ma voix ne compte pas plus qu'une autre.

— Et il n'y a jamais de conflits ?

— Des conflits, non, mais des tensions, oui, car nous ne sommes pas toujours d'accord, et heureusement ! Mais la discussion et le compromis finissent chaque fois par régler les différends. Notamment parce que nous avons tous accepté le socle commun de nos décisions : la liberté, le lien et le respect. Aucun sujet n'est tabou. Mais nous sommes très vigilants quant aux dérives qui peuvent naître de l'organisation pyramidale de la vie en société.

Grace et Sarah suivirent le petit homme jusqu'à une maison dont le toit était au moins trois fois plus haut que les autres.

— Nous avons dû surélever cette bâtisse, vous allez comprendre pourquoi.

Leonis frappa à la porte et attendit qu'elle s'ouvre. Grace reconnut immédiatement l'odeur qu'elle adorait. Celle des livres.

Tous les murs étaient recouverts d'étagères qui montaient jusqu'au plafond et s'alignaient en rangées bien ordonnées, garnies de multiples ouvrages. De-ci de-là, des tables éclairées par des loupiotes formaient des îlots de lumière qui dévoilaient la présence d'une dizaine de personnes absorbées dans leur lecture.

— Voici la maison des Penseurs, qui, comme vous le voyez, est avant tout une bibliothèque, chuchota Leonis.

Il passa une main sur le dos des livres à hauteur de ses yeux, et sa chienne se coucha au pied d'une étagère.

— Nous avons tous compris que la connaissance se trouvait non pas sur Internet, qui certes peut être un outil intéressant d'amorce, mais qui ne sera jamais un lieu de savoir. Notamment parce que ce n'est pas vous qui choisissez ce que vous allez lire, mais un algorithme qui vous oriente vers ce qui a été jugé acceptable ou rentable par l'entreprise détenant le moteur de recherche que vous utilisez. Et quand bien même vous tomberiez sur une lecture qui échappe à ces filtres, elle sera toujours tronquée, ou le résultat d'une copie de copie de copie d'un extrait d'une seule source dont plus personne ne sait trouver l'origine. Alors que dans une bibliothèque, vous êtes maître du choix de l'ouvrage que vous allez lire. Et surtout, les livres sont les seuls qui prennent le temps de l'explication, de l'approfondissement, de la confrontation des sources, de la mise en perspective et, le plus important, de la nuance. Ici, contrairement à la lecture sur Internet, on a tout loisir de laisser infuser la réflexion. De relire posément les penseurs qui nous ont précédés. Tous ceux qui ont déjà longuement songé aux pièges dans lesquels l'être humain risquait de tomber.

— Ils passent donc leur journée à lire, et ensuite ? demanda Sarah.

— Ils essaient d'alerter le plus de gens possible sur ce qu'Olympe veut nous faire croire. Tenez, prenez la promesse du numérique, dit Leonis en s'emparant d'un ouvrage.

Il l'ouvrit avec un sourire aux lèvres à l'instant où, de ses yeux, il parcourait une page au hasard.

— Les opérateurs de téléphonie ou d'Internet détenus par Olympe, les gouvernants et une partie de la presse à leur solde nous vendent le numérique comme une solution pour simplifier nos vies tout en sauvant la planète, n'est-ce pas ?

— Oui, répondit Grace, qui accepta de jouer la candide pour aider Leonis à mieux leur exposer le fond de sa pensée.

— C'est facile et c'est propre, car avec le numérique, tout est *dématérialisé*. Quel mot magique, « dématérialisé » ! On nous parle d'économies de piles de papiers plus hautes que des dizaines de tours Eiffel, d'économies de quantités d'encre qui pourraient remplir un lac, de kilomètres carrés de terre épargnés pour entreposer les archives, d'économies de transport, d'énergie. Tout est éthéré, fluide, simple, la solution géniale tant attendue ! On lance donc des plans gouvernementaux à coups de milliards pour tout passer au numérique. C'est une évidence, c'est le sens de l'histoire ! Et tous ceux qui y résistent sont des arriérés irresponsables, donc bientôt plus des citoyens. Mais pourquoi ne parle-t-on pas aussi de la réalité du coût du tout-numérique ?

Leonis fit signe aux deux femmes de le suivre vers le fond de la bibliothèque pour ne pas déranger les Penseurs dans leur travail. Ils s'installèrent autour d'une table ronde. Grace remarqua combien Sarah avait calmé son impatience et comment elle écoutait attentivement le raisonnement de leur hôte.

— Ce que les gens ne savent pas, c'est que dématérialiser, c'est matérialiser autrement. Les sociétés d'Olympe nous vendent par exemple des téléphones de plus en plus petits qui, en apparence, consomment très peu de ressources. Mais les puces de silicium qui permettent de les faire fonctionner sont le résultat d'une exploitation follement énergivore : pour un seul kilo de silicium, on génère deux cent quatre-vingts kilos de produits chimiques, dont une partie est directement déversée dans les rivières. Et chaque jour, on nous pousse à acheter un nouvel appareil !

Leonis secoua la tête avant de reprendre. Grace se cala contre son dossier, concentrée sur la démonstration que l'homme prenait le temps de leur faire.

— Quant au gentil joli nuage numérique qui serait quelque part dans le monde éthéré des esprits, ce n'est rien d'autre qu'une succession de gigantesques hangars bourrés d'ordinateurs qui ont besoin d'une quantité astronomique d'électricité pour fonctionner et être refroidis. D'ici 2030, les data centers deviendront l'un des plus importants postes de consommation électrique dans le monde, alors que nous avons déjà du mal à produire ce qu'il faut pour l'économie traditionnelle ! Et je ne parle même pas des terres envahies par les opérateurs télécom en Arctique et en Scandinavie pour refroidir « naturellement » ces usines à chaleur. La plus grosse société de logiciels d'Olympe réfléchit même à installer ses hangars de plusieurs hectares dans les fonds marins. Et le pire, c'est qu'avec l'arrivée forcée de la 5G et des objets dits connectés, les besoins de stockage vont être multipliés par deux, trois ou quatre. C'est absurde ! Qui veut gaspiller les sources d'énergie de la planète pour télécharger un film en dix secondes au lieu de vingt ? Qui veut vraiment se faire opérer à distance par un chirurgien qui manipule un robot à des milliers de kilomètres, et qu'il ne connaît même pas ? Qui veut sincèrement que tous ses appareils communiquent entre eux pour décider à sa place de ce qui est bon pour lui en matière de rencontres, d'exercices physiques, d'alimentation, de politique ? Le plus aberrant : on surveillera votre bonne conduite écologique avec ce même outil numérique qui consomme actuellement 10 % de l'énergie mondiale ! En résumé, qui a besoin de la 5G, à part Olympe, qui souhaite nous vendre de nouveaux produits et services inutiles ?

Grace écoutait Leonis en voyant à quel point il était habité par son propos. Sans pour autant parler avec passion, il pesait chaque mot pour susciter la réflexion chez ses interlocutrices.

— Et le plus cynique, reprit-il, c'est que ce numérique à outrance vise un autre objectif que celui du profit financier : augmenter le contrôle des populations. La 5G va permettre le déploiement de la surveillance de masse avec des caméras à reconnaissance faciale partout et tout le temps. Au nom de la fameuse sécurité, bien sûr. Olympe et tous ceux qui collaborent avec eux sauront tout de vos déplacements, des gens avec qui vous interagissez, des produits que vous achetez, des manifestations où vous vous rendez et donc de vos opinions politiques. Les entreprises s'en serviront pour vous vendre des produits encore plus ciblés et les gouvernements pour conserver leur pouvoir. Ils vous expliqueront que grâce à cette surveillance discrète, les criminels seront arrêtés avant même d'agir, que la vie sera sereine. Et si vous considérez que l'on viole votre anonymat ou votre intimité, il vous sera rétorqué que si vous êtes un honnête citoyen, cela ne change rien pour vous. Sauf que…

Leonis se leva.

— Je reviens, dit-il. Je voudrais vous montrer le passage d'un livre visionnaire, et ce n'est ni *Le Meilleur des mondes* de Huxley ni *1984* d'Orwell.

Grace consulta Sarah.

— Que penses-tu de tout ça ?

— On connaît toutes les deux Olympe, on est forcément sensibilisées à ces sujets, mais j'admets que je n'avais pas pris le temps de creuser les enjeux avec autant de précision que Leonis et ses Penseurs.

Grace plaqua sa main sur son front.

— On va épuiser notre planète pour faire plus de selfies et renoncer à notre liberté, conclut-elle. Beau saut évolutif… dans le vide.

Leonis réapparut et déposa un nouveau livre sur la table.

— Cet ouvrage n'est pas très connu, malgré la célébrité de son auteur.

— Georges Bernanos, *La France contre les robots*, lut Grace. Effectivement, je ne connaissais de cet écrivain que *Sous le soleil de Satan*.

— Comme la plupart d'entre nous avant que l'on ouvre cette bibliothèque. Mais ce qu'il écrit en 1944 dans cet ouvrage est visionnaire et d'une puissance de clairvoyance rare. D'autant plus qu'au moment où Bernanos rédige ce texte, la guerre n'est pas encore terminée, mais il pressent déjà le danger incarné par une société comme Olympe. Écoutez par exemple ce qu'il dit de la généralisation de la prise d'empreintes parmi toute la population dans les années 1920 et non plus seulement chez les délinquants notoires. Il fait d'abord parler l'État qui s'adresse au citoyen réticent à cet abandon de l'anonymat : « “Que risquez-vous ? Que vous importe d'être instantanément reconnu, grâce au moyen le plus simple et le plus infaillible ? Le criminel seul trouve avantage à se cacher…" Le procédé n'était en effet redoutable qu'au criminel, et il en est de même encore maintenant. C'est le mot de criminel dont le sens s'est prodigieusement élargi, jusqu'à désigner tout citoyen peu favorable au Régime, au Système, au Parti, ou à l'homme qui les incarne. Et lorsque l'État jugera plus pratique de nous imposer une marque extérieure, pourquoi hésiterions-nous à nous laisser marquer au fer, à la joue ou à la fesse, comme le bétail ? L'épuration des Mal-Pensants, si chère aux régimes totalitaires, en serait grandement facilitée. »

Leonis reposa le livre.

— Les peuples qui pensent vouloir le tout-numérique sont-ils conscients de cette dérive probable du traçage généralisé des individus ? Sont-ils conscients que la notion de suspect ou de criminel, qui leur semble complètement étrangère, s'élargira forcément à eux lorsqu'ils refuseront une nouvelle mesure en total désaccord avec leurs convictions ? Sont-ils conscients qu'ils n'auront plus aucun moyen de contester, de se cacher ou même de fuir ? Et qu'ils n'auront à l'avenir d'autre choix que d'accepter servilement tout ce qu'Olympe leur imposera.

— Peut-être se disent-ils qu'ils auront le temps de sentir le vent tourner, réagit Sarah.

— Oui, sauf qu'aujourd'hui, le totalitarisme n'est pas nécessairement un changement brutal de régime. C'est seulement la prolongation du système qui est en cours et qui franchit un nouveau seuil. Olympe ne crie pas au JT de 20 heures : « Attention, demain, nous passons en mode totalitaire. » Non, c'est une évolution et pas une révolution. C'est en ce sens qu'il nous prend de court. Comme il ne s'est jamais présenté sous les habits du totalitarisme tel qu'on l'imagine, c'est-à-dire militaire, on ne lui prête à aucun moment ces intentions autoritaires.

Leonis Colinius considéra ses deux interlocutrices avec insistance. Sa dernière phrase résonnait encore avec pertinence dans l'esprit de Grace quand il poursuivit.

— Aujourd'hui, Olympe et tous ceux qui adhèrent à leur projet aimeraient passer à une postdémocratie où les libertés sont réduites. Mais ils ont des difficultés à le faire accepter aux peuples. En revanche, si un conflit généralisé ou un fléau touchant toute la planète devait voir le jour, nos libertés seraient forcément restreintes. Plus la durée de restriction sera longue, plus on aura du mal à se déshabituer, au point d'accepter petit à petit des mesures inacceptables quelques années plus tôt, au point de considérer comme normal de ne plus retrouver l'intégralité des libertés qui étaient les nôtres avant la crise. Au point qu'un jour, on finira par se dire : au fond, la liberté, pour quoi faire ?

Le petit homme baissa la voix et, pendant quelques secondes, on entendit la mer qui grondait au loin et le froissement d'une page de livre que l'un des Penseurs était en train de tourner.

— Je vous disais à l'instant que les États ont du mal à faire accepter la réduction des libertés. Mais si vous écoutez bien les discours politiques actuels, vous remarquerez que même sans guerre ni catastrophe, on vous prépare déjà à renoncer aux acquis fondamentaux de la démocratie. On répète par exemple que la liberté d'expression est de plus en plus un problème parce que de fausses nouvelles peuvent être véhiculées. Et qu'il faut donc censurer la parole de ceux qui égarent le citoyen de la juste décision. Mais en acceptant ce principe, on oublie que la censure d'aujourd'hui sera appliquée demain à celui qui était hier le « bon » citoyen. On nous explique qu'au nom de la lutte contre la haine sur les réseaux, il faut supprimer l'anonymat, donc la liberté de dire ce que l'on pense ou de raconter un problème intime sans avoir à se sentir menacé ou tout simplement honteux. Et surtout, on nous chante comme un refrain valorisant qu'il faut être un citoyen responsable, et que le citoyen responsable comprend que l'on a des devoirs avant d'avoir des droits. Principe pernicieux qui est celui des régimes totalitaires. Je me souviens de ce politique soutenu par Olympe qui disait avoir un certain niveau d'admiration pour la Chine parce que leur dictature leur permet de faire un virage économique soudain.

Grace allait demander de qui il s'agissait, mais Leonis poursuivit :

— Mais que voulez-vous, diront les plus crédules, ce petit renoncement à la démocratie est une nécessité pour relever les défis planétaires. Même si, au fond, Olympe se moque royalement de l'écologie, puisque la plupart de ses cadres et de ses soutiens nous expliquent qu'il va falloir réduire le chauffage en hiver, alors qu'ils sont tous venus à leur sommet climatique en jet privé. En outre, cette multinationale nous vend sans cesse de nouveaux outils numériques qui ne font qu'aggraver la situation des ressources planétaires et donc justifier plus de restrictions.

Leonis se leva et appuya son épaule contre une étagère.

— Quelle est l'ambition finale du Passager, alors ? demanda Sarah.

— Le contrôle de nos âmes. Ce que la technologie numérique permet désormais dans de massives proportions afin que personne ne puisse passer entre les mailles du filet. Il faut être bien conscient que si Olympe gagne ce combat, nous n'aurons plus de secrets, plus de pensées secrètes, plus de désirs, plus de vie privée, plus d'intimité. Et donc, à terme, lentement mais sûrement, notre âme se flétrira, nous perdrons notre créativité, nos envies, et nous deviendrons, sans même nous en rendre compte, de simples consommateurs, puis des machines consentantes.

Leonis reprit le livre de Bernanos qui se trouvait sur la table, et le reposa avant même de l'ouvrir.

— J'allais chercher une citation pour illustrer ce que je voulais dire, mais je la connais par cœur. Elle est d'une incroyable justesse : « On ne comprend absolument rien à la civilisation moderne si l'on n'admet pas d'abord qu'elle est une conspiration universelle contre toute espèce de vie intérieure. »

Grace grava ces mots dans un coin de sa tête, elle dont la vie intérieure avait été un secret qu'elle ne voulait dévoiler pour rien au monde, elle pour qui la lecture était un plaisir intime, elle dont les pensées amoureuses pour une femme n'étaient pas encore mûres pour être pleinement assumées, elle dont les souvenirs de crises boulimiques étaient encore honteux à avouer…

Le petit homme regarda autour de lui. Sarah contemplait également le lieu avec admiration, visiblement conquise par l'exposé qu'elle venait d'écouter avec patience.

— Voilà ce que nous faisons ici, mesdames, reprit Leonis. Nous travaillons évidemment sur d'autres thèmes comme l'école, l'agriculture, l'industrie, les animaux. Et chaque fois, nous cherchons la façon la plus pertinente d'informer les peuples sur la réalité des décisions qui sont prises pour eux. Nous publions des livres, nous organisons des conférences et, cyniquement, nous utilisons même les réseaux sociaux. Le but n'est pas de pousser les gens à changer d'avis, mais de leur donner la possibilité de choisir réellement leur vie, en connaissance de cause, avant qu'ils n'aient plus le droit ou même l'idée de le faire. Maintenant, si vous le voulez bien, allons faire un tour dans les vestiges de l'Atlantide.

Sur ces paroles, le labrador roux, qui avait réussi à se faire oublier, fila vers la porte, suivi de Leonis, qui invita Grace et Sarah à sortir de la bibliothèque.

– 34 –

Le petit groupe remonta la pente en suivant le chemin dallé qui longeait les maisonnettes. Le vent charriait ses embruns marins, qui vivifiaient la peau et aiguisaient l'esprit. Leonis marchait quelques pas devant, comme s'il avait compris que les deux femmes avaient besoin de se parler seule à seule après ce qu'il leur avait dévoilé.

— Je suis impressionnée par ce qu'il se passe ici, confia Grace, qui avait pris la mesure de ce qu'elles avaient le privilège de découvrir.

— Oui, c'est intéressant, mais je suis mal à l'aise. J'ai la sensation de ne plus…

— Contrôler ta vie ?

— Oui, admit Sarah. Toi aussi ?

Grace dodelina de la tête. Son avis n'était pas si tranché.

— Soyons honnêtes, renchérit Sarah, depuis qu'on nous a sorties de Gaustad, on ne fait que se plier à des ordres : « Rendez-vous ici, allez là, venez avec moi… » J'ai été habituée à suivre uniquement les décisions que je prenais ; là, c'est comme si on était devenues incapables d'initiatives personnelles !

Grace rabattit une mèche que le vent avait fait voler devant ses yeux.

— Je comprends, mais seules, nous ne sommes pas parvenues à dominer Olympe. Cette aide que semble vouloir nous apporter Leonis est celle dont nous avons toujours eu besoin pour être de taille à affronter le Passager. Je pense que pour l'instant, nous devons apprendre à écouter. Surtout si, à terme, il nous faut faire équipe avec la communauté.

— Et comment ? Quel rôle allons-nous jouer ?

— Leonis nous le dira certainement…

— Tu vois, on attend encore que ce soit lui qui nous dise quoi faire !

— Sarah, on s'est plantées, maintenant, on apprend de celui qui a une autre approche, d'accord ?

— On verra.

— Fie-toi à Leonis. S'il a choisi de nous dévoiler les secrets de la communauté, je pense que c'est aussi pour que des liens de confiance se tissent entre nous. Il veut que notre association repose sur autre chose que la simple envie de détruire Olympe. Nous devons être attentives à cette proposition si on veut être plus fortes.

Sarah détourna la tête, les yeux rivés vers le large. Grace sentit que leur échange lui avait fait du bien. Elles poursuivirent en contemplant le paysage.

Au loin, on entendait le cri des oiseaux, qui ne dépassaient jamais la pointe de l'île et nichaient de l'autre côté, sur leur falaise. Ici, dans le giron de la pente douce de la baie, retentissaient parfois des bêlements de moutons à la laine secouée par les rafales. Ils broutaient à leur guise en évoluant sur la prairie parsemée de petites constructions en pierre de forme circulaire que Grace n'avait pas remarquées en arrivant.

— Ce sont les toutes premières demeures des habitants préhistoriques de l'archipel ! expliqua Leonis, qui avait probablement suivi le regard de ses hôtes.

L'homme les devançait toujours, s'arrêtant de temps en temps pour échanger quelques mots avec les villageois. C'est là que Grace s'aperçut qu'ils avaient tous avec eux un petit carnet qu'ils montraient parfois à Leonis. Ce dernier le consultait, félicitait ses interlocuteurs, et reprenait sa marche. Les habitants de l'île continuaient leur activité sans vraiment prêter attention aux deux femmes, se contentant de leur sourire quand leurs regards se croisaient par hasard.

Pourtant, depuis qu'elles avaient quitté la maison des Penseurs, Grace avait l'étrange impression qu'une paire d'yeux la suivait avec insistance. Elle se retourna plusieurs fois, sans rien remarquer d'anormal dans le comportement des gens et, au bout de quelques minutes, la sensation qu'elle avait perçue dans le creux de la nuque disparut.

— Ça va ? demanda Sarah.

— J'avais l'impression qu'on m'épiait… Mais j'ai dû me tromper.

Sarah jeta un coup d'œil derrière elle et reprit le chemin, alors que Leonis achevait de saluer un petit groupe.

— Je suis toujours ému de voir comment toutes ces personnes qui ne se connaissaient pas sont devenues si proches, et même amies pour la plupart, dit-il. Non pas qu'elles aient des opinions communes sur tout, mais la vision du monde qui les unit est si forte et si différente de celle qu'elles peuvent trouver ailleurs, qu'elles sont prêtes à cohabiter malgré tous les désaccords qui les séparent. Je dirais même qu'elles parlent désormais de leurs oppositions avec bien plus de tolérance et d'envie de se comprendre qu'elles ne l'auraient jamais fait auparavant.

— Être d'accord sur l'essentiel est rassurant, commenta Grace. On se dit que ceux qui nous entourent ne chercheront en aucun cas à nous exclure ou à nous nuire si on ne suit pas leur proposition. Donc on accepte les compromis avec plus de sérénité afin de faire société.

— C'est exactement cela, répondit Leonis.

— Olympe est forcément au courant de votre projet, répliqua Sarah. Ils n'ont jamais tenté de s'en prendre à vous ? De vous attaquer et de s'emparer de l'île ?

— Si, bien sûr. Mais comme vous avez pu le voir, l'accès à Hirta ne peut pas se faire par les airs à cause des vents, et l'arrivée par la mer est également hasardeuse. De toute façon, la traversée est régulée par le gouvernement écossais, avec lequel j'ai passé un accord.

— Olympe se soumet aux États ? ironisa Sarah.

— Vous avez raison, ils ont les moyens de contourner ou influencer les décisions politiques, mais ils ne peuvent pas non plus faire tout ce qu'ils veulent à la vue de tout le monde. Or j'ai acquis l'archipel de Saint-Kilda en m'engageant à préserver la colonie d'oiseaux rares que vous avez probablement observés en arrivant. En débarquant ici, Olympe violerait une loi et se mettrait à dos plusieurs mouvements écologiques forts et puissants, dont il a besoin pour faire passer ses fausses solutions numériques.

— Et en infiltrant la communauté ? demanda Grace, dont la question fit malgré elle écho à la sensation d'être épiée qu'elle avait éprouvée un peu plus tôt. Ce serait facile de venir semer la zizanie ou de faire un reportage bidon qui vous ferait passer pour une dangereuse secte s'apprêtant à envahir le monde…

— C'est possible, en effet. Mais si notre communauté veut exister dans la durée, elle doit apprendre à se défendre contre ce type de déstabilisation. Ce serait, ou plutôt, ce sera une épreuve, puisqu'il est à peu près certain que c'est ainsi que le Passager procédera.

Leonis emprunta un sentier qui quittait l'allée centrale, pour se diriger vers un éperon rocheux. La chienne les précéda et se coucha dans l'herbe à bonne distance du précipice.

Depuis cette avancée dans le vide, le ressac de la mer leur parvenait avec plus d'intensité. Plusieurs centaines de mètres sous leurs pieds s'étalait la cité antique en ruine. De ce point de vue, Grace aperçut cette fois des échafaudages installés le long des colonnes et, pour certains, montant jusqu'au sommet des deux temples rappelant le Parthénon. Des silhouettes s'affairaient dessus et on entendait des bruits de travaux.

— Quels sont ces vestiges ? demanda Grace. Ne me dites pas que c'est…

— L'Atlantide, oui, répondit le petit homme avec un sourire.

— C'est une légende, et on situe cette cité plutôt en Grèce à Santorin, non ?

— Qu'importe, ici, c'est seulement le chantier de construction.

Grace demeura bouche bée.

— Vous voulez dire que c'est vous qui êtes en train de bâtir ces ruines ?

— Oui, tout comme nous avons fabriqué les monolithes noirs, le crâne qui était à l'intérieur de l'un d'eux, ou encore le monstre du loch Ness que vous avez vu de très près sur Cherry Island.

Grace et Sarah se regardèrent, ne sachant plus si elles devaient croire ce que Leonis était en train de leur raconter.

— Mon frère, Edgar, était un Imagineer, c'est à lui que nous devons ces créations géniales.

— Un Imagineer ? interrogea Grace, qui voyait désormais des dizaines d'ouvriers sculpter des frises sur les frontons des temples, hisser un chapiteau en pierre au sommet d'une colonne ou user les jambes musculeuses du colosse dominant la cité.

— « Imagineers » est le nom que l'on donne aux personnes qui créent les décors et les attractions dans les parcs Disney. Le mot est un mélange d'imaginaire et d'ingénieur, puisqu'il faut les deux compétences poussées au plus haut niveau pour provoquer le frisson du réalisme chez le public. Edgar était le meilleur de tous, et c'est pour ça que le monde entier a cru à l'authenticité de ses créations.

— Les monolithes, le crâne sans âge, le monstre du loch Ness, tout ça était faux ? Il s'agit d'une énorme imposture ? s'étonna Sarah. Et l'Atlantide, ce sera pareil ?

— Oui. Mais quel talent, n'est-ce pas ? Quel talent pour façonner un monolithe avec du fer météoritique et y insérer un crâne reconstitué à partir de poudre d'os dans laquelle Edgar a injecté des isotopes de roches spatiales préterriennes pour tromper les spectromètres de datation ! Quel talent pour construire une cité entière que l'on va ensuite immerger au fond de l'océan pendant quelques mois, avant de laisser fuiter son existence !

— Et la créature du loch Ness ? demanda Grace, qui ne pouvait oublier la brutalité avec laquelle le monstre s'était rué sur elles en ouvrant sa gueule.

— Une machine fort sophistiquée qui utilise toutes les mécaniques les plus élaborées et les plus pointues du cinéma et des parcs d'attractions. En pleine nuit, dans la panique, vous n'avez pas vu les éventuels petits défauts. Et Edgar vous avait conditionnées avec l'histoire de la tablette et de la cloche… Il avait ancré la possible réalité du monstre dans votre esprit. Il n'avait plus ensuite qu'à déclencher l'arrivée de la machine préprogrammée grâce à la télécommande qu'il avait dans la poche.

Grace n'en revenait pas de la vraisemblance de ce qui n'avait au fond été qu'une illusion. Elle repensa soudain à l'image satellite sur la clé qu'elle avait volée au Passager.

— Le Passager avait une photo, sur une clé USB, qui montrait une étrange construction de quatre dômes entourant une forme monolithique dans le désert de Namibie. C'est encore vous qui étiez derrière ces structures monumentales ?

— Tiens, je ne savais pas qu'Olympe les avait déjà repérées. Si le cliché était sur une clé USB personnelle du Passager, cela signifie qu'on les inquiète vraiment. Tant mieux. Donc oui, c'est nous. Le désert de Namibie est le plus vieux du monde. Et la région dans laquelle nous avons commencé à ériger cette installation est ponctuée de cercles de végétation de forme parfaite probablement construits par des termites mais dont l'origine a longtemps été inconnue. Tant et si bien qu'une vieille légende dit que ce sont les empreintes de divinités… Vous comprenez maintenant pourquoi nous avons choisi cet endroit.

— Leonis, pourquoi faites-vous cela ? interrogea Grace en regardant Sarah, qui scrutait le petit homme comme si elle voulait sonder son esprit.

Leonis hocha la tête, approuvant la pertinence de la question. Au loin, on entendit le bêlement d'un mouton.

— Pour gagner du temps. C'était et cela reste le but principal de ces créations.

Grace ne comprenait pas. Sarah non plus visiblement, puisqu'elle avait son air contrarié que l'Écossaise lui connaissait bien désormais.

— Comment ça, gagner du temps ?

— Nous ne sommes pas encore prêts à proposer un autre modèle que le système qu'Olympe essaie d'imposer. Il nous faut plus de temps. Dans quelques instants, je vous montrerai comment nous procédons, vous verrez que c'est une approche disons… différente, et vous comprendrez pourquoi elle requiert de la patience. En attendant, nous devons retarder Olympe dans sa communication, l'empêcher autant que possible d'occuper tout l'espace médiatique pour vendre sa propagande numérique et convaincre les peuples d'accepter la mise en place de sa société de contrôle et de surveillance. Nous avons donc déclenché une actualité si incontournable et si fascinante qu'elle finirait par faire la une de tous les journaux…

— Et c'est ce qu'il s'est passé, conclut Grace, qui avait déjà constaté combien ces étranges découvertes s'affichaient partout et à quel point elles occupaient les discussions.

— Chaque fois qu'un média parle de l'une de nos constructions, c'est un article ou un reportage en moins pour vanter les bienfaits d'une puce électronique implantée sous la peau ou alerter sur l'urgence de renforcer les dispositifs de sécurité intrusifs pour mieux nous protéger. Et nos créations sont si énigmatiques et si riches pour l'imaginaire qu'elles tissent même du lien entre les gens.

— Mais lorsqu'on apprendra la vérité, on vous accusera d'avoir alimenté les théories complotistes les plus farfelues…, lui opposa Grace. Et le nouveau système que vous proposerez sera, de ce fait, décrédibilisé.

— C'est effectivement la thèse que s'empressera de défendre Olympe, rétorqua Leonis, qui montrait, par la rapidité de sa réponse, qu'il avait longuement réfléchi à la question.

Il joignit ses doigts et parla à ses deux interlocutrices en mesurant chaque mot, comme s'il touchait au cœur de son projet.

— Mais pendant ces quelques mois, les gens auront réactivé une zone de leur cerveau qu'Olympe s'acharne à éteindre depuis des années : l'imagination. Ils auront compris et ressenti à quel point cet exercice rendait heureux parce qu'il rouvrait le champ des possibles. Ils auront redécouvert leur compétence créative enterrée sous des couches de : « Il n'y a qu'une voie envisageable, qu'une pensée sensée, tout le reste n'est que naïveté ou manque d'intelligence, l'avenir ne peut pas être inventé, mais seulement géré. » Quel choc pour nombre de citoyens de constater que l'imaginaire est excitant et surtout qu'il est une qualité naturelle de l'homme. Alors, oui, certains se contenteront de dénigrer notre initiative et se remettront en marche pour reprendre le modèle unique choisi par Olympe. Mais d'autres sentiront clairement que cette imagination retrouvée est un pouvoir immense qu'ils peuvent employer à la création d'un autre monde.

— Vous voulez rendre leur imaginaire aux peuples…, commença Grace.

— Et donc, en quelque sorte, leur intelligence, poursuivit Sarah.

— Exactement ! Cette intelligence qu'Olympe leur a volée avec la première phase de son plan destinée à faire chuter le QI des populations. En réactivant l'imagination, on relance la curiosité, donc la connaissance, la réflexion, tout le dispositif intellectuel qui fait la liberté de l'homme.

Grace regarda longuement Leonis, qui s'était retourné vers le chantier de construction antique au bord de la baie. Son audace était enthousiasmante.

— Allons dans la grotte de l'île pour poursuivre la découverte de l'originalité de notre communauté, dit-il en pointant du doigt une ouverture dans la montagne, à quelques mètres dans leur dos.

— Que va-t-on trouver là-bas ? demanda Grace.

— Le rêve du Dragon.

– 35 –

Les deux inspectrices et Leonis se trouvaient maintenant devant une haute porte à double battant qui épousait l'arche formant l'entrée de la grotte. Dessus, un cercle ponctué de ronds avait été peint en bleu. Quelque chose était écrit à l'intérieur de la figure géométrique, mais des dépôts de poussière collés par les embruns marins empêchaient sa lecture.

— Voyez-vous, commença Leonis, une main sur l'anneau en métal faisant office de poignée, nous sommes parfaitement conscients des défis écologiques qui sont devant nous : l'appauvrissement des ressources naturelles, le fait que cette volonté de croissance infinie sur le modèle de la révolution industrielle n'est plus viable. Nous savons que nous entrons dans une nouvelle ère et que de nos choix des cinq prochaines années va dépendre la pérennité de l'espèce humaine. Mais là où les gouvernements et les multinationales comme Olympe veulent perpétuer le schéma pyramidal des décisions, avec tout ce que cela comporte de brutalité, d'autoritarisme et de conflits d'intérêts, nous souhaitons nous orienter vers une organisation circulaire.

Autrement dit, un espace où chacun peut contribuer aux décisions et trouver des idées pour « mieux vivre la Terre », sans en passer par l'hypercontrôle des masses et la perte des libertés, qu'on voudrait nous imposer comme l'unique solution aux défis écologiques. Et ces nouvelles idées, elles germent ici…

Leonis tira lentement la lourde porte et demanda aux deux femmes de ne pas faire de bruit.

— Tu restes là, Déméter, dit-il à sa chienne, qui se coucha quelques mètres plus loin à l'abri d'une grosse pierre.

Ils entrèrent sous une voûte rocheuse plongée dans l'obscurité. Leonis referma derrière et le ressac fut comme happé par le silence des lieux. Jusqu'à ce que Grace commence à entendre une espèce de murmure éthéré, qui ressemblait à une respiration.

— Tu vois quelque chose ? chuchota Sarah à son oreille.

— Non, répondit Grace en se demandant si elle n'allait pas découvrir d'un instant à l'autre un dragon endormi.

Et soudain, un point lumineux apparut dans les ténèbres. Grace crut deviner du mouvement dans le halo de ce qui devait être une lampe. Puis la lumière s'éteignit et la nuit envahit de nouveau la grotte.

— Qu'est-ce que c'était ? interrogea-t-elle tout bas.

— Une idée, souffla Leonis. Écoutez, d'autres sont en train de naître…

Grace ferma les yeux pour mieux se concentrer sur son ouïe. Elle perçut alors non pas une, mais de multiples respirations, toutes régulières. Quand elle releva les paupières, sa pupille s'était habituée à l'obscurité, et elle distingua les contours d'un cercle parfait : une vingtaine de corps étaient allongés sur des couchettes, les yeux clos, en plein sommeil. Et quand une lumière se ralluma, elle vit cette fois clairement une personne écrire quelque chose sur un petit carnet avant d'éteindre sa lampe de chevet et de se recoucher. La caverne retourna alors à l'obscurité, dans ce vaporeux va-et-vient de souffles endormis.

Leonis lui tapota l'épaule.

— Ressortons, chuchota-t-il.

Ils se glissèrent dehors par l'embrasure de la haute porte entrouverte. La chienne accourut et se dandina comme s'ils étaient partis depuis des semaines. Grace lui adressa une petite caresse, mais elle était trop étonnée par ce à quoi elle avait assisté pour en faire plus.

— Ces gens sont là pour dormir, et quand ils se réveillent, ils notent ce qu'ils viennent de voir en rêve ! s'exclama Sarah.

En guise de réponse, Leonis passa sa main sur la poussière qui s'était déposée sur le cercle de peinture, et dévoila le message inscrit à l'intérieur : « Nan, mais tu rêves, là ! »

Grace ne s'attendait pas à lire une telle phrase.

— Voilà ce qu'une entreprise classique dirait à son employé qui proposerait une autre solution que celle décidée par le conseil d'administration, commenta Leonis. Nous pensons pourtant que le rêve est la part en nous qu'il faut exploiter au maximum avant de se lancer dans l'action. Les solutions que nous allons devoir imaginer pour relever le défi de la finitude de la Terre, sans passer par l'autoritarisme, sont d'une telle complexité qu'il nous faut faire appel à ce que l'homme peut accomplir de mieux dans son existence. Or, c'est lorsque l'esprit est libéré des contraintes matérielles ou des injonctions de penser, dictées par le cadre social, qu'il atteint une hauteur de vue qui dépasse tout ce qu'il pourrait produire en usant seulement de sa raison.

Le petit homme indiqua une maison au loin dans l'allée.

— Cette demeure est souvent occupée par Johanna, une chercheuse en neurosciences dans une prestigieuse université américaine. Ce qu'elle a découvert sur le rêve avec son équipe, grâce à des IRM, est fascinant. Auparavant, on pensait que le cerveau rêveur était en roue libre et soumis à une succession de stimuli émotionnels peu constructifs. Or l'étude de Johanna a montré le contraire : les zones cérébrales associées à la résolution de problèmes complexes s'activent lors d'épisodes de rêve, quand le cerveau n'est pas sujet à la pression du réel et qu'il peut produire des réponses qui dépassent tout ce que nous aurions été capables d'imaginer dans un état de concentration éveillée.

Leonis sortit un calepin de sa poche.

— Mais ce qu'il y a de plus encourageant encore, c'est que l'on constate le même phénomène lors des errances mentales ou des rêveries conscientes. C'est pour cela que nous avons tous un petit carnet sur nous, dans lequel nous notons les idées qui peuvent survenir n'importe quand pourvu qu'on y prête attention. Car, jusqu'à présent, la science disait que le réseau « par défaut » du cerveau, celui que l'on utilise pour une activité mentale facile et routinière, était le seul à être opérant lorsque notre esprit vagabonde. Mais ce que

Johanna et ses collègues ont prouvé, c'est que le réseau exécutif du cerveau, celui que l'on sollicite face aux problèmes de haut niveau, est lui aussi actif en phase de rêverie ! En bref, l'errance mentale est notre meilleure alliée dans la créativité.

Une fois de plus, Grace trouvait l'approche fort enthousiasmante, mais elle restait perplexe.

— Il arrive que certaines idées que l'on trouvait géniales au réveil ou en demi-sommeil s'avèrent tristement minables quand on les confronte au réel, non ?

— Oui, et c'est pour cette raison qu'on finit par ne plus y prêter attention alors que dans le lot, certaines auraient pu contribuer à changer le monde en mieux. Ici, nous portons un regard différent sur cette capacité à rêver de l'être humain. Et cette nouvelle façon de voir les choses fait que notre rêve commun est si fort, si ancré dans notre désir, que même dans les moments difficiles ou les moments de doute, on peut s'y raccrocher et y puiser une énergie infinie. Un peu comme un artiste exténué qui réactive la vision miraculeuse de son œuvre achevée.

— Et une fois le rêve identifié, que se passe-t-il ? demanda Sarah, dont le timbre était empreint de suspicion.

— On cherche comment passer du rêve au réel. On teste notre vision, on la soumet à l'épreuve de nos compétences !

— Ah ! s'exclama Sarah. Un instant, j'ai craint que vous ne soyez un peu trop…

— Perchés ? sourit Leonis.

— Disons pas assez pragmatiques et concrets pour avoir une véritable influence sur le monde.

— Ce travail de « résistance du rêve au réel » est dévolu à la quatrième branche de la communauté : les Testeurs.

Le petit homme se gratta le dessus d'un sourcil en regardant par terre. Il avait l'air de se préparer à faire de nouveau une annonce importante. Grace se tendit et sentit que Sarah réagissait avec la même vigilance.

— À propos des Testeurs, reprit Leonis, j'aimerais que vous fassiez partie de cette équipe de la communauté pour mettre à l'épreuve une idée un peu particulière, sortie de cette caverne il y a quelque temps et dont seules des personnes comme vous pourront peut-être faire quelque chose.

— De quoi s'agit-il ? demanda Grace.

— Eh bien…

— C'est moi qui vais tout vous expliquer, coupa une voix d'homme dans le dos des deux inspectrices.

Elles se retournèrent et Grace eut un petit serrement au cœur. Les bras croisés, assis sur un rocher, dos à la mer, il était là. Celui qui avait été son bourreau, puis son sauveur, avait encore changé d'apparence, mais, sans aucun doute, c'était bien Gabriel qui les observait.

– 36 –

— Je sais que vous connaissez bien Gabriel, dit Leonis en observant Grace d'un air plein de compassion. Je sais aussi le passif qui vous déchire et vous rapproche. À ce titre, Gabriel est le membre de la communauté que j'ai évoqué tout à l'heure et qui a organisé votre exfiltration de Gaustad.

Gabriel regardait ailleurs. De profil, on voyait bien le fin collier de barbe qu'il s'était laissé pousser, proprement rasé comme d'habitude. Mais il n'avait plus l'apparence athlétique que Grace lui avait connue lors de leur première confrontation. Plus rien non plus de cette colère qui avait marqué leur face-à-face en Forêt-Noire. Il était seulement là, attentif mais en retrait. D'ailleurs, quand il tourna la tête vers les deux inspectrices, Grace remarqua que son regard avait perdu toute rage de vengeance et elle fut bouleversée de constater que, l'espace d'un demi-battement de cœur, elle venait de le trouver beau.

— Que ce soit bien clair, reprit Leonis. Ne vous sentez aucunement obligées de collaborer avec nous sous prétexte que nous vous avons tirées de là. Je vous le rappelle, ici, vous êtes libres de vos choix. Vraiment libres. Et vous pouvez quitter l'île à tout instant.

— Et reprendre le cours d'une vie de fuite et de cachette, sans pouvoir être avec nos proches ? répliqua Sarah. C'est une fausse alternative, même si je ne vous en tiens pas pour responsable, bien au contraire.

— Sarah et moi sommes allées trop loin, et désormais, seule la fin d'Olympe nous permettra de retrouver une existence normale, renchérit Grace avec gravité.

— Il serait possible de repartir de zéro ailleurs, sous votre nouvelle identité. Je pourrais vous y aider, proposa Leonis.

— Sarah a Christopher et Simon, cela pourrait l'intéresser. En ce qui me concerne, j'irai jusqu'au bout.

La Norvégienne se tourna vers la mer. Elle demeura silencieuse et personne ne vint troubler ce moment de recueillement.

— Vivre dans l'inquiétude permanente d'être démasquée d'un côté, et la certitude d'avoir laissé Olympe détruire ce qui fonde notre humanité de l'autre, ne me permettra pas d'être heureuse, même en famille. Écoutons ce que vous avez à nous proposer.

— Gabriel ? Allez chez toi, vous serez plus à l'aise pour parler, enchaîna Leonis. Je vous y rejoins, le temps que Déméter termine sa petite promenade.

Leonis repartit avec sa chienne, qui se mit à dévaler la pente qui conduisait aux maisonnettes alignées.

Gabriel se leva du rocher où il était assis et marcha jusqu'aux deux femmes en boitant légèrement et d'un pas hésitant, comme s'il sentait ce qui se jouait dans la tête des inspectrices, notamment celle de Grace.

Effectivement, l'Écossaise ne savait pas comment réagir. D'un côté, il était l'ancien assassin d'Olympe, celui qu'elle avait traqué de l'Écosse au Groenland lors de sa première enquête contre la multinationale. Un tueur d'une cruauté inouïe, capable d'extraire le cerveau de sa victime alors qu'elle était vivante, et qui avait tenté de reproduire la même atrocité sur Grace. Il était aussi celui qui avait tué Naïs, la seule personne dont Grace était tombée amoureuse. Pour tout cela, Grace devait contrôler les impulsions nerveuses qui voulaient conduire ses mains à le frapper jusqu'à ce que mort s'ensuive.

Mais d'un autre côté, dans une contradiction déchirante, Gabriel était aussi celui qui l'avait aidée à infiltrer le train du Passager, et qui lui avait évité de mourir de froid et d'hémorragie lorsque, inconsciente, elle s'était échouée sur une berge après avoir sauté du convoi dans une rivière glacée. Celui qui avait également sauvé tous les enfants détenus dans le train, les tirant des griffes d'Olympe. Et enfin, il avait organisé toute la mission qui avait permis à Sarah et à elle-même de ne pas terminer leur vie dans l'asile de Gaustad.

Et puis, elle devait l'avouer bien malgré elle, il dégageait désormais une énergie protectrice et bienveillante qui ne faisait qu'attiser la confusion dans laquelle Grace était en train de se débattre.

Ce dilemme volcanique se traduisit par une posture froide et distante qui contint toute forme de réaction impulsive.

— J'aurais aimé vous sortir plus vite de l'hôpital psychiatrique, dit Gabriel d'une voix un peu cassée. Mais je ne voulais pas faire de victimes parmi le personnel. Cette évasion a demandé plus de préparation qu'un simple assaut létal. J'espère que vous allez bien, l'une et l'autre.

Grace, qui le détaillait de près, fut encore plus troublée d'observer que ses yeux ne reflétaient plus l'envie de détruire, mais celle de construire. Elle se ressaisit quand soudain surgit le souvenir du sadisme du visage de cet homme penché au-dessus du sien, lorsqu'il voulait la tuer en lui broyant le cerveau d'une pique enfoncée dans la narine.

— Merci d'avoir organisé notre libération, dit Sarah. J'ai entendu parler de vous par mon agent infiltré chez Olympe. Malgré ce que vous avez fait pour nous, je ne vous accorde aucune confiance.

— Je comprends, approuva Gabriel en baissant brièvement le regard, gêné. Je…

Il se tut. Le vent charria les cris de quelques enfants qui jouaient non loin et les sifflements d'un berger.

— Je vais vous expliquer la proposition de Leonis, reprit-il en relevant la tête. Nous serons mieux dans ma maison.

Quand Gabriel commença à descendre le sentier, Grace retint Sarah par le bras et attendit que son ancien tortionnaire ait pris un peu d'avance pour lui emboîter le pas.

— Je t'écoute, dit Sarah, qui avait compris. Qu'est-ce qu'il s'est passé entre vous deux ?

Pendant la dizaine de minutes de marche, Grace lui raconta que Gabriel avait été tueur à gages pour Olympe, pour ensuite être promu au poste de « nettoyeur », c'est-à-dire responsable de la sécurité, et l'impossible relation qui les reliait.

— Je te comprends, déclara Sarah en serrant un instant l'épaule de sa coéquipière.

Geste d'autant plus touchant que Grace avait remarqué combien sa collègue gardait toujours une distance physique avec les gens.

— Je n'accepterai rien de lui que tu n'auras accepté avant, ajouta-t-elle.

Gabriel les attendait devant la porte de sa maisonnette. Il entra le premier et les deux femmes découvrirent un intérieur qui n'avait rien à voir avec celui du logis de Leonis. Une agréable cuisine américaine avait été aménagée et donnait sur le petit salon, où un confortable canapé et deux fauteuils encerclaient une table basse ronde, en bois. Dans un coin de la pièce, trois grands écrans affichant des graphiques évolutifs étaient disposés sur un bureau, et un ordinateur portable était ouvert sur le bar. À côté d'une carafe d'eau, Grace repéra des boîtes de médicaments dont elle ne connaissait pas le nom. Peut-être des antidouleurs pour sa blessure à la jambe.

— Vous voulez un thé ou autre chose ? demanda Gabriel dans la cuisine.

— Ça ira, répondit Grace par réflexe.

Sarah fit un mouvement négatif de la tête.

Leur hôte prit place sur le canapé. Les deux inspectrices s'assirent à leur tour.

— La plupart des visions qui émanent des Rêveurs sont des projets autour de nouveaux modèles de production, d'organisation sociale, de lois, commença l'ancien assassin d'Olympe. Toutes sont pacifiques, en cohérence avec l'esprit de la communauté. Or, il se trouve que ces dernières semaines, les Rêveurs ont façonné trois visions très offensives à l'égard d'Olympe.

Gabriel but une gorgée du thé qu'il s'était servi. Grace regarda ses lèvres frôler le liquide brûlant.

— Ces visions traduisent un non-dit au sein de la communauté. Comme si, au fond de lui, chaque individu ici présent sentait qu'il fallait affronter directement Olympe, mais qu'il n'osait pas l'exprimer, par crainte d'être en porte-à-faux avec les autres membres. C'est d'ailleurs pour cela que Leonis a créé le groupe des Rêveurs : ce sont des esprits libres qui protègent l'intuition contre le poids du conformisme.

— C'est en effet une initiative judicieuse, dit Sarah. Maintenant, qu'attendez-vous de nous ?

— Après mûre réflexion, la communauté a décidé d'écouter ces visions et Leonis m'a confié la mission de retrouver et d'éliminer le Passager.

— Nous avons toujours échoué, répliqua Grace. Comment pensez-vous vous y prendre ? Quel moyen avez-vous pour le localiser ? Et si, par miracle, on y parvient, comment comptez-vous l'approcher ?

— Vous n'avez pas complètement échoué, répondit Gabriel. Olympe ne le montre pas, mais je sais de source sûre, puisque je garde quelques contacts au sein de l'organisation, que la multinationale a été profondément ébranlée par ce qu'il s'est passé avec le train du Passager. Les failles dans la sécurité que nous avons provoquées ont inquiété les investisseurs de la fondation, qui n'ont pas non plus apprécié d'être sous les projecteurs de l'actualité pour de mauvaises raisons. Beaucoup ont retiré leurs financements, et d'importants actionnaires de la compagnie elle-même les ont suivis.

Au moment où je vous parle, la plupart des actions d'Olympe sont en baisse.

Gabriel se leva et prit son ordinateur portable qu'il posa sur la table basse. Sur l'écran, un graphique affichait une courbe rouge sur fond noir.

— Regardez, j'ai compilé le cours des cent plus grosses entreprises où Olympe est majoritaire. Là, c'est le jour de l'arraisonnement du train.

La courbe était effectivement éloquente. Quarante-huit heures seulement après l'incident, on voyait un affaissement très net, qui continuait en pente douce jusqu'à aujourd'hui.

— Cela veut dire que la confiance n'est pas revenue et qu'Olympe est en pleine crise, expliqua Gabriel.

— Jusqu'à quel point ? demanda Sarah.

L'ancien tueur allait faire craquer ses doigts, mais il se reprit en secouant la tête, comme quelqu'un qui lutte contre de vieilles habitudes.

— Wilhem, ou le Passager, appelez-le comme vous voulez, est très préoccupé par l'avenir de sa compagnie et il doit passer ses jours et ses nuits à tenter d'éteindre l'incendie qui pourrait détruire son œuvre.

— Vous sous-entendez qu'il délaisse peut-être sa propre protection ?

— Disons qu'il pourrait ne pas remarquer certains détails qu'il n'aurait pas ratés en temps normal. Et cette faille peut aider notre complice en interne.

— Vous avez réussi à faire entrer un allié chez Olympe ? s'étonna Grace.

— Nous n'avons rien fait. C'est Wilhem lui-même qui a invité cette personne à venir le rejoindre. Et c'est là toute la force de notre plan.

— Qui est ce complice ?

— Une femme qui a toujours fasciné le Passager.

Leonis venait d'entrer dans la maison. Il referma la porte, qui laissa siffler un courant d'air, prit place dans l'un des fauteuils du salon en poussant un soupir d'aise, et s'adressa aux deux femmes.

— Vous la connaissez également. Il s'agit de Lydie Ferguson. Emily Abercamp de son vrai nom.

Au départ surprise, Grace ne fut pas longue à comprendre ce qui pouvait attirer un homme comme le Passager chez une femme si inquiétante.

— Comme je vous l'ai dit, j'étais encore chez Olympe lorsque l'expérience Rosemary a débuté, continua Leonis. Wilhem était très attaché à ce programme qui, disait-il, devait lui fournir de précieuses données pour la suite de son plan. Il avait donc demandé à en suivre les développements dans les moindres détails et à valider personnellement les profils des malheureux candidats.

Gabriel déposa une tasse de thé fumante devant Leonis.

— Quand il a découvert la fiche d'Emily, il a tout de suite exigé des photos, des enregistrements audio, puis des vidéos supplémentaires, dont on ne sait pas ce qu'il faisait. La seule chose dont une partie de l'équipe et moi étions sûrs, c'est qu'il avait développé une véritable fascination pour cette femme. D'ailleurs, un de ces rares jours où il s'est confié, il m'a dit, les yeux brûlants de désir, qu'il s'enivrait de l'ambivalence de cette créature qui pouvait passer de l'angélisme à la plus sanglante des folies.

Leonis trempa ses lèvres dans le thé et regarda dans le vide, comme s'il devait reprendre ses esprits avant les paroles qu'il allait prononcer.

— Il disait qu'il ne pouvait y avoir de plus intense jouissance que de faire l'amour à une aussi belle créature, dont on sait qu'elle a tué des innocents et qu'elle pourrait vous assassiner à tout moment.

Le vieil homme reposa sa tasse sur la table basse.

— Je ne comprends pas, intervint Grace. Emily et le Passager ont eu une liaison ?

— Pas à l'époque, mais grâce à vous, c'est désormais chose faite.

Grace n'était pas certaine d'avoir tout saisi.

— Wilhem s'est formellement interdit toute relation avec Emily Abercamp, pour éviter de brouiller l'expérience ésotérique qu'il tentait de mener à bien. Mais quand j'ai appris par la presse que vous aviez fait arrêter cette femme, et donc mis un terme à cette branche du projet Rosemary, j'ai pensé aussitôt que Wilhem allait faire rapatrier Emily jusqu'à lui afin de vivre enfin son fantasme. On tenait là notre taupe idéale.

Leonis plaqua ses mains autour de la tasse.

— Je suis parvenu à entrer en contact avec elle alors qu'elle était encore au poste de police de Hawick et…

— Attendez, dit Grace. Mais oui ! C'est pour ça que votre visage nous était vaguement familier.

— C'était vous, le prétendu médecin venu ausculter Emily ? renchérit Sarah, qui venait elle aussi de faire le rapprochement. Pile quand on nous annonçait que l'enquête allait nous être retirée.

— En effet, c'était moi… J'ai encore quelques relations qui m'ont permis de graisser la patte au commissaire afin qu'il m'accorde cinq minutes avec la prisonnière. Mais je ne pouvais rien faire pour vous à ce moment-là, et surtout, je n'imaginais pas la tournure qu'allaient prendre les événements.

— Qu'importe, qu'avez-vous dit à Emily ?

— Grâce au témoignage de Shimon Ostade qu'elle avait entendu dans son intégralité, elle savait donc qu'elle avait été la victime d'une sordide expérience d'Olympe. Ce qu'elle ignorait, en revanche, c'est la fascination amoureuse que l'homme à la tête de la multinationale avait pour elle. À peine le lui ai-je dit que j'ai vu son regard changer. Elle avait compris comment tirer parti de cette passion pour se venger de cet individu. Je lui ai rapidement expliqué que la plus grande souffrance qu'elle pourrait infliger à celui qui avait finalement été son tortionnaire serait de détruire son œuvre sous ses yeux. Et je lui ai fait la promesse de tuer cet homme. Elle a semblé apprécier l'idée…

— Et quel était le plan exact ? s'enquit Grace.

— Lorsque le Passager la contacterait, elle devrait jouer l'ingénue en lui faisant croire qu'elle ne savait pas qui était derrière tout ce qui lui arrivait. Elle allait accepter avec une certaine méfiance la main qu'il lui tendrait pour la sortir de prison. En échange de sa libération, il lui proposerait sans doute de rester un peu auprès d'elle pour la protéger, ce qu'elle finirait également par accepter. Une fois à ses côtés et après avoir gagné sa confiance, elle trouverait un moyen de nous joindre pour nous dire où se terrait Wilhem et comment arriver jusqu'à lui. Ce dernier serait fort occupé par la dégringolade de son cours en Bourse et la grogne de ses actionnaires, il la laisserait probablement assez libre.

— Et alors, cela a fonctionné ? demanda Sarah.

— Il y a trois semaines, Emily a officiellement été transférée vers un hôpital psychiatrique de haute sécurité, parce que incapable d'être jugée dans son état actuel. Deux jours plus tard, elle nous a fait parvenir un message qui disait seulement : « Bientôt. » Depuis, plus rien.

— Elle prend encore ses médicaments ? se renseigna Grace, inquiète du comportement erratique de la jeune femme.

— Quand je l'ai vue, oui…

— Imaginons qu'elle vous révèle la cache du Passager, pourquoi nous choisissez-vous pour cette opération ? Pourquoi ne prendriez-vous pas l'équipe qui nous a sorties de Gaustad ? s'enquit l'Écossaise en regardant Gabriel, demeuré silencieux jusqu'ici.

— Avant tout, parce que la mission est cette fois encore plus sensible, répondit ce dernier. Il nous faut donc avoir une confiance absolue dans les membres du groupe. Et puis, parce qu'il y aura des imprévus et qu'il nous faut deux intelligences qui connaissent bien le Passager pour y faire face.

Une alerte sonore émana soudain des ordinateurs allumés à l'autre bout de la pièce.

Gabriel se précipita vers l'une de ses machines.

— Un message d'Emily, souffla-t-il.

On entendit le clic de la souris. Puis il recula.

— Que dit-elle ? s'inquiéta Grace.

— C'est un peu énigmatique.

Les deux femmes et Leonis se levèrent pour aller regarder l'écran.

— « Ascension. Nasa. 15 heures, le 15 », lut Grace à voix haute. Vous comprenez quelque chose ?

— Il est sur l'île de l'Ascension, répondit Sarah d'une voix froide. Et le Passager n'a pas choisi cet endroit par hasard. Non seulement les conditions d'accès sont aussi restrictives que dans cet archipel, mais surtout, dans le sous-sol de l'ancienne base de la Nasa se trouvent les vestiges d'un centre d'expérimentation du projet MK-Ultra. Ceux que Christopher et moi avons exhumés il y a cinq ans.

— Et elle nous fixe un rendez-vous le 15 à 15 heures, précisa Grace. Ce qui signifie que…

Gabriel leva la main pour demander un peu de temps. Il pianotait sur son clavier à toute vitesse, passant d'un site de compagnie aérienne à l'autre.

— Ce qui signifie que, compte tenu des vols disponibles, nous devons partir demain matin, à l'aube.

– 37 –

— Et si c'est un piège ? demanda Grace. Si le Passager a démasqué Emily et se sert d'elle pour nous faire venir sur place et se débarrasser de nous ? Ou encore, si notre jeune veuve a finalement épousé l'homme et sa cause…

— Nous savons tous le risque que nous encourons, répondit Gabriel. La seule promesse que je puisse vous faire, c'est que je ne te… je ne *vous* laisserai jamais tomber.

Gabriel prit congé et Leonis conduisit les deux inspectrices dans une des maisons, réservée aux invités. Il s'arrêta sur le pas de la porte une fois qu'elles furent à l'intérieur, dans une atmosphère douillette et sécurisante de chalet de montagne.

— Vous serez bien installées. La simplicité n'empêche pas le confort, sourit-il.

— Merci, dit Grace. Vous serez à l'embarcadère demain matin ?

— Oui. En attendant, vous pouvez vous joindre à nous pour le dîner, ou je peux vous faire porter quelque chose à manger.

— Je pense que nous allons nous coucher tôt. Sarah ?

— Oui. On a besoin de récupérer.

— Très bien, d'ici trente minutes, on frappera à votre porte avec le repas.

Leonis considéra les deux femmes avec, pour la première fois depuis qu'elles le côtoyaient, une ombre sur le visage.

— Je vous avoue que… je ne suis pas très à l'aise avec l'assassinat de Wilhem. J'ai le sentiment d'entacher notre propre projet de société. Mais surtout, je crains pour vos vies.

— Et nous, pour celles de tous ceux qui vivront sous la mainmise totale d'Olympe, répliqua Grace. Notamment les enfants. Quant au Passager, on a tout essayé pour l'arrêter. Et vous savez comme moi que, s'il reste en vie, il s'en sortira toujours. Je crois donc que sa mort est désormais indispensable si on veut avoir une chance de se dire qu'un autre monde est possible.

— Et puis, faites-nous confiance, on est habituées à ce genre d'opération, tenta de le rassurer Sarah.

— Une dernière chose. À propos de Gabriel…

Grace se tendit.

— Ce n'est plus le même homme que celui qui vous a volé Naïs et qui vous a fait tant de mal, précisa Leonis d'une voix prudente. Je sais que cela n'est pas facile à croire, Grace. Et d'ailleurs, je ne vous demande pas de le faire. Mais comme vous allez traverser ensemble une épreuve délicate, je voulais vous dire que vous pouvez avoir confiance en lui. Il est définitivement redevenu celui qu'il était.

— Comment ça, « redevenu celui qu'il était » ? s'étonna Grace.

— Vous connaissez l'histoire de sa naissance, n'est-ce pas ? Le fait qu'il est le clone d'un des tueurs en série les plus cruels et meurtriers ?

— Oui…

— À l'époque où je travaillais encore pour Olympe, je me suis toujours opposé à ce programme de clonage qui a donné vie à Gabriel. Mais je n'ai rien pu faire pour empêcher Wilhem d'aller au bout de son idée, et je me suis retrouvé à voir grandir ce petit garçon entre les mains des formateurs d'Olympe.

Leonis considéra un instant sa chienne, qui s'était couchée à ses pieds, le museau entre les pattes.

— Le conditionnement qu'il a subi pour devenir ce qu'Olympe voulait qu'il soit a été très dur. Autant pour lui que pour ses éducateurs, d'ailleurs. Gabriel refusait l'agressivité et le goût pour la souffrance qu'on voulait lui inculquer. Bien qu'il soit la copie génétique d'un horrible tueur, ce n'était curieusement pas dans sa nature d'aimer faire du mal. Bien au contraire. Il aimait jouer, lire, construire. Il essayait toujours de détourner les exercices qu'on lui imposait.

Leonis sourit, le regard dans le vague, comme si le souvenir de ce passé défilait devant ses yeux.

— Je me rappelle qu'à l'âge de huit ans, lorsqu'on devait l'exposer à la violence pour la banaliser, il disait que ce n'était pas la peine, puisqu'il avait lu tout *Le Club des cinq*, où les héros vivaient des situations déjà très cruelles.

Grace ne put s'empêcher de sourire intérieurement.

— Et plus tard, lorsqu'ils ont voulu lui enseigner l'usage de différentes armes, il leur a fait perdre un temps fou en expliquant qu'il devait d'abord savoir fabriquer une arme avant d'apprendre à s'en servir. Et il passait des heures dans l'atelier à bricoler toutes sortes d'inventions qui avaient pour point commun d'être tout sauf dangereuses.

— S'il était si bon, comment est-il devenu le tueur sanguinaire et sadique dont j'ai croisé la route ? opposa Grace.

— Quand Gabriel a eu treize ans, Wilhem en a eu assez de la méthode douce, qui ne donnait pas de résultat, alors qu'il avait investi beaucoup d'espoir et d'argent pour en faire un tueur expert à son service. Il a donc demandé à ce que l'on emploie la manière forte. Gabriel a été brutalisé, supplicié, avant d'être dorloté, choyé, puis de nouveau battu. Ils ont transformé ce jeu pervers alternant violence et tendresse en une normalité pour lui. Il a ensuite été contraint de regarder des tortures, d'abord d'animaux puis d'êtres humains, pendant qu'on lui distribuait des récompenses alimentaires ou sexuelles afin que son cerveau associe la souffrance d'autrui au plaisir. Et petit à petit, ils sont parvenus à activer en lui tout le mal qu'il y avait dans une partie de son ADN. Et vous savez mieux que moi de quoi je parle…

Un coup de vent fit grincer la porte ouverte de la maisonnette.

— Je ne comprends pas, le coupa Grace. Il m'a confié avoir été élevé par son père, avec son frère.

— Oui, c'est vrai. Olympe n'a jamais dit à Gabriel qu'il était un clone. Ils l'ont fait adopter par un ambassadeur américain qui a accepté de collaborer au projet et de jouer le jeu. Mais cela n'empêchait pas Gabriel de faire régulièrement des stages chez Olympe. Son père les justifiait en lui disant qu'il fallait le « dresser » parce qu'il était insupportable à la maison. Et qu'en plus, il devait se préparer à la dureté de la vie s'il voulait un jour être en mesure d'être, comme lui, un grand diplomate. Gabriel lui faisait confiance…

— Et vous croyez qu'on peut vraiment se remettre d'un tel traitement ? s'interrogea Grace.

— Pendant de longues années, il a obéi au doigt et à l'œil à Olympe. Et puis, vous le savez, il n'y a pas si longtemps, il a découvert la vérité : qu'il était le clone d'un tueur en série et qu'il avait été élevé pour exploiter toute la violence contenue dans ses gènes. Gabriel a d'abord nourri de la colère et de la rancune à l'égard d'Olympe. D'où l'aide qu'il vous a apportée pour vous infiltrer dans le train du Passager afin de l'arrêter. Mais quand il est arrivé ici, il m'a expliqué que cette rage le détruisait sans même atteindre son ennemi. Il voulait donc faire la paix avec lui-même. Et je vous promets que j'ai revu dans son regard la bonté de l'enfant que j'avais connu jadis.

Leonis hocha la tête en écartant les mains.

— Pardonnez-moi si j'ai été un peu long, mais plus vous serez dans un rapport de confiance, plus vous aurez de chance de réussir votre mission, conclut-il.

— Vous avez bien fait, lui répondit Grace. À demain.

— Une dernière chose, lança Sarah.

— Oui ?

— Gabriel boite. Que devons-nous savoir d'autre sur ses éventuelles faiblesses physiques ?

Leonis eut l'air de trouver la question légitime.

— Sa claudication est le résultat de…

— De ce que Naïs lui a fait au Groenland, le coupa Grace. Lorsqu'il voulait me tuer.

— C'est un miracle qu'il s'en soit sorti, compte tenu de l'état dans lequel il était, approuva Leonis.

— Il a gardé d'autres séquelles de ses blessures ? reprit Sarah, pragmatique.

— Une voix éraillée après sa blessure à la gorge. Il a parfois eu des crises d'épilepsie, mais il prend un traitement qui lui permet de les contrôler complètement. Sa claudication s'est largement améliorée puisqu'il n'a plus besoin de canne pour marcher. Il a fait beaucoup d'efforts pour rééduquer son corps et être de nouveau en pleine possession de ses moyens.

Sarah hocha la tête en signe d'acquiescement.

— Bien, si vous n'avez pas d'autres questions…

Le vieil homme tourna les talons et Grace referma doucement la porte.

Une heure plus tard, elles avaient dîné et étaient allongées chacune sur son lit, séparées par une table de chevet.

— Tu crois ce que Leonis nous a dit sur la résilience de Gabriel ? demanda Grace dans le silence de la chambre bercé au loin par le roulement des vagues.

— Je suis certaine qu'il est sincère, mais voit-il juste ? C'est une autre affaire. Je peux simplement ajouter qu'un traumatisme reste en toi toute ta vie, mais tu peux parvenir à l'apprivoiser si bien que, même s'il peut encore te perturber, tu n'es plus sous son emprise. J'en sais quelque chose, et je crois que toi aussi…

— Oui…

Le vent secouait les volets et la porte de la maisonnette, tandis qu'on entendait parfois des voix passer sur la route dallée longeant l'ensemble des habitations.

— À quoi tu penses ? demanda Grace.

Sarah ne répondit pas tout de suite. Et quand elle parla, il sembla à Grace que sa voix était un peu écorchée.

— À Christopher et Simon.

— On suit le chemin qu'il faut pour que tu les retrouves et que vous repreniez votre vie.

— Bonne nuit, Grace.

— Bonne nuit.

Grace ferma les yeux et vit défiler dans sa tête le voyage éprouvant qui les attendait. Rejoindre Glasgow, embarquer pour un vol de quatorze heures jusqu'à Johannesburg, de là prendre un vol de six heures pour Sainte-Hélène et, de Sainte-Hélène, un autre avion afin d'atterrir sur l'île de l'Ascension. Et une fois sur l'île… Grace sentit l'angoisse monter en elle. Elle aurait préféré la chasser pour pouvoir enfin trouver le sommeil.

Mais elle y pensa toute la nuit.

– 38 –

La traversée en bateau jusqu'au port d'Uig mit Grace à genoux. Elle posa pied à terre avec la nausée et se coucha sur la banquette arrière de la voiture, tandis que Gabriel prenait le volant pour les conduire jusqu'à Glasgow. C'est Sarah qui la réveilla pour lui annoncer qu'ils étaient arrivés à l'aéroport. Grace se redressa lentement, les cheveux ébouriffés, les traits du visage tirés. Elle était encore fatiguée, mais la nausée avait disparu.

— Et moi qui ai dit à Leonis qu'on était habituées à ce genre de mission, glissa Sarah en lui tendant un verre d'eau.

Grace sourit à la plaisanterie, but quelques gorgées, se recoiffa rapidement, avant de se mettre en route pour rejoindre l'aéroport. Passé les formalités d'enregistrement sous leurs nouvelles identités, Grace se détendit un peu. Ils embarquèrent en classe affaires et Gabriel profita d'une partie du vol pour leur expliquer plus en détail le plan de leur infiltration. Installé près du hublot, à côté de Sarah, il se pencha légèrement vers cette dernière, afin d'être entendu par Grace sans avoir à parler trop fort.

— Sarah, vous connaissez donc l'île de l'Ascension. Grace, tu… vous en savez quoi ?

— Rien.

— OK, donc, brièvement, c'est une île minuscule en plein milieu de l'océan Atlantique, qui appartient au Royaume-Uni. Elle n'est pas très loin de Sainte-Hélène. Une seule compagnie aérienne est autorisée à atterrir là-bas. Il n'y a qu'un petit aéroport, une poste, un bar et une base de la Royal Air Force, où travaillent la majorité des huit cents habitants.

— Les baraquements abandonnés de la Nasa se trouvent sur Green Mountain, la partie de l'ancien volcan recouverte par la jungle, précisa Sarah.

— Oui, exact, confirma Gabriel. J'ai réservé un 4 × 4 pour y aller dès notre arrivée. C'est là que le Passager doit se terrer, je suppose qu'il y a fait construire une espèce de bunker.

— Et c'est donc Emily qui doit nous en ouvrir les portes ? demanda Grace.

— Oui, notre intrusion est entre ses mains.

Un steward intervint poliment pour leur déposer le menu du premier repas et leur proposer du champagne ou un jus de fruits. Tous les trois déclinèrent et attendirent que le serveur se soit éloigné pour poursuivre leur conversation.

— Imaginons qu'on parvienne à entrer, reprit Sarah, et qu'on arrive devant le Passager sans être abattus. Que fera-t-on ? On le supprime de sang-froid, à mains nues ?

— On ne peut effectivement pas apporter d'armes à feu sur l'île de l'Ascension. Ni vous ni moi n'avons de permis, et en faire des faux est risqué. De toute façon, le Passager serait probablement averti si des personnes armées passaient la douane. Il faut donc espérer qu'Emily se sera arrangée pour qu'on puisse en récupérer au moins une.

— Et si ce n'est pas le cas ? s'inquiéta Grace.

— Je sais que ce n'est pas le plan parfait, s'excusa Gabriel. Mais avec le Passager, il n'y en aura jamais. Emily est la meilleure opportunité que l'on ait de l'approcher... Il faudra improviser.

Grace se laissa retomber sur le dossier de son siège.

— Une fois encore, insista Gabriel, le Passager ne s'est installé sur l'île que récemment, dans l'urgence et l'esprit préoccupé. Toute sa sécurité ne sera pas aussi bien huilée que s'il était là depuis des années. Enfin, je l'espère. Nous devrons donc exploiter au maximum les failles de sa mauvaise préparation.

— Et lui de la nôtre, ironisa Sarah.

— Ce n'est pas à vous, l'ancienne des forces spéciales, que je vais apprendre à mener une opération d'infiltration, dit Gabriel.

— Et vous, rappelez-moi ce que vous faisiez chez Olympe ? lui rétorqua la Norvégienne.

— Nettoyeur, glissa-t-il en évitant Grace du regard.

— Mais, à l'époque, j'imagine que vous aviez les deux jambes valides. Vous n'avez pas intérêt à nous mettre en danger.

— Je ne souhaite pas à grand monde de s'en prendre à quelqu'un comme moi, y compris avec mon handicap.

Sarah parut satisfaite de la réponse et se tourna vers Grace, l'air de dire qu'elle lui faisait confiance.

Quelques minutes plus tard, le déjeuner était servi et ils mangèrent en silence. De quoi pouvaient-ils bien parler d'autre avec ce qui les attendait au bout du voyage ? Leur repas achevé, Grace alla se rafraîchir aux toilettes. Quand elle revint, Sarah s'était assoupie et Gabriel était penché au-dessus de sa tablette. En s'asseyant, elle vit qu'il pliait minutieusement un des sachets en papier qui avaient enveloppé le pain. Sur le coin de sa table reposait un origami en forme de lapin.

Concentré sur sa tâche, il ne semblait pas l'avoir vue revenir et elle en profita pour l'observer discrètement. Il était très appliqué et ne s'arrêta qu'un instant pour prendre un médicament dans sa poche et l'avaler avec un verre d'eau. Puis il reprit son activité avec attention.

Grace repensa à ce que Leonis leur avait expliqué sur l'enfance de l'ancien assassin. Et, pour la première fois depuis qu'elle connaissait Gabriel, elle eut de la peine pour lui. Compassion qui ne dura que quelques secondes, avant qu'elle incline son fauteuil en fermant les yeux. Le sommeil eut raison de son anxiété et elle s'assoupit.

— On arrive, déclara Sarah.

Grace se réveilla en sursaut, le cœur battant. Elle avait fait un étrange cauchemar : le Passager était de mèche avec Leonis, lequel avait pour mission d'attirer à lui tous les opposants d'Olympe afin de mieux les surveiller et les neutraliser.

— Tu as fait un mauvais rêve, mais je ne suis pas certaine que la réalité qui nous attend soit meilleure, dit Sarah.

Le regard flou, Grace s'étira.

— J'ai dormi combien de temps ?

— Pas loin de dix heures. Prête ?

— J'espère.

Arrivés à Johannesburg, ils eurent tout juste le temps de se changer pour se préparer à leur intervention sur l'île de l'Ascension. Ils revêtirent tous les trois de solides pantalons cargo et des tee-shirts sans manches pour supporter la chaleur qui les attendait. Puis ils prirent leur correspondance, qui atterrit six heures plus tard sur la courte piste en bord de falaise de Sainte-Hélène. De là, ils embarquèrent dans un dernier avion de dix places, qui s'envola sans tarder pour la plus isolée des îles de l'océan Atlantique.

– 39 –

Après environ une heure et quart de vol, le commandant de bord annonça l'imminence de l'atterrissage. Grace boucla sa ceinture en essayant de maîtriser l'appréhension croissante qui la gagnait. L'avion plongea à travers la barrière de nuages cotonneux et, après quelques secousses, l'appareil déboucha sur un ciel dégagé, sous lequel l'île de l'Ascension se dévoila sur le bleu profond de la mer.

De la forme d'un silex vaguement taillé en pointe, elle ne devait pas faire plus de dix kilomètres de large et douze ou treize kilomètres de longueur. Mais ce qui marqua Grace fut surtout l'improbable contraste de couleur entre l'ouest et l'est de cet ancien volcan surgi des flots. D'un côté, elle avait le sentiment d'approcher de la surface de Mars : le sol était ocre, rocailleux et, même des hauteurs du ciel, on devinait les tourbillons de poussière rouge qui virevoltaient dans l'air sur les flancs d'une montagne pelée. Alors que de l'autre côté, sans aucune transition, l'île était noyée sous une végétation tropicale d'un vert éclatant, qui n'aurait pas détonné dans la forêt amazonienne.

— Étrange, cette différence d'écosystème sur un lieu si réduit, non ?

Gabriel venait d'interpeller Grace en s'avançant légèrement par-dessus Sarah, qui faisait tampon entre les deux anciens ennemis.

L'Écossaise ne dit rien. Il lui était impossible de discuter avec lui d'autre chose que de la mission qui les forçait à coopérer. Mais Gabriel tentait visiblement d'établir un lien un peu artificiel, puisqu'il avait posé la question seulement pour en livrer la réponse.

— En fait, reprit-il, ce phénomène n'est dû qu'à l'intervention humaine. Pendant cent cinquante ans, les Anglais ont introduit toutes sortes d'arbres et de plantes sur une des montagnes *a priori* stériles et ont fini par obtenir le résultat luxuriant que l'on a sous les yeux. Dans le cas d'une évolution naturelle, cette végétation aurait mis des milliers d'années pour atteindre un tel foisonnement. Ce qui fait de Green Mountain l'un des symboles les plus réussis de la domination de l'homme sur la nature. Enfin, si on juge que ce type de transformation est bon pour la planète.

— « Comme maîtres et possesseurs de la nature », pour citer Descartes, murmura Grace pour elle-même. Cette île convient définitivement très bien au Passager.

L'appareil amorça un virage serré et descendit nettement vers le sol.

Sarah regarda vers le hublot. Grace lui trouva une expression ambivalente sur le visage, comme quelqu'un qui retourne sur un lieu qui lui est à la fois cher et inquiétant.

— Que ressens-tu en revenant ici ? demanda l'Écossaise.

— C'est bizarre, cet endroit m'évoque de terribles souvenirs, mais aussi l'un des meilleurs instants de ma vie.

Grace se mit en retrait pour laisser sa coéquipière lui exprimer sa pensée.

— C'est sur cette île que je suis tombée amoureuse de Christopher…

Grace sourit. Entendre Sarah se confier ainsi sur un moment heureux de son existence l'emplit d'une joie sincère.

— Mais c'est aussi ici que j'ai vu, entendu et vécu d'inimaginables souffrances, poursuivit la Norvégienne.

Le train d'atterrissage se déploya sous le ventre de l'avion dans un léger tremblement de carlingue. Les deux femmes échangèrent un regard de connivence lourd de sens et bientôt, les roues de l'appareil rebondirent sur la piste.

Quelques minutes plus tard, elles descendaient sur le tarmac dans le vrombissement déclinant des réacteurs. Un soleil éblouissant leur fit plisser les yeux, tandis que des volutes de poussière tournoyaient sur le bitume brûlant. Des ondulations de chaleur qui émanaient du sol floutaient le paysage désertique de cette partie de l'île, donnant à cette arrivée des airs de débarquement au milieu d'un no man's land. Derrière les chauds effluves aux allures de mirage, la silhouette d'un homme se dessina : un soldat de la Royal Air Force conduisit les passagers vers un modeste baraquement, où il contrôla leurs passeports avant de leur souhaiter un bon séjour.

Tous quittèrent le bâtiment qui faisait office de terminal, et se retrouvèrent dans ce qui n'était même pas une ville fantôme. Une unique route, mangée par le sable et parcourue par des rouleaux de végétation sèche, menait vers une étendue sans fin. En face, accrochée au-dessus d'une maison blanche de plain-pied aux volets clos, une enseigne défraîchie « *bar & car rentals* » se balançait mollement. Une Jeep noire était garée devant.

Grace sentait l'empreinte du soleil sur ses épaules dénudées, avec un mélange de délectation et de malaise. La sensation était agréable, mais elle lui rappelait combien elle était loin de chez elle, sur un terrain dont elle ignorait tous les pièges.

Les touristes qui avaient voyagé avec eux les saluèrent et s'éloignèrent vers la gauche, à pied. Grace, Sarah et Gabriel montèrent à bord du véhicule noir. La Norvégienne se cala derrière le volant. La clé était déjà sur le contact.

— Il est 14 h 12, déclara Gabriel. Emily nous a donné rendez-vous à 15 heures. Il ne faut pas traîner pour rejoindre les anciens baraquements de la Nasa.

Sarah démarra aussitôt et suivit la seule route de l'île en direction de Green Mountain.

Après avoir laissé derrière eux les rares maisons qui faisaient office de centre-ville, ils prirent un embranchement qui conduisait vers le cœur de l'île. Très vite, la route goudronnée se mua en une piste de terre noire qui grimpait en lacet à flanc de montagne. Peu à peu, le paysage désertique se transforma en une foisonnante jungle. L'ocre sableux des bas-côtés se couvrit de hautes herbes verdoyantes d'où se mirent à jaillir des troncs de palmiers, des bambous et des plantes aux feuilles si larges qu'elles atteignaient la taille d'un arbuste.

— Le point de rendez-vous est encore à trois kilomètres, précisa Gabriel.

Grace essuya la paume de sa main sur sa cuisse. Mais la chaleur n'était pas la seule responsable de la moiteur de sa peau. Elle croisa le regard de Sarah dans le rétroviseur. Sa coéquipière avait retrouvé son attitude froide et concentrée. Le cœur de Grace accéléra ses battements crescendo, au fur et à mesure qu'ils se rapprochaient de l'objectif.

— On arrive dans moins de cent mètres, lâcha soudain Gabriel. Il faut se garer.

Sarah ralentit et roula à basse allure sur le bas-côté, jusqu'à trouver un passage suffisamment large pour s'enfoncer de quelques mètres dans la forêt.

— Vite ! lança Gabriel. Il nous reste moins de trente minutes pour être à l'heure !

— Il ne faut pas que la voiture soit visible de la piste, répliqua Sarah.

Elle finit par couper le moteur.

Ils sortirent tous les trois du véhicule en hâte et commencèrent à se frayer un chemin dans la jungle qui couvrait les versants de la montagne. La progression en pente était lente et ardue. Surtout pour Gabriel, dont le boitillement était à présent pour lui un handicap sérieux. Mais il menait tout de même le groupe, compensant la raideur de sa jambe en s'appuyant sur les branches et les troncs d'arbres. Fermant la marche, la peau collante de moiteur, des gouttes de sueur perlant jusqu'entre ses seins, Grace n'avait jamais tant regretté la fraîcheur de son Écosse.

— Il y a un sentier qui se dessine, dit Gabriel. Je pense qu'on n'est plus très loin.

— Ça ressemble au chemin que nous avons emprunté avec Christopher il y a cinq ans, confirma Sarah.

Ils poursuivirent leur ascension, leurs vêtements et leur peau cinglés par le tranchant des feuillages tropicaux.

— On arrive dans moins de vingt mètres, chuchota Gabriel en consultant son téléphone.

Grace épongea avec le coin de son tee-shirt la sueur qui glissait par-dessus ses sourcils et, comme ses deux camarades, elle ralentit sa progression pour faire moins de bruit. Tous les trois achevèrent les derniers mètres avec une discrétion qui témoignait d'une expérience évidente.

— On y est, susurra Gabriel quelques instants plus tard.

Ils s'accroupirent et, entre les feuilles, Grace distingua d'abord un baraquement juché au sommet d'un monticule de terre. Sa peinture blanche craquelée et le bois vermoulu des volets suffisaient à donner une idée de son délabrement.

— Ce sont bien les anciens quartiers de la Nasa, souffla Sarah d'une voix étranglée.

Grace sentit que ce souvenir lui était pénible.

— Regardez, dit Gabriel en écartant plus nettement la végétation. Il y a une entrée juste en dessous.

À même le versant qui supportait le bâtiment abandonné, on avait creusé une étroite ouverture, comme s'il s'agissait de l'entrée d'une mine. Les contours avaient été renforcés par du béton et une plaque de métal en bloquait l'accès. Deux caméras disposées de part et d'autre étaient tournées dans leur direction.

— Il sera 15 heures dans moins de cinq minutes, dit Gabriel.

Tous attendirent en silence, les yeux rivés sur la porte fermée de ce qui ressemblait effectivement bien à un bunker. Autour d'eux, la forêt palpitait de cris d'oiseaux exotiques, de froissements de feuilles ou de grincements de branches qui se confondaient avec les stridulations d'insectes frôlant leurs visages.

Grace comptait les secondes dans sa tête, se demandant si leur présence ici n'était pas une aberration, et l'aide d'Emily Abercamp, une chimère. Il lui semblait tellement improbable de revoir la veuve de la demeure écossaise sur cette île perdue au milieu de l'Atlantique.

Sarah se retourna vers elle, comme si elle partageait le même doute. D'autant qu'il était déjà 15 h 06 et que rien n'avait bougé. Les caméras de sécurité demeuraient immobiles, leur œil toujours fixé sur la forêt où le groupe était tapi.

À 15 h 16, l'ancien « nettoyeur » d'Olympe rampa de quelques mètres en avant, comme s'il voulait être sûr de ne pas rater Emily, qui aurait pu se trouver hors de leur champ de vision. Grace le vit s'approcher dangereusement de la lisière des arbres. Les caméras risquaient de le repérer. Elle n'était pas tranquille.

Et soudain, un puissant bruit métallique fit trembler le sol. Le cœur de Grace se crispa de peur. Dans un réflexe commun, les trois membres du commando se jetèrent à terre. Assourdie par le sang vrombissant dans ses oreilles, Grace était incapable de dire ce qu'il venait de se passer. Comme ses coéquipiers, elle attendit, plaquée sur l'humus forestier, les muscles en tension, prête à fuir à tout instant.

Après une dizaine de secondes, elle redressa prudemment la tête et hasarda un regard, pour constater avec surprise que la porte du bunker était ouverte. Ou plutôt, qu'elle était rentrée dans le sol. Le pan de métal ne s'était pas soulevé ou lentement escamoté, mais il avait disparu sous terre d'un coup brutal, à la façon d'une guillotine qui s'abat sur le cou de sa victime.

Et par-delà l'embrasure, on ne voyait rien d'autre qu'un passage rapidement plongé dans l'obscurité.

— Pas de trace d'Emily, souffla Sarah.

— Non, mais c'était l'heure du rendez-vous et je doute qu'elle puisse contrôler l'ouverture longtemps. On y va !

Gabriel émergea de sa cachette, suivi de Sarah et enfin de Grace, qui marchait à reculons pour surveiller leurs arrières.

Ils étaient désormais à découvert et progressaient d'un pas soutenu vers l'entrée du bunker.

— On y est, indiqua Sarah pour que Grace puisse se retourner.

Les membres du groupe se regardèrent. Ils allaient prendre un risque considérable en entrant dans cette béance obscure. Mais leur professionnalisme et leur ferme résolution leur firent franchir comme un seul homme le seuil de l'ouverture.

L'instant d'après, dans un courant d'air qui leur glaça le dos, la porte métallique jaillit du sol comme si elle avait voulu les trancher vifs.

– 40 –

Pendant une poignée de secondes, rien ne se passa. Grace sondait les ténèbres, le cœur battant, consciente de la présence de ses deux acolytes uniquement par le souffle contenu de leur respiration. Tous se posaient probablement la même question : où était Emily ?

Puis on entendit un déclic. À quelques mètres devant eux, en hauteur, une lueur apparut. L'éclairage automatique venait de se déclencher. Mais là où l'inspectrice écossaise s'attendait à voir des néons ou des spots industriels illuminer un hall métallique, elle fut témoin, comme ses coéquipiers, d'un improbable spectacle. La lumière qui avait éclos était en réalité la première d'une multitude d'ampoules dorées qui s'allumèrent les unes après les autres pour dessiner une guirlande suspendue. L'embrasement du dernier filament provoqua le flamboiement féerique d'une légion de lampions multicolores qui couraient non pas d'un poteau à un autre mais d'arbre en arbre, pour révéler ce qui ressemblait en tout point à une charmante place de village italien au sol pavé de larges dalles. Au centre, une fontaine sculptée de figures animales se mit à couler dans un murmure apaisant, non loin de tables et de chaises de guinguette disposées çà et là près de la devanture d'un café, à l'intérieur duquel brillaient quelques lampes chaleureuses. À côté, une épicerie à la vitrine garnie de jambons et de bocaux appétissants invitait à prendre place sur des chaises hautes installées autour de grands tonneaux. Le reste des façades qui ceignaient le lieu étaient celles d'antiques maisons florentines aux murs ocre, creusés de fenêtres en arches et de portes en bois. Et afin que l'illusion soit parfaite, au-dessus de leur tête apparut un splendide ciel étoilé, un chant de cigales s'éleva du lointain, tandis qu'une légère brise venue de nulle part fit onduler les branches des arbres avec douceur.

— Qu'est-ce que c'est que ça ? demanda Sarah.

Tendue, scrutant chaque recoin un peu sombre, Grace ne savait quoi lui dire. Mais à en juger par l'expression cynique qui se dessina sur le visage de Gabriel, lui avait la réponse.

— Le Passager sait que l'univers numérique et de solitude virtuelle qu'il projette d'imposer au monde entier n'est pas vivable. Il le veut pour les autres, mais pas pour lui. Il a donc recréé un lieu de convivialité afin de continuer à goûter au véritable plaisir de l'existence le temps qu'il devra rester dans cet endroit. Il doit être très content du petit effet que sa mise en scène suscite chez ses invités qui pénètrent ici pour la première fois. Et je suis sûr qu'il est capable de payer des figurants pour avoir l'impression de venir faire son marché et boire un café en terrasse dans un authentique village, avant de rentrer chez lui.

Grace balaya l'espace d'un regard triste. Elle ne pouvait s'empêcher de penser que le schéma était toujours le même : j'impose aux autres ce qui est prétendument bon pour eux, mais je fais tout l'inverse dans ma vie personnelle. Cela valait pour les appels à la réduction des dépenses énergétiques par ceux qui se déplacent en jet privé et en yacht, pour ceux qui demandent plus de numérique chez les jeunes, mais qui envoient leurs enfants dans des écoles sans écran, ou encore pour l'augmentation des règles de transparence bancaire imposées aux petits épargnants par les mêmes qui cachent des milliards sur des comptes offshores. Bien malgré elle, ce qu'elle avait longtemps rejeté comme une pensée caricaturale s'avérait malheureusement de plus en plus juste depuis qu'elle enquêtait sur Olympe.

— Où est Emily ? glissa Sarah.

— Qu'importe, répliqua Gabriel. Ne traînons pas ici. Il doit y avoir un accès de l'autre côté.

— Non, intervint Grace. On ne fonce pas tête baissée. On ne connaît rien de cet endroit. On se met à couvert et on avise.

Suivie de Gabriel et Sarah, elle poussa la porte d'une des maisons italiennes et fut à peine étonnée de se retrouver dans un salon décoré de meubles anciens, de tableaux aux influences mythologiques et de quelques statues inspirées des plus intenses œuvres de Michel-Ange.

— Et que fait-on maintenant ? demanda Gabriel.

— On laisse à Emily le temps de nous rejoindre et de nous en dire plus.

— Elle est peut-être dans une salle de contrôle et ne peut pas venir. Plus on attend, plus on augmente le risque qu'elle se fasse prendre, et nous aussi !

Grace hésitait.

— Je pars en éclaireuse, vous restez là.

— J'y vais, la coupa Sarah.

— Non, pas cette fois, répondit Grace avec cette autorité dont elle savait faire preuve dans les moments décisifs. Et si ça dégénère, tu sauves ta peau… Simon et Christopher t'attendent.

Et avant que Sarah ne puisse insister, Grace ressortit.

Avec une fluidité entraînée, elle se faufila de maison en maison. Malgré le paisible ciel étoilé et le reposant chant des cigales, elle se déplaçait comme si elle risquait de se faire tirer dessus à tout moment.

Mètre par mètre, elle finit par atteindre l'extrémité opposée du hall, fermée par un portail de château fort qui épousait le contour d'une arche en ogive. Juste à côté, sur la droite, se trouvait une cabine en métal dont la porte était entrouverte.

Grace s'approcha à pas comptés et avança lentement son visage vers l'embrasure pour regarder à l'intérieur. Seule son habitude des scènes de crime l'empêcha de laisser échapper un cri de stupeur.

Devant une console de contrôle équipée d'écrans de surveillance et de boutons, un homme était avachi sur un fauteuil, la tête pendant sur le côté, la gorge tranchée ruisselante de sang. À califourchon sur lui, Emily Abercamp avait les yeux fixés sur sa victime, un couteau dégoulinant dans une main, l'autre cachée derrière sa cuisse.

— Emily…

La jeune femme tourna brutalement la tête, le regard écarquillé de terreur. Son visage enfantin était encore plus blafard que lorsqu'elle l'avait vue dans sa maison. Et ses lèvres auparavant soyeuses s'étrécissaient dans une crispation nerveuse.

Grace sentit le moment où elle allait se jeter sur elle.

— C'est moi, l'inspectrice qui…

Emily Abercamp sembla reprendre ses esprits et fit signe à Grace de se taire, en collant son index ensanglanté sur ses lèvres.

Puis elle se remit debout.

L'inspectrice était sur ses gardes, scrutant la lame dans la main de la veuve. Elle recula d'un pas. Emily dévoila alors son autre main, dans laquelle elle tenait un pistolet.

— Wilhem est dans son bureau, dit-elle. Au bout du couloir derrière ce portail. Pour le moment, il ne se doute de rien et sa porte n'est pas fermée à clé. Faites ce que vous avez promis. Je vais vous ouvrir.

Grace prit prudemment l'arme à feu.

— Merci, nous allons tenir parole. Restez ici le temps que tout soit terminé. Je vais chercher les autres, ça prendra moins d'une minute.

La jeune femme hocha la tête et s'assit par terre, les yeux dans le vide, une goutte de sang glissant de ses lèvres sur son menton.

Grace retourna à toute vitesse chercher Gabriel et Sarah. Quand ils revinrent, Emily était devant la console de contrôle, prête à leur ouvrir le portail.

— Détruisez-le-moi, souffla-t-elle.

Le groupe se préparait à entrer, attendant le signal de la jeune femme, quand le large battant s'ouvrit subitement. Deux soldats armés de fusils d'assaut se retrouvèrent nez à nez avec les trois coéquipiers.

Grace réprima son réflexe de faire feu au risque de compromettre leur infiltration, et frappa le premier garde de la crosse de son pistolet. Gabriel saisit l'occasion pour désarmer le soldat et lui agripper la tête pour lui briser la nuque. Tout aussi réactive, Sarah attrapa le fusil du second garde et enfonça la pointe de ses doigts dans son cou. L'homme tituba et s'effondra par terre avant de perdre connaissance.

Les deux femmes reprirent leurs esprits, pour constater que Gabriel tenait toujours la tête du garde entre ses bras. Un bras qui tremblait. Que lui arrivait-il ? Depuis quand hésitait-il à tuer un ennemi ?

Sans attendre que l'homme ne finisse par donner l'alerte, Sarah poussa Gabriel et comprima la carotide du soldat, qui s'évanouit. Elle ramassa son fusil d'assaut.

— On y va, dit-elle sans commenter ce qu'il venait de se passer.

— Emily, cachez-vous jusqu'à notre retour, lança Grace avant de disparaître derrière le portail.

La première impression fut celle d'entrer dans une boîte de nuit. Ils se trouvaient dans un couloir dont les deux murs étaient formés d'écrans géants qui couraient jusqu'à la porte opposée, quelques mètres plus loin. Sur les immenses téléviseurs s'affichaient des dizaines, peut-être même des centaines de programmes entrecoupés d'animations d'une multitude de logos d'entreprises. Démonstration de force à l'égard des visiteurs qui, en un instant, pouvaient éprouver la toute-puissance d'Olympe dans un déluge épileptique.

Gabriel fit signe aux deux femmes d'avancer plus vite. Trop vite au goût de Grace, mais il semblait particulièrement gêné par la lumière stroboscopique des écrans. À tel point qu'il dut plaquer ses mains sur ses paupières pendant quelques secondes. Sarah et Grace le dépassèrent, l'œil dans le viseur de leurs armes.

Quand elles atteignirent enfin la porte opposée, Gabriel les talonnait, les yeux plissés, l'air livide.

— Ça va ? chuchota la Norvégienne.

— Oui. Prêtes ?

Sarah et Grace se positionnèrent de façon à faire immédiatement irruption dans la salle. Gabriel posa la main sur la poignée.

— C'est maintenant ou jamais, souffla-t-il.

Grace sentit son cœur rater un battement. Mais elle bloqua le flot de peurs et de doutes en repensant à tout le mal que le Passager faisait autour de lui.

Ils se regardèrent tous les trois une dernière fois. Peut-être la dernière de toutes. Et l'ancien assassin d'Olympe ouvrit la porte.

– 41 –

Ils firent irruption dans une vaste salle en demi-cercle. Le sol était intégralement recouvert d'un parquet foncé, en partie orné d'un immense tapis persan brodé de motifs complexes. Sur les murs circulaires s'alignaient des étagères éclairées et garnies de livres, de statuettes et de trois grandes sculptures de cerveaux. Et au milieu de ce large espace se trouvait un wagon. À travers la grande vitre principale, on apercevait de la lumière, tandis que des rideaux occultaient la vue sur les panneaux latéraux.

À peine surprise, Grace se précipita sur le côté de la salle pour ne pas être dans l'éventuel champ de vision de l'occupant de la voiture. Ses deux coéquipiers firent de même. Leurs armes pointées devant elles, Grace et Sarah s'approchèrent du marchepied de droite, et Gabriel se plaça devant celui de gauche. À son signal, chacun grimpa sur sa plate-forme. Grace posa la main sur la poignée de la porte, Sarah la couvrant juste derrière. Maîtrisant sa respiration, le geste ferme, l'Écossaise ouvrit et les deux femmes surgirent dans la voiture.

Des banquettes en velours rouge et renforcées de barres dorées se faisaient face dans un décor mural d'acajou laqué, sous un lustre en cristal scintillant. Au milieu du wagon, aucun bureau, mais trois chaises installées devant la vitre centrale. Personne n'y était assis.

— Il est où ? siffla Grace.

En face, Gabriel balayait de son fusil l'étroit espace, l'air aussi décontenancé qu'elles.

Le temps que Grace se retourne pour parler à Sarah, elle sentit la pointe d'une arme sur sa nuque. Du coin de l'œil, elle vit sa coéquipière lever les bras, et Gabriel l'imiter de l'autre côté du wagon.

— Fais comme tes collègues, lança une voix masculine. Pose ton pistolet.

Déconcertée, Grace s'exécuta.

— Les mains dans le dos ! ordonna le même homme.

Elle allait obéir quand elle vit Sarah faire volte-face à toute vitesse et dévier le canon braqué sur elle. Un coup de feu partit. On entendit aussi des tirs du côté de Gabriel.

Grace se retourna pour voir sa coéquipière se battre avec un adversaire dont la rapidité et la force surpassaient largement celles des gardes qu'ils avaient affrontés plus tôt. Elle arma son poing pour venir en aide à son amie, et arrêta son geste pile au moment où un autre homme jaillit dans le wagon.

— Stop, ou c'est une balle dans la tête pour chacune !

Profitant de la diversion de son collègue, le garde aux prises avec Sarah lui asséna deux coups brutaux qui jetèrent la Norvégienne au sol.

— C'est terminé ! cria une voix à l'autre bout du wagon.

Grace s'abaissa auprès de Sarah, mais une poigne puissante la tira en arrière.

Puis on la poussa vers le centre de la voiture. En face, Gabriel était à genoux, les bras dans le dos. Un soldat gisait mort devant lui, mais un autre, bien vivant, pointait un fusil sur sa nuque. Il le fit se relever pour le conduire au même endroit que Grace. Sarah, pliée de douleur, fut amenée la dernière, et les gardes les forcèrent tous à s'asseoir sur les trois chaises installées au milieu du wagon.

— Mains dans le dos !

Grace sentit immédiatement qu'on lui liait les poignets au dossier de la chaise avec des attaches en plastique coulissantes qui lui cisaillèrent la peau. Ses deux coéquipiers subirent le même sort.

Puis les soldats reculèrent.

— Que faites-vous ? les invectiva Grace. Où est le Passager ?

— Quelqu'un va venir s'occuper de vous une bonne fois pour toutes, répondit l'un des gardes avant de quitter le wagon.

Aussitôt, Grace se débattit, pour constater avec amertume que les chaises étaient fermement fixées au sol et que les attaches qui la retenaient prisonnière ne céderaient pas. On ne pouvait imaginer pire situation.

À côté d'elle, la figure tuméfiée, Gabriel se contorsionna en forçant sur ses bras. Avant d'abandonner.

— Je suis désolé, murmura-t-il.

— Elle nous a menti, balbutia Sarah. Emily nous a trahis.

L'inspectrice norvégienne respirait bruyamment, la tête penchée sur la poitrine, du sang s'écoulait de son visage.

Elle essaya de briser ses liens, en poussant un cri de rage. En vain.

— Cette fois, on n'a plus aucune chance de s'en sortir, conclut-elle dans un soupir épuisé.

– 42 –

Grace regardait partout, à la recherche de la moindre idée qui pourrait les sauver. Mais à part attendre la mort, que pouvaient-ils faire, vissés à leurs chaises, les poignets entravés dans le dos ?

— Pourquoi Emily a-t-elle agi ainsi ? ragea-t-elle. C'est lui, son bourreau, pas nous !

Et elle tira encore de toutes ses forces sur les liens.

— Pourquoi ne nous ont-ils pas tués tout de suite ? s'interrogea Sarah. La seule explication, selon moi, c'est que le Passager a prévu de nous faire parler, ou tout simplement de s'amuser avec nous, en nous torturant, avant de nous achever… dans le meilleur des cas.

Grace ne voyait pas comment s'en sortir. Le Passager serait évidemment insensible à toute négociation, menace ou même supplique. Les minutes ou les heures qui arrivaient se dessinaient comme une longue agonie.

Muette de tristesse, l'Écossaise éprouvait encore plus de peine pour Sarah, qui allait cruellement manquer à Christopher et à Simon. Elle eut même une pensée désolée pour Gabriel, qui n'aurait pas le temps d'aller au bout de sa rédemption. Quant à elle, peu de monde s'en soucierait. Elle regrettait seulement de ne pas avoir eu l'occasion de commencer ce qui s'annonçait comme une deuxième vie depuis qu'elle avait résolu le sombre mystère de son enfance. Qui sait ? Elle aurait peut-être pu être heureuse, voire fonder une famille, comme elle s'y était enfin autorisée.

Instinctivement, à cette pensée, elle tourna la tête vers Gabriel. Il l'observait. Elle ne baissa pas les yeux. Leurs regards plongèrent l'un dans l'autre, jusqu'à ce que Grace voie l'ancien assassin d'Olympe serrer fortement les mâchoires, comme s'il cherchait à casser quelque chose entre ses dents. Elle entendit un léger crissement et une poignée de secondes plus tard, celui qu'elle venait d'envisager pour la première fois autrement que comme son tortionnaire se mit à trembler de tout son corps, le visage blafard et un filet de salive s'écoulant du coin de sa bouche.

— Épilepsie, lâcha Sarah.

Les spasmes de Gabriel se muèrent en brutales convulsions qui le firent se tordre dans tous les sens. La violence qui se dégageait de ses contorsions était saisissante, il semblait possédé par un démon en pleine crise de rage. Son cou se bloqua soudain dans un arc inconfortable. Ses muscles saillirent sous la peau, tandis qu'une contraction bestiale de ses épaules et de ses bras précéda son effondrement au sol.

Grace remarqua alors que les attaches en plastique qui liaient ses poignets étaient cassées.

— Comment est-ce possible ? laissa-t-elle échapper.

— La force d'un épileptique est décuplée lors de ses crises, dit Sarah.

Grace revit Gabriel serrer les mâchoires et réentendit le craquement qui avait suivi. Elle comprit qu'il avait usé de la méthode de la dent creuse utilisée jadis par les agents du KGB. Une molaire conçue pour se casser lorqu'on la mordait d'une certaine manière afin de libérer une substance directement dans la bouche. Celle qui avait déclenché la crise.

— Gabriel…, chuchota Grace.

— Son temps de récupération peut varier de cinq minutes à une heure, précisa Sarah. Et même s'il se réveille avant que quelqu'un n'arrive, il se trouvera dans un état de faiblesse extrême.

Gabriel tremblait encore, allongé sur le flanc, le côté du visage écrasé au sol. Il donnait parfois des coups de pied dans le vide, et son buste se redressait soudain avant de se recroqueviller comme le clapet d'un piège à rat.

— Gabriel, reprit Grace. Je t'en supplie, réveille-toi. Tu peux y arriver !

L'Écossaise guettait sans cesse les entrées du wagon, priant intérieurement pour que personne n'entre encore.

— Il n'y a que toi qui puisses nous sauver la vie, murmura Grace, la gorge nouée. Que toi…

Les convulsions se calmaient lentement.

On entendit des voix provenir de l'extérieur.

— Vite, Gabriel ! Ils arrivent !

Désormais, il ne bougeait plus, tel un corps endormi.

Les voix se firent plus proches.

— Gabriel, lève-toi ! On peut vivre… toutes les deux, grâce à toi…

Le regard embué, le cœur battant autant de peur que d'émotion, Grace aurait embrassé Gabriel sur les lèvres si elle avait pu se mouvoir.

Et soudain, il ouvrit les yeux. Il sembla reprendre conscience de l'endroit où il se trouvait, et se redressa mollement pour poser ses bras sur l'assise de sa chaise.

Le bruit de l'ouverture d'une des portes du wagon se fit entendre.

Gabriel parvint tout juste à se réinstaller sur son siège, à l'instant où trois personnes entraient dans la voiture.

— *Much ado about nothing*, lâcha le Passager, tel un acteur de théâtre.

Vêtu d'un veston cintré et d'un pantalon seyant qui lui donnaient une allure de toréador, il avançait d'une démarche fière et supérieure. Grace avait beau l'avoir déjà vu, elle fut à nouveau déstabilisée par l'improbable dualité de son visage. Sur la moitié gauche, une peau douce était rehaussée d'une poudre veloutée sur la haute pommette, les cils élégamment allongés, l'œil surligné de noir et la bouche chatoyant d'un gloss carmin. Une longue mèche échappée d'un chignon glissait devant ce regard aux atours féminins. Tandis qu'à droite, une barbe de trois jours à l'apparence drue encadrait une moitié de visage où brillait un œil cerné de fatigue.

Le Passager était suivi d'un garde armé et d'Emily Abercamp, qui n'avait même pas pris la peine d'essuyer le sang qui avait à présent séché sur son menton.

Il contempla ses trois prisonniers en soupirant.

— Vous voyez où mène votre haine aveugle à l'égard d'Olympe ? À toujours plus de violence. Celle-là même dont vous m'accusez. Enfin, vous aurez été mes plus courageux et opiniâtres adversaires. Surtout toi, Gabriel. Mais, moi qui t'ai fait naître, grandir et confié aux meilleurs formateurs, c'est comme ça que tu me remercies ? En me trahissant ! Au fond, je regrette que nous n'ayons pu collaborer tous ensemble autour de mon projet, auquel vous auriez fini par adhérer. Si seulement vous vous étiez donné la peine d'en comprendre la portée. Mais qu'importe, cessons les grands discours, quelqu'un que vous connaissez va prendre beaucoup de plaisir à vous tuer.

— C'est lui qui t'a fait du mal, lança Grace à l'intention de la jeune femme. Pas nous !

Le Passager secoua la tête de déni et agita la main.

— Dans votre prochaine vie, tâchez d'être moins naïve à l'égard de la nature humaine, inspectrice Campbell. Emily est en effet venue ici dans le but de vous aider à en finir avec moi. Mais à mes côtés, elle a compris quelque chose de très important pour elle : elle aime tuer.

Celle qui avait assassiné son mari et son fils adoptif regardait les trois otages, comme un enfant contemple dans une vitrine des jouets longtemps désirés. Dans sa main droite, elle tenait son couteau.

— Que voulez-vous, reprit le Passager, faussement navré. C'est sa nature. Et tous les médicaments qu'on lui donne ne font que l'éloigner de ce qui la fait réellement vibrer. Or, si elle me tue, quel avenir l'attend auprès de vous ? Une vie en hôpital ou sous tutelle, avec des cachets abrutissants jusqu'à la fin de ses jours ? Alors que si elle reste avec moi, elle s'épanouira pleinement en laissant libre cours à ses pulsions. En les assouvissant sur vous dans un premier temps. Vous savez qu'elle a un faible pour le meurtre des personnes qu'elle connaît, alors je me suis dit que ce petit cadeau lui ferait plaisir. N'est-ce pas, ma chérie ?

Emily caressa le torse de Wilhem en hochant la tête.

— Tu commences par celui que tu veux et tu prends le temps qu'il te faut… Je te regarde.

Le Passager s'assit sur l'une des banquettes en velours et croisa les jambes.

Grace surveillait Gabriel du coin de l'œil. Il semblait sans force, totalement incapable de réagir. Comment pouvait-il affronter une psychopathe armée d'un couteau, le Passager et un soldat ?

La jeune femme avisa ses futures victimes.

— Emily, intervint Grace. Tu ne peux pas faire cela. Tu sais combien tu as souffert d'avoir tué Thomas et…

— Chut ! s'écria la jeune femme.

Et, soudain, elle approcha la pointe du couteau de l'œil de Grace.

— Ta vie va donc ressembler à cela ? reprit Grace, qui essayait de gagner du temps pour que Gabriel puisse se ressaisir. Patienter entre deux meurtres ? Tu vas finir par te lasser et regretter ton choix.

Emily Abercamp fit glisser la lame sur la joue de Grace et appuya en tranchant la peau.

L'inspectrice hurla de douleur, alors que le sang s'échappait de ses chairs entrouvertes pour couler vers la commissure de ses lèvres et dans sa bouche. Grace tourna presque de l'œil tout en sentant le liquide chaud descendre le long de son cou.

— Bravo, ma chérie ! applaudit le Passager.

La veuve considéra sa victime ensanglantée et sa figure changea soudain d'expression.

— Oh, je suis désolée, dit-elle. Je ne voulais pas vous faire de mal, seulement me faire du bien. Pardonnez-moi ! Oh, tout ce sang, tout ce sang, ça me rappelle…

Emily Abercamp se mit à sangloter, les mains sur les yeux.

— Vous n'êtes pas une meurtrière, lança Sarah. C'est lui qui s'amuse avec vous ! Vous ne faites qu'activer votre souffrance en cédant à vos pulsions. Résistez et vous serez libre, je vous le jure !

— Non, non, je ne veux plus l'hôpital, murmura la jeune femme.

— Avec moi, plus jamais, mon cœur ! s'exclama le Passager, toujours assis en spectateur.

Emily Abercamp se redressa et marcha vers Sarah avec un improbable sourire aux lèvres. Elle leva son couteau et s'arrêta.

— Oh, mais tu as déjà une cicatrice sous l'œil, toi. Qui t'a fait du mal, ma pauvre chérie ?

Et elle caressa la joue de la Norvégienne avec une effrayante tendresse.

Le visage brûlant de douleur, au bord de l'évanouissement, Grace entendait vaguement ce qu'il se passait autour d'elle.

— Sur cette petite île, tu ne pourras jamais tuer à ta guise, chuchota Sarah. Cela finira par se savoir. Viens avec nous et on s'arrangera pour te trouver suffisamment de sales individus que tu pourras torturer à loisir sans être inquiétée… puisque nous sommes de la police.

La jeune femme sembla intriguée.

— C'est amusant, hier, Wilhem m'a dit que vous alliez me faire exactement cette proposition, mais que ce serait pour mieux m'enfermer, puisque vous n'êtes pas autorisées à faire cela.

Elle arma son bras, visant le ventre de Sarah.

— Les fantômes de tes victimes viendront te hanter, souffla Gabriel.

La veuve retint son geste au dernier moment, le visage terrifié.

Elle se précipita vers l'ancien assassin d'Olympe, son couteau brandi au-dessus de sa tête.

— Tais-toi !

Et elle l'enfonça dans la cuisse de Gabriel.

Il grogna à peine sous la douleur et saisit aussitôt les poignets d'Emily pour les tordre, récupéra l'arme qu'elle venait de lâcher et plaqua la jeune femme contre lui, en lui glissant la lame sous la gorge.

Le Passager se leva d'un bond. Le garde s'apprêta à faire feu.

— Non ! Tu vas la blesser, imbécile ! Que veux-tu pour la libérer, mon cher Gabriel ? demanda Wilhem.

— Laisse Grace et Sarah s'en aller.

Mais avant que le Passager ne réponde, Gabriel écarta brutalement la jeune femme sans la lâcher et lança le couteau sur le soldat armé. La lame se planta dans sa poitrine et l'homme s'écroula à terre en tirant une rafale à l'aveugle. Le Passager se baissa pour éviter les balles. Gabriel se leva d'un coup et projeta Emily de toutes ses forces contre le Passager. Il profita de leur chute commune pour tituber jusqu'au soldat mort et lui prendre son fusil. Mais la main du cadavre était si crispée qu'il fut impossible de lui faire lâcher prise. Le Passager se relevait déjà. Il sembla hésiter à se jeter sur Gabriel.

Mais il était bien placé pour savoir que, même diminué, son ancien « nettoyeur » pouvait encore le tuer.

Derrière le voile de sa douleur, Grace remarqua que le Passager était pris de panique. Il s'empara de la main d'Emily et fit volte-face avec elle pour s'enfuir du wagon. Gabriel arracha le couteau de la jambe du soldat et le lança en direction des fugitifs. La lame se planta dans le dos de la jeune femme, qui s'écroula à terre. Le Passager essaya de la tirer, mais comprenant qu'il n'y parviendrait pas, il abandonna sa créature adorée et disparut au coin de la porte.

Gabriel se traîna jusqu'au corps de la psychopathe qui les avait trahis, reprit le couteau et coupa les liens de ses deux coéquipières. Il venait à peine de libérer Grace quand il s'effondra au sol, une main collée sur la poitrine.

— Rattrapez-le… et finissez-en, articula-t-il.

Grace lui souleva la tête. Son propre sang coula sur le visage de Gabriel.

— Tu viens avec nous !

— C'est terminé…

— Tu n'as reçu qu'un coup de couteau dans la jambe, tu en as vu d'autres !

— La drogue… pour déclencher l'épilepsie… fatale pour mon cœur…

Grace se mordit les lèvres. Elle sentit qu'on la tirait par l'épaule.

— Plaque ça sur ta joue. Il faut le rattraper ! lui ordonna Sarah en lui tendant un bout de tissu qu'elle avait déchiré sur la robe d'Emily.

Grace écrasa le morceau d'étoffe sur sa plaie d'une main, tout en soutenant la nuque de Gabriel de l'autre.

Ce dernier ferma les yeux, avant de les rouvrir lentement.

— Soigne-toi et sois heureuse… Je t'aurais aimée plus que n'importe qui…

Et son corps se relâcha au moment où Sarah entraînait Grace par le bras. En passant devant le garde, elle le fouilla et trouva une arme de poing. Elle se colla au coin de la porte du wagon et regarda dehors.

— Il est là-bas ! cria-t-elle.

Grace se tourna une dernière fois vers le corps inanimé de Gabriel et sortit à toute allure de la voiture.

– 43 –

Elles sautèrent du haut des marches du wagon, le Passager courait en direction de la paroi semi-circulaire de la grande salle. Sarah fit feu sur le fuyard sans parvenir à le toucher. Wilhem se retourna brièvement, avant d'appuyer sur une des sculptures de cerveaux disposées sur les étagères de livres. Aussitôt, un pan de la bibliothèque pivota alors qu'au même moment, par une autre porte dérobée, deux gardes surgissaient dans la pièce, à quelques mètres devant Grace et Sarah.

La Norvégienne tira et abattit l'un des soldats d'une balle dans le crâne. Elle ne fit que blesser le second, qui mit un genou à terre.

— Occupe-toi de lui ! cria Sarah.

Et elle accéléra brusquement sa foulée, fonça vers l'ouverture du passage secret actionné par Wilhem et se laissa glisser au sol pour parvenir à y coincer son pied juste avant que la porte ne se referme. Grace décocha un coup de genou dans la tête du garde, puis lui arracha son fusil des mains avant de l'achever de deux balles.

Sa plaie à la joue lui provoquait une douleur aiguë, et le sang continuait à s'en écouler. Elle plaqua de nouveau le linge sur la blessure, tandis que Sarah s'était relevée pour rouvrir le pan pivotant de la bibliothèque.

La Norvégienne entra la première, son arme droit devant.

— Personne ! déclara-t-elle.

Grace la suivit, pour découvrir un couloir éclairé par des néons, creusé à même la roche, qui s'enfonçait dans le sol. Pas très loin devant, on entendait des pas courir. Les deux inspectrices dévalèrent la pente, jusqu'à apercevoir une porte métallique, qui venait de se rabattre dans un claquement sonore.

Elles s'accroupirent et Sarah l'ouvrit. Aucun coup de feu. Elles franchirent le seuil et pénétrèrent cette fois dans un couloir dont les murs devaient jadis être recouverts de peinture blanche, désormais écaillée et moisie. De part et d'autre du corridor s'alignaient des portes blindées, comme autant de cellules. Et semblant abandonnés dans la précipitation, un fauteuil roulant rouillé, un brancard délabré et même une chaise à sangles encombraient le tunnel.

Sarah s'arrêta net.

— Je suis déjà venue ici, laissa-t-elle échapper, mal à l'aise. Ce sont les sous-sols où se sont déroulées les expériences MK-Ultra sur le patient 488…

— Il y a une sortie ? la pressa Grace en continuant à avancer d'un pas rapide.

— À l'époque, il y avait un escalier qui remontait vers les anciens baraquements de la Nasa, expliqua Sarah en reprenant sa course. Mais il a pu faire aménager un autre passage ailleurs.

On n'entendait plus aucun bruit devant, et Sarah progressait comme si elle marchait sur de la glace, prête à tirer à tout moment. Derrière elle, Grace sentait sa blessure la lancer, comme si la lame était encore en train de découper sa peau. Et soudain, une déflagration de tirs explosa dans le couloir. Les deux femmes se jetèrent à l'intérieur d'une des cellules bordant le chemin, le souffle coupé par la peur.

Sarah se remit debout la première et se colla contre le cadre de la porte.

— Ça va ?

— Oui, répondit Grace.

Elle se releva et rejoignit sa coéquipière.

— Il avait dû planquer une arme dans son tunnel. Ça va être compliqué.

Grace s'empara d'une chaise qui traînait et la poussa hors de la pièce. Elle fut immédiatement criblée d'impacts.

Puis elle sortit seulement sa main pour tirer une balle à l'aveugle. Cette fois, il n'y eut aucune riposte.

— Je passe devant.

Courbée, elle pivota dans le couloir, la tête penchée sur son viseur. On entendit un nouveau claquement plus loin et un verrou tourner. Sarah sur ses talons, Grace avala les quelques mètres qui les séparaient de la porte que l'on venait de refermer et tira sur la serrure en faisant mouche du premier coup. Sarah la dépassa en prenant son élan et décocha un coup de pied dans le battant, pour déboucher sur un couloir en T.

Les deux femmes échangèrent un regard entendu.

Grace partit à droite et Sarah s'élança dans le corridor de gauche.

En nage, la sueur se mêlant au sang qui s'écoulait de sa plaie à la joue, Grace suivit le couloir ponctué de cellules, qu'elle inspecta une à une jusqu'à un angle obliquant à gauche. Elle hasarda un coup d'œil et crut voir une ombre tourner un peu plus loin, encore sur la gauche. Elle sortit à découvert et marcha cette fois plus lentement pour faire moins de bruit, le doigt sur la détente de son fusil.

Arrivée au virage, elle écouta et il lui sembla entendre une porte grincer et se refermer. Elle reprit sa progression, lorsque des tirs résonnèrent. Elle ouvrit la porte qui lui faisait face d'un coup de pied.

Le Passager se tenait au milieu d'une pièce qui avait dû être un bureau. Il lui tournait le dos, orienté vers Sarah, qui se trouvait assise par terre, appuyée contre le cadre d'une porte ouverte opposée à celle par laquelle Grace venait d'entrer. Son arme était par terre à côté d'elle et le Passager la tenait en joue. Elle allait se faire exécuter.

— Stop ! hurla Grace.

Compte tenu de son épuisement, l'inspectrice écossaise ne faisait plus confiance à son habileté, et ne pouvait faire feu, sans risquer de toucher Sarah, qui était pile dans le même axe que le Passager.

Celui-ci vira vers la nouvelle intruse et n'hésita pas à tirer. Grace se décala sur le côté et les balles percutèrent son fusil, qui lui échappa des mains pour retomber loin d'elle. La suite de la rafale l'aurait tuée si Sarah n'avait pas réussi à ramasser son pistolet et à toucher d'une balle dans le bras leur ennemi, qui lâcha son arme à son tour.

L'Écossaise espérait que sa coéquipière l'achèverait, mais Sarah ne parvenait plus à lever son bras. Grace avisa son fusil. Il était bien trop loin pour qu'elle ait le temps de le récupérer avant que le Passager ne reprenne le sien en main. Elle ne pouvait même pas fuir, au risque de se faire tirer dans le dos.

Dans une ultime décision suicidaire, elle courut vers leur adversaire, qui s'était déjà rapproché de son arme. Elle ne serait jamais assez rapide.

— Grace ! hurla Sarah.

Alors qu'elle était lancée dans son sprint, Grace vit son amie faire glisser son pistolet sur le sol dans sa direction. Elle plongea en avant, s'en saisit, se retourna et tira.

Le Passager venait de caler son fusil sous son bras blessé pour faire feu, mais l'unique balle qui jaillit du pistolet de Grace interrompit net sa tentative. Il lâcha son arme alors que l'Écossaise se précipitait déjà sur lui pour éloigner le fusil d'un coup de pied. Elle l'avait touché à l'épaule et il avait désormais les deux bras immobilisés.

La poitrine soulevée par le stress et l'épuisement, Grace lui imprima le canon du pistolet sur le front.

— Sarah ?

La Norvégienne gémit.

— Où es-tu blessée ? s'enquit Grace sans quitter le Passager des yeux.

— Ça ira, il n'y a que la clavicule et l'épaule qui sont atteintes…

— On fait quoi de lui ? demanda l'inspectrice écossaise, dont la main tremblait de colère.

Le Passager releva son ambigu visage, moitié homme moitié femme.

— Je vous révèle la phase finale du Plan, lança-t-il. Et ensuite, vous décidez de me tuer ou non.

Grace serra les mâchoires. Tout ce qu'elle avait enduré pour arriver à ce moment lui repassa en tête.

— Si vous vous souciez vraiment du bien de l'humanité, alors écoutez ce que j'ai à vous dire, parce que je pense que vous n'avez pas assez réfléchi à la situation… Je ne suis pas le monstre que vous imaginez. Vous ne savez pas tout.

— Vous mentez !

— Si vous me tuez avant de savoir, vous aurez toujours un doute. Et de mon point de vue, vous aurez commis la pire des fautes. En revanche, quand je vous aurai tout expliqué, vous pourrez décider de me laisser vivre ou non. Et votre conscience sera en paix.

Grace se retourna vers Sarah, qui sembla lui dire qu'elle lui laissait le choix. L'Écossaise tremblait de rage. Elle en voulait tellement à cet individu pour toutes les souffrances qu'il avait causées. Elle lui en voulait d'abord pour les enfants, pour le bonheur des gens tout simplement, mais aussi pour la mort de Gabriel. Toute cette haine se cristallisait dans son doigt prêt à presser la détente.

Mais dans le maelström de sa colère et de sa tristesse, elle se rappela qu'elle s'était battue toute sa vie pour la vérité. Une vérité qui pourrait peut-être mieux changer les choses qu'une exécution sommaire.

— Alors parlez ! ordonna-t-elle.

– 44 –

Grace laissa le Passager se redresser. Elle le tenait en joue tout en se dirigeant vers Sarah pour l'aider à se relever. Elle l'épaula jusqu'à une vieille chaise de bureau, sur laquelle la Norvégienne se laissa tomber en grimaçant.

— Tiens ça vers lui, dit Grace en glissant le pistolet dans la main de sa coéquipière.

Puis elle déchira un morceau de son tee-shirt avec les dents, afin de bander la blessure de Sarah.

— Vous avez cinq minutes, lança-t-elle enfin à leur ennemi.

— Plus de faux-semblants, plus de mensonges, seulement la vérité, aussi crue soit-elle. Nous sommes bien d'accord ? demanda le Passager d'une voix plus féminine qu'auparavant.

Grace lui intima l'ordre de poursuivre.

— L'humanité est de nouveau à un carrefour de son évolution, déclara-t-il. Son plus grand défi l'attend : celui de l'obsolescence de son modèle de croissance infinie face à l'épuisement des ressources mondiales.

Deux chemins sont possibles pour tenter de résoudre ce problème crucial.

Le Passager ouvrit difficilement sa main droite.

— D'un côté, nous gardons la même volonté de croissance sans fin et les mêmes outils de production, pour que la partie la plus aisée de la planète conserve son train de vie. En revanche, nous augmentons le contrôle social pour forcer les citoyens moyens à consommer moins d'énergie, nous les dépossédons de la propriété privée pour qu'ils ne puissent pas s'autonomiser et échapper aux règles de rationnement que nous leur imposons, nous privatisons la nature sous prétexte qu'il faut des professionnels pour bien la gérer, et nous les convainquons de faire des économies sur les soins de santé et l'éducation, en fermant les hôpitaux et les écoles pour les remplacer par des promesses de thérapies anticipatives personnalisées commercialisées par nos labos et des enseignements numérisés sur mesure produits par nos sociétés digitales. Nous vendons tout cela sous couvert d'un progrès qui ne peut être refusé sous peine d'être un mauvais citoyen qui empêche la marche du monde. Et, comme il y aura toujours de mauvais citoyens, on justifie le renforcement de la surveillance globale. Enfin, le plus important, pour faire passer la pilule, nous déployons un avenir de société du divertissement éternel, où chacun pourra vivre virtuellement la vie qu'il ne peut avoir dans le monde réel. En résumé, plus de sécurité, plus de loisirs, mais perte d'autonomie, de liberté, du lien collectif, de la vie intérieure, et une soumission définitive à une autorité qui décidera de tout à votre place.

— Et de l'autre côté, la voie proposée par Leonis, c'est ça ? souffla Grace, qui supportait difficilement de laisser parler le monstre qu'elle avait tant traqué.

— Effectivement, dit le Passager en écartant légèrement sa main gauche. On oublie la conservation de la richesse par une minorité et on essaie d'inventer un monde qui tourne et produit autrement. On décentralise les décisions, on intensifie les contre-pouvoirs, on suit la consultation citoyenne sans chercher à lui imposer des idées qui nous semblent meilleures que le bon sens général, on rend aux humains les moyens de travailler la terre localement, on renforce le soin avant de vouloir vendre de nouveaux médicaments, on renforce la qualité de transmission du savoir des professeurs vers les élèves. En résumé, plus d'autonomie, plus de liberté, plus d'épanouissement réel, mais peut-être moins de sécurité immédiate, un peu moins de consommation et la nécessité d'un investissement politique plus important.

Ni Grace ni Sarah ne parlèrent, elles attendaient de savoir où le Passager voulait vraiment en venir. Ce dernier avait repris une attitude plus apaisée et se repassait une mèche de cheveux derrière l'oreille. Son ambivalence permanente était déconcertante. Même pour Grace, qui l'avait déjà vu à l'œuvre.

— Vous le voyez, je suis honnête, et j'espère que vous aussi, en reconnaissant que les deux modèles ont leurs avantages et leurs inconvénients, tout dépend de ce que l'on considère comme prioritaire pour notre vie et, *a fortiori*, celle de nos enfants.

— Non, l'un des modèles se crispe pour faire survivre une minorité, tandis que l'autre s'adapte pour maximiser le bonheur de tous, répliqua Grace en colère.

— Oui, mais peut-être qu'à court terme, le premier modèle a plus de chances de nous sauver de la catastrophe. Parce que je ne suis pas sûr que les humains soient assez intelligents et courageux pour développer le second, qui exige beaucoup, beaucoup plus d'efforts. Et le temps presse. Au moins, les décideurs que je côtoie sont réellement en mesure de soutenir le système qu'ils veulent promouvoir. Ils ont le savoir-faire, la volonté et les moyens. Et il y a urgence…

— Et donc, vous voulez contribuer à cet avènement avec la phase 3 de votre plan ?

— C'est cela.

— Qui consiste en quoi exactement ? intervint Sarah.

— Vous vous rappelez les trois sculptures de cerveaux que vous avez certainement vues tout à l'heure ?

— Et alors ? l'invectiva Grace.

— Ces trois cerveaux représentent les trois phases du Plan d'Olympe, reprit le Passager. Chacune a en effet visé une partie du magnifique organe.

Il s'humecta les lèvres.

— Dans la phase 1, c'est le lobe frontal qui a été ciblé. Autrement dit, le site du raisonnement que nous avons réduit, grâce à l'addiction numérique et à la baisse du niveau scolaire. Ce qui nous a permis d'endormir le doute et le sens critique. Dans la phase 2, c'est l'hypothalamus qui a été surstimulé afin de créer une peur généralisée : de tout et chez tout le monde. Ainsi, nous avons pu augmenter considérablement notre pouvoir de contrôle sur les citoyens. Et, enfin, dans la phase 3 qui est en cours, c'est cet axe médian du télencéphale que nous utilisons : le circuit de la récompense.

Leonis avait raison, songea Grace.

— Abêtir, terroriser, récompenser ! répliqua-t-elle. C'est le principe même de la torture mentale pour transformer n'importe quel humain en esclave. Vous le privez de ses moyens de réflexion, vous le mettez en danger de mort et ensuite, vous êtes celui qui lui offre du plaisir. Vous êtes le maître de sa vie, n'est-ce pas ?

Le Passager parut séduit par le résumé de l'Écossaise.

— Et cette récompense consiste en quoi ? ajouta Grace, qui voulait s'assurer que Leonis leur avait décrit le même projet.

— À lui donner les moyens d'accomplir *tout* ce qu'il veut grâce au monde virtuel ! N'importe qui pourra voyager dans des endroits paradisiaques, évoluer dans la plus belle maison du monde, se choisir le corps dont il rêve, jouer de n'importe quel instrument comme un dieu, pratiquer n'importe quel sport avec l'assurance d'un professionnel, vivre un amour idéal sans les contraintes du quotidien, connaître des expériences physiques d'une intensité impossible à atteindre dans le monde réel sans risquer sa vie. Il pourra vivre à l'époque des dinosaures, si ça l'amuse, ou au Moyen Âge, partir à l'aventure avec ses amis dans un univers d'*heroic fantasy*, emmener sa famille dans l'espace, vivre cent ou mille vies au lieu d'une ! N'est-ce pas la plus excitante de toutes les tentations humaines ?

Grace faillit rétorquer que la lecture lui suffisait pour faire cette expérience, mais elle n'aurait pas été complètement honnête. Car, elle devait se l'avouer, elle n'était pas loin de se laisser envahir par cette frénésie des possibles qui faisait voler en éclats toutes les limites de l'imaginaire. Comme celle de pouvoir faire revivre Gabriel…

— Quel est le prix à payer ? finit-elle par demander.

Le Passager la regarda droit dans les yeux.

— Votre âme, répondit-il. Ou plutôt, le spectacle qu'elle peut offrir.

— Soyez plus clair.

— Nous avons mis au point un système qui permet de retranscrire sur un écran toutes les images qui passent dans votre tête et les émotions qui y sont associées.

— C'est à cela que vous ont servi les recherches inhumaines que vous avez menées sur les fantômes ?

Le Passager sembla soudain perturbé. Grace songea qu'il repensait probablement à Emily Abercamp. Mais il se reprit assez vite.

— Oui. Ces recherches nous ont été très utiles pour cerner la teneur de l'âme humaine, ses vibrations, sa mémoire et la façon dont elle survit au corps. Cela nous a permis de comprendre comment elle réagissait aux émotions, de quoi elle se nourrissait et comment on pouvait la retenir captive. Des découvertes fabuleuses qui sont à l'origine du système révolutionnaire que nous sommes en train de mettre en place.

— Vous vous félicitez une fois de plus de votre cruauté mise au service de la technologie, lui lança Grace, qui ne supportait plus le cynisme de cet homme.

Le Passager lui jeta un regard méprisant.

— Vous avez l'opportunité inouïe de connaître les percées scientifiques les plus extraordinaires et vous n'en mesurez même pas la valeur. Savez-vous, d'ailleurs, que vous avez eu la chance de croiser un génie chez Emily ?

— De quoi parlez-vous ?

— Emily était la candidate la plus prometteuse du projet Rosemary, j'ai donc confié l'essai mené chez elle au génial cerveau qui avait mis sur pied toute cette expérimentation sur la communication avec les âmes humaines.

— Shimon Ostade ? Le comptable ?

— C'est ce qu'il vous a raconté. En réalité, Shimon appartenait au même programme visant à faire revivre les grands génies des siècles passés et qui a donné naissance aux clones d'Einstein et de Newton, que vous avez vus lorsque vous avez essayé de vous en prendre pour la première fois à mon entreprise.

Grace se souvenait très bien de Neil Steinabert, anagramme d'Albert Einstein, et d'Anton Weisac, pour Isaac Newton. Elle réassembla rapidement les lettres de Shimon Ostade dans sa tête.

— Thomas Edison ?

— Exactement, répondit fièrement le Passager. Rien de moins que lui. Rassurez-vous, je ne l'ai pas laissé non plus derrière les barreaux, il a déjà réintégré Olympe pour poursuivre le projet Rosemary.

Même si elle avait déjà fait cette expérience étrange de parler au clone d'un des plus grands génies de tous les temps avec Neil Steinabert, Grace ne put s'empêcher d'être troublée d'avoir côtoyé une nouvelle fois une légende de l'histoire humaine.

— Vous voyez que, grâce à moi, vous vivez des choses que vous n'auriez même pas pu imaginer, se félicita le Passager.

Grace se ressaisit. Elle était en train de laisser son ennemi prendre le dessus.

— Quel que soit le génie que vous cherchez à exploiter, quel système comptez-vous précisément mettre en place et, surtout, comment est-il censé résoudre tous les problèmes de la planète et de l'humanité ?

Le Passager toisa l'Écossaise comme une personne séduite par la pensée d'un interlocuteur. Grace en fut mal à l'aise.

— Nous y voilà… Pour résoudre tous les problèmes de l'humanité d'un coup, il faut dématérialiser la vie elle-même.

— Quoi ? Vous voulez…

— Que tous les humains s'endorment et passent le reste de leur vie à rêver. Ils ne se déplaceront plus, ne consommeront presque rien et, en même temps, ils pourront avoir tout ce qu'ils veulent. Certains quitteront leur phase de rêve quelque temps pour s'occuper des autres, assureront la survie de l'espèce en se reproduisant, et tout ira pour le mieux sur une planète qui ne se sera jamais aussi bien portée. Des hommes heureux sur une planète heureuse. Franchement, que demander de plus ?

— Et vous vous incluez dans ce monde illusoire ? Vous aussi, vous allez vous endormir et rêver jusqu'à ce que mort s'ensuive ?

Le Passager sourit.

— Je vous ai promis d'être honnête, alors je vais l'être. Ma réponse est non. Mais au fond, ce que je vais faire avec une partie de mes associés ne change rien pour le reste de l'humanité.

— Dites toujours, insista Sarah, qui, depuis le début de la conversation, n'avait pas une seule fois baissé son arme.

— Mes amis et moi sommes sur le point de trouver une façon de prolonger un peu nos vies. C'est un remède complexe, très cher, qui ne peut pas s'appliquer à tous et qui, de surcroît, ne ferait qu'aggraver le problème de surpopulation. Or, l'immortalité risque de nous paraître longue au bout d'un moment, et nous aurons besoin de divertissement.

Grace crut comprendre où le Passager les emmenait doucement.

— Pendant ces années supplémentaires d'existence réelle, grâce à notre système de visualisation, nous pourrons à tout moment nous connecter à la vie virtuelle de n'importe quelle âme humaine et en suivre ses joies, ses peines, ses victoires, ses amours, ses drames, ses espoirs, ses perfidies, ses élans, ses projets, ses trahisons, ses guerres, ses fantasmes, ses cruautés, ses beautés… D'ici, sans bouger, nous pourrons nous divertir et nous délecter à l'infini de toutes les existences humaines interconnectées et de ce qu'elles peuvent proposer de plus génial ! Le spectacle éternel le plus jouissif que puisse proposer l'univers !

Grace baissa la tête.

— Tels les dieux grecs de l'Olympe qui ont créé les hommes pour les divertir de leur ennui d'éternité, et qui, du haut de leur palais, se délectaient de l'inimitable comédie humaine dans ce qu'elle a de plus beau et de plus laid.

— Voilà quelle a toujours été l'ambition d'Olympe, susurra le Passager. La seule pour laquelle je me bats depuis tant d'années.

— Et une fois encore, vous serez au-dessus des autres.

— Mais les humains n'auront jamais été aussi libres, puisque tous les champs des possibles leur seront permis.

— Virtuellement… oui. Mais sans plus aucun accomplissement réel.

— Ils ne feront plus la différence !

Grace secoua la tête.

— En fait, de consommateurs matérialistes, vous voulez faire de nous des bouffeurs de mensonges, des boulimiques du faux, des frénétiques du vide, et donc des objets sans âme.

Le Passager soupira.

— Je sauve l'humanité, inspectrice Campbell. Je la sauve d'elle-même. Parce que, que vous le croyiez ou non, j'aime les hommes.

— Si vous les aimez, pourquoi n'aidez-vous pas Leonis à retisser du lien et de la liberté ?

— Parce que le vrai problème n'est pas celui que l'on croit ! s'emporta le Passager. Parce que personne n'a vu la cause réelle de notre fin ! L'épuisement des ressources, la pollution, tout ça, c'est anecdotique comparé à la véritable menace.

Grace et Sarah se regardèrent. Elles ne s'attendaient pas à ce retournement dans le discours de leur ennemi.

— Le danger fatal, et inévitable, personne, personne n'en parle ! Parce qu'il fait trop peur. Parce que, au fond, on sait que contre lui, on ne peut rien. Rien d'autre que la solution que je propose et que vous refusez d'accepter.

— Mais de quoi parlez-vous ?

— De la fin de notre monde, mesdames. Non pas sa destruction, mais la fin de ses potentialités pour l'homme.

Le Passager sembla soudain fatigué.

— Nous avons exploré toutes les terres, recensé toutes les grandes espèces vivantes, sondé tous les océans, expérimenté tous les régimes politiques, éprouvé tous les systèmes économiques, inventé toutes les croyances religieuses, créé toutes les formes artistiques, nous avons scanné chaque centimètre carré de la planète, nous sommes allés sur la Lune, nous irons bientôt sur Mars, nous avons des images des galaxies qui nous entourent, nous maîtrisons pratiquement toute la physique et toute la biologie du vivant. Que nous reste-t-il à gratter sur ce monde ? Des miettes d'inconnu qui ne peuvent plus nourrir notre appétit immense de nouveauté. Depuis que *Sapiens* est apparu, toute notre survie a été possible grâce à notre soif d'exploration dans tous les champs de l'existence. C'est dans notre ADN. Mais aujourd'hui, comment notre nature humaine peut-elle subsister dans un monde dont elle a éprouvé toutes les limites ? On fait mine de ne pas mesurer ce choc, mais il est inouï ! Cette réalité est bouleversante et je crains le pire parce que, même si l'homme se veut plus raisonnable qu'il ne l'a été à d'autres périodes de l'histoire, son inconscient va le pousser à réagir pour se sortir de l'impasse et de la perte de sens à laquelle il est confronté. Que va-t-il faire ? Se laisser mourir d'ennui dans les pires souffrances ? Tout détruire dans des guerres apocalyptiques pour avoir l'espoir de recouvrer sa vraie nature dans la reconstruction ? Se lancer dans l'exploration spatiale et perdre la raison en se confrontant au vide de l'infini ?

Grace écoutait avec attention cette analyse qui sonnait dangereusement juste en elle.

— Si l'on admet que la soif d'exploration est une composante vitale de la nature humaine, et j'en suis convaincu, l'humanité peut-elle survivre à la finitude du monde ?

En terminant sa phrase, le Passager posa pour la première fois un regard presque humble sur ses deux interlocutrices.

— L'ennui, voilà le plus grand défi que l'humanité devra affronter au cours des prochaines années. Rien d'autre. C'est lui qui mènera à la fin de notre civilisation, bien avant l'épuisement des ressources naturelles. C'est pour cette raison que, depuis des années, je suis cette ambition. Pour éviter la fin de notre monde, il faut mettre fin à notre histoire.

Grace avait le cerveau en feu et elle luttait intérieurement contre la démonstration du Passager. Sans parvenir à lui opposer un argument de taille qui puisse le contredire.

— Mais les humains ne consentiront jamais à la numérisation de leur existence du jour au lendemain, ce qui explique les trois phases de mon plan. Trois phases qui préparent à plus de docilité, à plus d'acceptation de la perte de liberté physique pour plus de liberté virtuelle. Le plan de Leonis va dans le sens inverse, il entretient le mensonge du « une autre voie est possible ». Mais pour aller où ? Imaginons qu'il réussisse et que les humains parviennent à changer de modèle et à vivre totalement libres en préservant les ressources de la planète ? Que feront-ils après ? Ils en reviendront à la fatale prise de conscience de la finitude de leur monde et de l'insupportable ennui pour avenir. Et des guerres éclateront de nouveau, le malheur frappera les plus faibles juste pour tromper l'invivable désœuvrement de notre espèce enfermée dans son zoo à ciel ouvert.

Le Passager se tut. Grace et Sarah échangèrent un long regard. Elles savaient l'une et l'autre que le moment qu'elles redoutaient allait arriver.

— Vous savez tout, reprit le Passager d'une voix grave. Désormais, vous pouvez décider de ma destinée et de celle de l'humanité en toute connaissance de cause.

Il se redressa et scruta les deux femmes qui se tenaient devant lui.

— Entre la voie que je propose et celle de Leonis, que choisissez-vous ?

Épilogue

Un mois plus tard

Couché sur le flanc, le labrador ouvrit un œil circonspect. Quelque chose de doux frottait contre son ventre avec insistance. Il redressa la tête et la reposa, rassuré. Comme chaque matin, son compagnon le chat venait se caler contre lui pour quelques heures de repos, après avoir parcouru les alentours toute la nuit. Et comme à son habitude, il testait une dizaine de positions acrobatiques avant de trouver celle qui lui convenait le mieux.

Confortablement installée dans son fauteuil, un livre sur les genoux, Grace se délecta de ce spectacle quotidien où se mêlaient confiance et patience dans la plus grande bienveillance. Lorsque le félin fut enfin blotti à son aise, elle caressa son chien sur le dos et laissa glisser sa main jusqu'à la petite tête délicate du matou. Les deux animaux ne pouvaient être plus sereins, et même la sonnette de la porte d'entrée ne leur tira qu'un paresseux frémissement d'oreilles.

Grace alla ouvrir à son voisin, et désormais ami.

— Bonjour, Kenneth.

— Bien le bonjour, Grace.

En entendant la voix du vieil homme à l'allure de militaire à la retraite, le chien se leva d'un bond et courut vers lui. Laissé à plat sans transition, le chat tâcha de faire bonne figure en s'étirant.

— Bonjour, Malgo ! lança Kenneth en caressant l'animal qui se pressait contre ses jambes en se dandinant de joie. Oui, moi aussi, je suis content de te voir. Alors, prête à partir ?

— Oui, répondit Grace. Mon avion décolle dans trois heures. Tout est en ordre. Malgo a déjà mangé, même s'il va vous faire croire le contraire, et je l'ai déjà sorti. Quant à Filou, il ira probablement se chercher un complément à ses croquettes dans le square d'à côté.

— Vous revenez quand, je ne me souviens plus ?

— D'ici quatre jours, je pense.

— Prenez le temps qu'il vous faut, je suis très heureux de retrouver mes deux locataires et de vous être utile.

— Merci, Kenneth. J'ai transformé mon ancienne pièce… disons à souvenirs, en chambre d'amis. Donc ce sera peut-être plus pratique pour vous de dormir ici. Faites comme vous voulez.

— Je vais m'adapter, ne vous inquiétez pas. Et prenez bien soin de vous. D'ailleurs, comment vont vos douleurs au visage ?

Grace toucha spontanément la longue cicatrice qui marquerait sa joue droite pour le restant de sa vie. Une balafre qui lui valait parfois les regards insistants et pensifs des enfants, sans que cela la perturbe vraiment. Elle s'était faite à l'idée que cette entaille était un bien léger stigmate de son redoutable affrontement avec le Passager.

— Ça me lance encore, surtout le matin. Ou quand j'ai un coup de stress. Mais ça va passer. Merci de demander, Kenneth.

— Et côté boulot, ils se sont calmés ?

— J'ai été réintégrée à la police de Glasgow. Et Baxter, mon supérieur, qui ne m'avait pas soutenue pendant mon internement à Gaustad, m'a dit qu'il ne pourrait plus me regarder en face et a demandé sa mutation. Bref, tout est rentré dans l'ordre.

— Ça, ça me plaît, approuva Kenneth.

Puis la regardant de ses yeux qui avaient vu bien des choses au cours de sa vie, il lui sourit.

— Vous êtes une sacrée personne, Grace.

— Merci… mais j'ai encore pas mal de boulot pour apprendre à me connaître.

Kenneth approuva avec le même air amical.

Ils se saluèrent chaleureusement et Grace tira sa valise vers la porte d'entrée. Le chien arrêta de faire la fête à son visiteur et se figea, la tête inclinée sur le côté, oreilles en coupole.

— Je reviens bientôt, Malgo. Et, d'une certaine manière, je vous emmène avec moi.

Grace s'accroupit et le labrador vint se blottir contre elle. Elle lui fit un câlin et se releva, avant de sourire à son voisin et de quitter son appartement.

Dans l'avion, elle s'installa pour deux heures de vol. Sur sa tablette, elle déposa d'abord un livre, *La Citadelle*, de Cronin, un auteur écossais dont elle découvrait la fluidité dramatique avec délectation. Puis elle enfonça la main dans son sac et sortit d'un geste minutieux deux morceaux de papier plié. Deux origamis moyennement bien exécutés représentant un chien et un chat. Elle les disposa l'un à côté de l'autre, avec une expression mélancolique.

— Pas mal, lança son voisin de siège, un homme en costume qui s'apprêtait à lire une pile de journaux économiques.

— Je débute.

— Eh bien, c'est un excellent démarrage, répondit l'homme en souriant.

Grace acquiesça avec un peu de retard et un pincement au cœur.

— Mais dites donc, ce n'est pas vous, l'inspectrice qui s'est fait accuser de tout un tas de folies par la presse, ces derniers temps ?

— Si…

— Heureusement qu'ils ont présenté leurs excuses et publié un démenti depuis. Comme vous le voyez, dit-il en montrant les journaux sur ses genoux, je suis pas mal l'actualité, et votre affaire ne m'a pas échappé. En tout cas, content pour vous. Il n'y a rien de pire que la calomnie dans notre société. Bref, je vous laisse, je vois que vous avez une bonne lecture qui vous attend.

— Merci de m'avoir dit ce que vous pensiez, ajouta Grace avec sincérité.

Puis elle se plongea dans son histoire, non sans avoir jeté un dernier coup d'œil aux deux origamis. Sa lecture l'absorba tant et si bien que l'avion atterrit avant même qu'elle ait pu commencer à trouver le temps long.

De l'aéroport d'Oslo, elle prit un taxi qui la déposa à un petit embarcadère de la ville. De là, elle monta dans un bateau qui la conduisit jusqu'à une île du fjord, où se devinaient quelques rares maisons cachées dans la végétation. Elle n'eut pas longtemps à se demander si elle était arrivée au bon endroit. Sur le ponton vers lequel l'embarcation se dirigeait, elle aperçut la chevelure rousse de Sarah, qui l'attendait. Leurs regards se croisèrent et la Norvégienne agita le bras. Grace lui répondit, le sourire aux lèvres. Elle était impatiente de revoir son ex-coéquipière, mais elle n'aurait pas imaginé à quel point cela allait lui faire plaisir.

Le bateau amarré, elle débarqua, et les deux femmes se serrèrent dans les bras aussi spontanément que si elles avaient été amies depuis des années. Elles demeurèrent quelques instants l'une contre l'autre. Étreinte silencieuse qui disait le bonheur de se retrouver vivantes après avoir affronté la peur et la mort côte à côte.

Elles se regardèrent un moment en souriant. Grace découvrit une autre Sarah. Avenante, chaleureuse, l'œil pétillant de joie.

— Christopher et Simon ne sont pas venus avec moi, parce qu'ils voulaient donner un dernier polissage au repas qu'ils nous ont préparé…

— Tu n'as pas l'air confiante.

— Christopher a tendance à se croire plus doué qu'il ne l'est vraiment en matière de cuisine. Quant à Simon, sa créativité est parfois… surprenante.

— Tant que ce n'est pas pire que des croquettes pour chien.

— Comment va Malgo, d'ailleurs ? demanda Sarah en entraînant Grace vers le bout du ponton.

— Il marche beaucoup mieux, il adore sa copine Filoute et il est adorable.

— Et ta blessure ?

— J'en suis contente, elle est plus grande que la tienne, répondit Grace en souriant.

Sarah fit mine de mesurer la cicatrice de brûlure qu'elle avait sous l'œil, pour la comparer à la balafre de son amie.

— Tu as raison, j'ai du retard.

Les deux femmes rirent comme seules deux inspectrices complices pouvaient le faire, et Sarah continua à poser une multitude d'autres questions alors qu'elles traversaient la petite île à pied.

— Voilà, c'est ici, dit la Norvégienne.

— Waouh ! C'est magnifique.

Une vaste maison de plain-pied et aux larges baies vitrées dominait un jardin qui descendait légèrement vers une plage du fjord. Quelques arbres entouraient la propriété dans un cocon de verdure rassurant. Dans le salon, Grace aperçut un homme et un adolescent. Tous deux tournèrent la tête et firent un signe de la main.

— Les deux restaurateurs, glissa Sarah d'un air mutin.

Quand elles arrivèrent devant la porte, Christopher venait à leur rencontre avec un sourire accueillant. Plutôt grand, les cheveux ondulés, et un charme certain, il posa sur Grace un regard qui lui plut tout de suite : bienveillant et profond.

— Bonsoir, Grace.

— Bonsoir, Christopher.

— Si je vous dis que Sarah m'a beaucoup, beaucoup parlé de vous, vous allez croire que ce n'est qu'une formule de politesse, mais je vous assure que ce n'est pas le cas.

— Toi, la taiseuse glaciale, tu as rebattu les oreilles à ton mari avec moi ? plaisanta Grace.

Sarah rit et Christopher fit un clin d'œil complice à Grace. Elle en était certaine, elle allait passer un excellent séjour.

— Bonsoir !

Un garçon d'environ quatorze ans venait d'arriver par l'embrasure de la porte d'entrée. Les cheveux en bataille, l'air vif, il avait encore un peu de chocolat autour de la bouche.

— Bonsoir, Simon.

— Vous aimez le chocolat ?

— Oui !

— Ah, super !

Et il repartit en hâte.

Quelques heures plus tard, après le dîner, Simon alla se coucher et Grace demeura au salon avec Sarah et Christopher.

— Alors, comment vas-tu, vraiment ? demanda Sarah.

— Eh bien, je repense souvent à Gabriel. Parfois, je suis triste qu'il soit mort et j'ai le sentiment d'être passée à côté de l'histoire de ma vie. Et parfois, je me dis que j'étais complètement dingue d'avoir éprouvé cet amour pour lui, que cette relation était de toute façon impossible et que notre passif aurait violemment ressurgi un jour…

— Sarah m'a un peu parlé de cette complexité, intervint Christopher. Si je peux me permettre, je pense que tu as droit à une histoire tout aussi forte mais plus sereine. Et si la mort de Gabriel est très triste, notamment parce qu'il était dans la rédemption et qu'il t'aimait, sa disparition rouvre ton champ des possibles vers un amour, disons, moins ombrageux et donc plus heureux.

Grace apprécia les mots du mari de Sarah. Ils étaient à la fois francs et apaisants. Elle se tourna vers son amie, qui approuva d'un sourire sans faille.

— Je pense que vous avez raison, répondit-elle.

— Dans un autre registre, j'aimerais te proposer quelque chose, poursuivit Sarah.

— Oui ?

— Je sais que tu as repris ton poste à Glasgow, mais…

Elle regarda Christopher.

— J'envisage de monter une agence privée et j'ai pensé que cela pouvait t'intéresser de m'y rejoindre. En tout cas, j'en serais la plus heureuse, mais évidemment, ce n'est que si tu en as envie.

Grace ne s'attendait pas à ce genre de proposition.

— Quel type d'agence ?

— Les enquêtes que j'ai menées ces dernières années avaient des enjeux si importants qu'elles m'ont épuisée nerveusement et psychiquement, confia Sarah. J'ai envie de continuer à aider les gens à trouver la vérité et la justice, mais dans des proportions plus en phase avec ma santé… physique et mentale. Comme je connais ton parcours et ce que tu as traversé, je me suis dit que tu éprouvais peut-être la même chose. En étant nos propres cheffes, on ne serait plus contraintes de prendre des affaires sans discuter. On pourrait choisir notre travail et donc mieux évaluer l'engagement qu'il nous demandera.

Grace sourit. Sarah venait de poser des mots sur une émotion qui la travaillait sans qu'elle puisse l'exprimer clairement. Quand elle avait appris qu'elle était réintégrée à son poste de Glasgow, elle avait eu ce sentiment ambivalent de joie et de crainte. Comme si, soudain, son envie de reprendre son métier d'enquêtrice n'était plus aussi évidente qu'avant. Comme si sa lutte contre Olympe avait éreinté son énergie et sa foi. Mais elle avait fini par se résigner en se disant qu'il n'y avait, pour le moment, aucune alternative concernant sa vie professionnelle. La proposition de Sarah ne pouvait mieux répondre à son incertitude.

— Je partage ton sentiment d'épuisement, dit Grace. J'ai eu l'impression de porter des responsabilités plus larges que mes épaules durant ces derniers mois. Peut-être me suis-je crue plus forte que je ne l'étais, et c'est maintenant que je mesure le poids des angoisses que j'ai vécues. Ta proposition m'intéresse, surtout si c'est pour travailler avec toi.

— Bon, eh bien, je vous laisse en discuter, déclara Christopher. J'ai un article à relire pour l'un des journaux qui vous ont fait du mal, et qui a changé toute son équipe éditoriale pour embaucher de vrais journalistes d'investigation… dont moi. Ils ont trouvé mon droit de réponse sur vous deux particulièrement bien renseigné !

— Contente d'avoir pu t'aider indirectement, dit Grace. Et ton nouvel article porte sur quel sujet ?

— Sur les répercussions des prises de parole de la communauté de Leonis. L'écho de leurs idées partout dans le monde a pris tous les médias et les politiques de court. Ils s'attendaient à ce qu'ils passent pour des illuminés hors-sol et, en réalité, les populations ont dit combien elles se sentaient soulagées de constater qu'elles n'étaient pas seules à penser la même chose du modèle de société qu'on voulait leur imposer. Le mouvement ne cesse croître.

— J'ai évidemment suivi les interventions de Leonis, mais je n'étais pas certaine que cela fasse boule de neige. Je suis tellement heureuse de l'entendre.

— Et encore, tu ne sais pas tout, reprit Christopher, passionné par son sujet. D'après mes premières recherches, tout cet élan prend des allures très concrètes. Les monnaies locales qui permettent de favoriser le commerce de proximité ont pris une ampleur historique et il s'en crée de nouvelles dans les régions qui en étaient dépourvues. Des parents et même des mairies sont en train de monter des écoles garanties sans numérique et sans écrans. En France, trois médias, sans publicité et gérés sous forme de coopérative pour être pleinement indépendants, sont en train de voir le jour et s'associent déjà avec des initiatives similaires dans d'autres pays. Des milliers de médecins du monde entier, sans aucun conflit d'intérêts avec des laboratoires, se rassemblent pour constituer une nouvelle organisation internationale d'information et de conseil sur la santé. On assiste également à des manifestations monstres contre les privatisations des entreprises d'intérêt général. Plus amusant mais révélateur, des ingénieurs et des artistes ont bien compris le message de retrouver les sources humaines qui nous unissent, et préparent un parc à thème sans aucune attraction virtuelle, et dédié à l'immersion dans les grandes mythologies de différentes civilisations. Et, enfin, termina Christopher, ça, c'est mon petit scoop qui va faire du bruit, j'ai la confirmation, documents signés à l'appui, qu'un grand opérateur de téléphonie a décidé de renoncer à la 5G pour conserver la 4G, selon lui largement suffisante aux besoins réels des populations et bien plus écologique. Il proposera d'ailleurs des tarifs trois fois moins élevés que ses concurrents. Et, cerise sur le gâteau, cet opérateur va créer sa propre marque de téléphone, garantie sans obsolescence pendant dix ans. Bref, les choses changent dans le bon sens en ce moment ! Et je crois que vous n'y êtes pas pour rien, mesdames. Bravo !

Elles se regardèrent et l'espace d'une poignée de secondes, tout ce qui était arrivé à Grace depuis qu'elle avait posé le pied sur l'île d'Iona défila dans sa tête. Elle en fut étourdie et avala une gorgée d'eau.

— Mais maintenant, c'est à nous de faire la suite du travail. Reposez-vous et surtout, prenez un peu de distance, conseilla Christopher en se levant.

— Ce qui n'empêche pas de choisir des affaires intéressantes, reprit Sarah.

— Ça, je vous fais confiance pour toujours trouver quelque chose de tordu. Bonne nuit et à demain !

Christopher embrassa Sarah et quitta la pièce.

— J'irais bien voir la plage, dit Grace. Je sais qu'il fait nuit, mais cela me plairait…

— Bien sûr, avec joie. Mais couvre-toi, il y a un peu de vent.

Les deux femmes sortirent et descendirent le jardin jusqu'à la plage. Une demi-lune éclairait le ciel, en se reflétant sur les eaux du fjord. Elles restèrent l'une à côté de l'autre, en silence.

— Il y a juste une question qui, de temps en temps, me tourne encore dans la tête, commença Grace.

— Je devine laquelle, répondit Sarah.

— Je sais que cela paraît stupide, mais parfois, quand je repense à ce qu'*il* nous a dit, tout au fond de moi, je me demande si on a pris la décision qu'il fallait.

— J'y ai souvent réfléchi. D'une part, je suis sûre que l'on a choisi la bonne voie. Je fais confiance à l'imagination humaine dans ce qu'elle peut avoir de magique. Et d'autre part, nous ne pouvons pas tout contrôler. Au monde de poursuivre sa route et nous, notre chemin. À notre mesure.

— À notre mesure, répéta Grace.

L'expression correspondait parfaitement à ce qu'elle voulait pour elle désormais.

Et c'est auprès d'une amie solide et loyale, devant le doux clapotis d'une étendue d'eau bercée par la lune, que Grace sentit que pour elle, le monde était loin d'être fini et qu'une nouvelle vie allait commencer.

Chers lecteurs,

À l'image de la couverture, qui est la seule de mes six romans à offrir un rayon de lumière, j'ai voulu que ce thriller trahisse la règle tacite du genre et se termine non pas de manière cynique ou cruelle, mais sur l'ouverture d'un nouvel horizon.

Comme vous avez pu le constater, de nombreuses réflexions et pistes pour un autre avenir sont explorées dans l'enquête que Grace et Sarah ont menée sous vos yeux. Pour celles et ceux qui voudraient étudier plus en détail les fondations de ces idées, voici en quelques mots les ouvrages de référence dont je vous invite à vous nourrir.

D'abord, le pamphlet visionnaire de Georges Bernanos *La France contre les robots* (Le Castor Astral), qui dans une écriture cinglante, de colère et de fulgurance, nous crie de ne pas perdre notre liberté face à ce que l'on nous présente trop souvent comme l'évidence du progrès technologique. Du même auteur, *La Liberté, pour quoi faire ?* (Folio Essais), dont le titre à lui seul vous annonce que tous ceux qui sont dans un confort intellectuel vont passer un sale moment de lecture.

Plus récent, *La Fin du monde et le dernier dieu. Un nouvel horizon pour l'humanité* (Liber), un livre d'une hauteur de vue exceptionnelle et d'une pertinence foudroyante sur le chemin que prend notre monde. Écrit par Pierre-Henri d'Argenson, un haut fonctionnaire qui côtoie ou a côtoyé ceux qui président à nos destinées, ses analyses en sont d'autant plus percutantes et sourcées. C'est le livre qui m'a le plus inspiré et enthousiasmé de ces dernières années. Et je suis certain que nombre d'entre vous diront : « Mais oui, c'est exactement ce que je ressens ou que je pense, mais personne ne l'avait si bien dit ! »

Si vous voulez décrypter tous les mensonges du prétendu miracle numérique, découvrez l'envers du décor avec l'enquête *L'Enfer numérique. Voyage au bout d'un like* de Guillaume Piron (Les liens qui libèrent). Vous allez voir à quel point on nous vend de la fausse écologie avec le « dématérialisé ».

Dans le genre « on ne prend pas le bon chemin », il existe aussi *Comment tout peut s'effondrer. Petit manuel de collapsologie à l'usage des générations présentes* de Pablo Servigne et Raphaël Stevens (Seuil). Même s'il a nourri une partie de ma réflexion pour ce roman et les précédents avec Grace, je ne vous le conseille pas forcément parce qu'il est assez déprimant.

Je lui préfère une vision plus positive et constructive, comme celle que propose Louis Fouché dans son livre d'entretien, *Tous résistants dans l'âme. Éclairons le monde de demain !* (Guy Trédaniel éditeur). Alors oui, je sais, certains diront : « Ah, mais il a été désigné comme complotiste, je ne lirai pas ça… » Vous pouvez le penser, mais vous passerez à côté d'une vision humaniste, généreuse et d'une intelligence rare sur la façon dont nous pourrions tous mieux vivre ensemble.

Toujours dans la réflexion autour du monde d'après, une approche très originale est celle de Philippe Guillemant dans *Le Grand Virage de l'humanité* (Guy Trédaniel éditeur), sous-titré *De la déroute du transhumanisme à l'éveil de la conscience collective*. La première partie est très accessible et propose un pas de côté intéressant pour éclairer les deux dernières années que le monde a connues. La seconde est beaucoup plus scientifique et parfois quelque peu hermétique, mais l'idée au cœur de la réflexion n'en demeure pas moins intrigante.

À propos de science, vous pourrez lire le court texte *Le Royaume de l'au-delà* (Éditions Jérôme Million), écrit par Thomas Edison lui-même : le scientifique-marchand explique pourquoi et comment il veut construire son appareil pour communiquer avec les défunts.

Enfin, sur les médias, quatre livres qui vont à la source des dysfonctionnements de l'information et qui vous font comprendre pourquoi le public est en droit de se méfier, à tout le moins d'exercer un esprit très critique sur ce qui lui est raconté. D'abord *Les Petits Soldats du journalisme* (Les Arènes) de François Ruffin, qui raconte les coulisses de la formation ou plutôt du formatage des journalistes en France. *Médias : la grande illusion*, écrit par Jean-Jacques Cros, un ancien reporter de France 3, qui explique pourquoi les médias altèrent souvent la réalité par conformisme, pression publicitaire, étatique ou tout simplement par contrainte de temps. *Les Marchands de nouvelles* d'Ingrid Riocreux (L'Artilleur), qui est un « essai sur les pulsions totalitaires des médias » argumenté d'une multitude d'exemples. Et pour terminer, *L'information est un bien public* de Julia Cagé et Benoît Huet (Seuil), qui propose une réflexion certes technique mais fondamentale sur comment refonder la propriété des médias pour plus d'indépendance.

Bonnes futures lectures à toutes et à tous.

Remerciements

Mes premiers remerciements vont à ma femme Caroline, mes deux filles Éva et Juliette, mon frère Alban, ma mère Monique et mon père Daniel. Vous êtes mes racines et mes piliers, chacun à votre façon. Merci également à mes ami.e.s pour leur présence, quoi qu'il arrive. Merci à mes beaux-parents Mariola et Bruno pour leur générosité et leur indéfectible soutien. Merci à ma belle-famille pour l'intérêt qu'elle porte à mon travail et son accueil que je sais toujours possible. Merci à mes éditeurs Bernard Fixot, Édith Leblond et Renaud Leblond pour cette aventure miraculeuse et pourtant bien réelle. À mes attachées de presse Stéphanie Le Foll, Anissa Naama et Sarah Altenloh pour leur gentillesse à mon égard, qui ne laisse pas imaginer leur « hargne » pour faire parler de mes livres. Merci à Camille le Doze pour ce fol investissement, chaque fois renouvelé, dans l'amélioration de mes récits. Merci à mes lectrices et lecteurs d'aimer ce que j'aime vous raconter. Merci à tous les libraires et notamment à Jérôme Toledano et Caroline Vallat, MA libraire depuis mes débuts.

Et enfin merci à toutes ces rencontres imprévues et si salutaires qui se sont forgées au cours de ces deux dernières années. Ils et elles se reconnaîtront et sauront pourquoi il m'est important de penser à elles et à eux à la fin de l'écriture de ce livre.

Composition et mise en pages
Nord Compo à Villeneuve-d'Ascq

Pour plus d'information :

#lisez engagé !
www.lisez.com
Imprimé sur du papier issu de forêts gérées durablement.

Imprimé en France par MAURY IMPRIMEUR
en août 2023
N° d'impression : 272135

POCKET – 92, avenue de France, 75013 Paris

S33284/01